Allen
interreligiösen Paaren
gewidmet.

FÜR NICOLE

Holly Loose: Das weiße Buch des Jadefalken

Original Erstausgabe - Dezember 2009

Symbol-Entwurf: Jasmin Bär
Covergestaltung, Satz, Layout: Thomas Manegold
Druck, Bindung: META Systems Wustermark, Deutschland

periplaneta - Verlag und Mediengruppe
Marion Alexa Müller
Postfach: 580664
10415 Berlin

www.periplaneta.com

ISBN: 978-3-940767-09-7

Holly Loose

Das weiße Buch des Jadefalken

periplaneta

Gott und Allah,
Berge und Täler,
Berlin und İstanbul,
Laura und Çingiz.
Liebe.

Prolog

(August 1986)

Kalte Leidenschaft umflutet die Sinne
Stilles Vibrieren steigert sich ins Unberechenbare
Zwei Körper werden ein Wesen
Und stilles Verlangen zu voller Hingabe
Du stehst an Klippen, schaust hinunter
Tief unten dunkelblaue See
Dir ist warm, wird immer wärmer
Du möchtest springen, da wartet Kühle
Es ist so tief
Dir ist warm, wird immer wärmer
Du spannst, springst, Sekunden freier Fall
Instinkte sehen, das Ende naht
Du tauchst ein
strömende Leidenschaft umgibt Dich
Du sinkst in tiefe Ruhe

Çingiz Yedeşahin, İstanbul, 1979

Die Abendsonne taucht das Ufer Kleinasiens in tiefes Orange. Hier und da blitzt das Sonnenlicht von den Fensterscheiben herüber. Häuser stehen eng an eng, ungeordnet. Keine geraden Straßen führen die Hügel hinauf, sondern Schlangenlinien aus Schotter und willkürlich dahin geschüttetem Asphalt. Aber das kann man von hier aus nur ahnen. Zwischendrin kämpft das eine oder andere Drei-Etagen-Holzhaus ums Überleben. Die Mehrzahl der Häuser auf der anderen Seite besteht mittlerweile aus schlichten

Betonplatten, fast über Nacht gebaut. Geçekondus[1] – damit sie stehen bleiben dürfen. Doch jedes einzelne hat einen kleinen Balkon, zur Meerenge zeigend. Diesen Blick will sich doch keiner entgehen lassen.
Die Mündung der Meerenge.

Das alte Chalcedon[2] aus den Geschichtsbüchern floriert auf der asiatischen Seite. Tanker, Kreuzfahrt- und Containerschiffe warten an der Mündung auf die Erlaubnis zur Passage vom Marmara- ins Schwarze Meer. Viele kleine Boote tummeln sich zwischen den großen. Alle kämpfen gegen die Strömung an, die hier sehr stark ist. Das Schwarze Meer liegt fast einen halben Meter über dem Marmara-Meer.
Strenggenommen, überlegt Laura, wäre das ja sogar ein sehr langgezogener Wasserfall.
Sie sitzt allein auf ihrer Terrasse. Olivenbäume säumen ihren Blick hinüber auf das asiatische Ufer. Auch hier, auf der Insel, ermöglicht die hügelige Landschaft einen Blick auf das Meer, die Mündung. Die kleine Wiese vor dem Haus liegt schon im Schatten. Um die Sonne noch zu sehen, müsste sie um das Haus herumlaufen, sich an die Westwand setzen.
Keine Lust. Sie bewundert lieber von ihrer Terrasse aus die Oliven und die vielen kleinen bunten Blumen, die ihre Nachbarin im letzten Frühling in den Boden gesetzt hat. Oleanderbüsche. Eine Sturmmöwe macht sich über den

1 Geçekondu – türk. Bez. für ein ungeplantes Viertel mit primitiven Unterkünften (türk.: geçe = dt.: Nacht). Geht auf ein Gewohnheitsrecht aus osmanischer Zeit zurück: Ein Haus, das „über Nacht“ auf öffentl. Grund und Boden errichtet wurde, darf demnach nicht mehr abgerissen werden.

2 Chalcedon – Antike Hafenstadt in Vorderasien (Asia Minor), am Bosporus gegenüber Byzantion (Konstantinopel) gelegen. Heute unter dem Namen „Kadıköy“ Stadtteil von İstanbul. Im Jahr 451 fand in der Stadt das Ökumenische Konzil von Chalcedon statt. (N 40° 58‘ / E 29° 04‘)

Futternapf der Straßenkatze her. Diese ist klug genug, ihren ungebetenen Gast gewähren zu lassen. Erst als die Möwe gesättigt ist und sich zum Abflug bereit macht, springt die Katze. Ins Leere, denn die Möwe ist schneller als gedacht. Schmollend verzieht sich das Tier ins Jasmingebüsch.
Sie müsste auch mal wieder ihren Garten ein wenig herrichten, überlegt Laura. Rhododendren, Zitronenbäume und kleine Zypressen sind ihre stillen Freunde, die mit ihr das Abendrot genießen.
Seit ihr Mann nicht mehr da ist, sitzt sie fast jeden Abend hier auf einer kleinen Bank aus dunklem, verwittertem Holz. Hinter ihr hält die verkleidete Holzwand die Hitze auf, die tagsüber in die Räume kriechen will. Die Sommer werden hier heiß. Früher litt sie gewaltig unter dieser Sonne, doch nun macht ihr das nichts mehr aus. Wenn sie heute nach Sachsen in das Dorf ihrer Geburt käme, würde sie frieren, während alle anderen, die Gebliebenen, nur das Nötigste anzögen, um so viel Haut wie möglich der Sommerluft preiszugeben.
'Zu Hause', denkt sie und schaut hinüber.
Vor ihr steht Tee auf einem kleinen Schemel. Adaçayı, den Inseltee nennt man ihn hier. Ein kleines Glas, vielleicht gerade mal halb so groß wie eine Kaffeetasse ohne Henkel, hat sie sich mit dem leuchtendgrünen Wasser gefüllt. Das Grün der frischen Salbeiblätter.
Sie schaut umher. Die Terrasse könnte einen neuen Anstrich vertragen. Hier und da blättert die Farbe ab. Viel zu lange schon ist es her, als sie das letzte Mal das Haus wetterfest gemacht hatten. Ab und zu regnet es mittlerweile durch das Dach. Sie stellt Eimer unter. Über das Wasser freuen sich die Blumen im Salon. Allein kann sie das Dach nicht reparieren. Sie sollte im Herbst, wenn die Tage nicht mehr ganz so heiß sind, einen Nachbarn rufen. Laura hat gelernt, sich

hier zu behaupten. Es ist hier üblich, dass sich eine Frau allein um den Haushalt kümmert, für alle anderen Dinge gibt es Männer. Viele Männer kommen dann, machen Lärm, alles kaputt und dann alles ganz. Halbwegs zumindest. Sie hatte Glück. Ihr Mann war in allem fähig und baute, reparierte, ganz wie die Männer in ihrer Heimat.
Çingiz war ein guter Mann. Auch wenn sie es anfangs nicht begriffen hatte, sie beide es nicht begriffen hatten, so hielt das Schicksal doch die Hände über sie und ihre Liebe.
Viele Geschichten tauchen in ihr auf, kramen sich selbst aus dem tiefsten Dunkel ihres Gedächtnisses. Der laue Wind weht vom Wasser Gesänge herüber und vermischt sie mit ihren Gedanken.
Wie erschrocken sie damals war, als sie die Muezzins[3] zum ersten Mal hörte. Im ersten Herbst saßen sie hier auf dieser Terrasse, tranken Adaçayı und redeten. Redeten über die Stadt. Über die Meerenge. Über die Inseln.
Sie waren oft allein, abgesehen von seiner Mutter besuchte sie niemand, denn Freunde hatten sie keine. Das heißt, ER hatte schon Freunde, doch die besuchte er allein. In Kaffeehäusern saßen die Männer dann Stunden und verbrachten ihre Zeit mit Tavla[4], Tee und Politik. Weit weg.
Laura blickt auf das Festland.
Die Erinnerung zaubert ein Lächeln in ihr Gesicht. Es wird warm auf der kleinen Bank. Sie hängt ihren Gedanken nach. Da fließt es dahin, das breite, blaue Band. Stiehlt sich aus dem Schwarzen Meer, windet sich durch die sieben Hügel und ertrinkt zwischen Izmit, dem antiken Nikomedia und Yalova im Marmara-Meer. Sie erfreut sich jeden Tag aufs

3 Muezzin – Ausrufer, der die Muslime fünfmal tägl. zum Gebet aufruft (Abendgebet – türk.: akşam, Nachtgebet – türk.: yatsı, Morgengebet – türk.: fecir, Mittaggebet – türk.: öğle, Nachmittaggebet – türk.: inkindi)

4 Tavla – Brettspiel, bekannt auch als „Backgammon“

Neue an dieser kräftigen Farbe, die sich aus der turbulenten Strömung und dem Spiel zwischen Wolken und Sonne mischt. Dort unten am kleinen Fährhafen der Insel tönt ein dunkles Hupen. Die Fähre vor der Stadt spuckt die letzten Passagiere in die engen Gassen und entlässt sie in den Feierabend. Nachbarn, die wie sie drüben auf dem Festland arbeiten, hier auf der Insel ihr Domizil errichteten und nun dem Stress der Großstadt für die Nachtstunden entkommen wollen.

Noch vor einem Jahrhundert standen hier nur das Kloster des heiligen Georgs und ein paar kleine Holzhütten. Alles Grün großer Pinien wich immer mehr dem Grau kleiner Häuser. Ein Städter nach dem anderen eroberte sich einen Platz für das Wochenende oder den Feierabend. Nur oben auf der Spitze des Inselberges gibt es heute noch einen kleinen Mischwald aus Pinien, Fichten, Birken und Eichen. Dort kommt kein Städter hin. Allein ein Friedhofsgärtner wohnt mit seinem Esel hoch droben neben einem orthodoxen Friedhof aus alter Zeit und pflegt ihn.

Çingiz redete immer davon, wie sehr er sich wünschte, dort bei dem alten Griechen begraben zu sein.

Das Gebell einiger Hunde tönt leise und monoton vom Hafen herauf. Es interessiert sie nicht.

Dieses Sommerkleid. Warum nur verbinden sich alle Gedanken an ihren Mann immer mit dem Sommer? Heute, nach so vielen Jahren, hatte sie unbewusst wieder nach diesem Kleid, welches ihrem Mann so gefallen hatte, gegriffen und es angezogen. Als hätte es keine anderen Zeiten gegeben. Doch nur kurz brechen ihre Gedanken aus, fallen in einen Traum der Vergangenheit und verharren in den Sommern vergangener Jahre. Dieses Sommerkleid.

Vorne hat es eine Reihe großer Perlmuttknöpfe. Ein kleiner Kragen möchte ihren Hals vor allzu starker Sonne schützen.

Ärmel hat es keine. Dafür einen Saum aus dunklem Rot, unten am Rand.
Leise, als wollte der Himmel ihre Wehmut abwaschen, beginnt es zu regnen.
Sie hat ein Buch vor sich zu liegen. Ein weißes, leeres Buch. Çingiz hat es ihr an ihrem ersten Hochzeitstag geschenkt, nachdem sie schon so viel miteinander und ohne einander erlebt und gesehen hatten. Er bat sie, in dieses Buch hineinzuschreiben, was sie bedrückte, was sie beglückte, was sie erlebte und was sie als Erinnerung wichtig empfand. Ein Tagebuch.
Sie öffnet es. Zum ersten Mal. Das weiße, leere Buch. Laura nimmt sich einen Stift, und ihre zittrigen Hände versuchen, eine Linie zu finden. Eine Linie auf dem Papier.
Eine Linie durch die Zeit.
Ihre Augen verschleiern sich durch Trauer, die nicht weichen will. Nicht weichen kann. Denn Çingiz ist ein Teil von ihr.
Immer noch.
Nach 30 Jahren Liebe.

„Vergiss, vergiss und lass uns jetzt nur dies
erleben, wie die Sterne durch geklärten
Nachthimmel dringen; wie der Mond die Gärten
voll übersteigt. Wir fühlten längst schon, wies
spiegelnder wird im Dunkeln; wie ein Schein
entsteht, ein weißer Schatten in dem Glanz
der Dunkelheit. Nun aber lass uns ganz
hinübertreten in die Welt hinein
die monden ist“

Rainer Maria Rilke

1. Kapitel

(August 1955 bis Januar 1956)

„Prüfe also eingehend
die Absichten deines Erwählten:
ob er auf Vorteil hoffen sollte,
den er aus deiner Freundschaft ziehen will,
und meine, sie sei käuflich und nicht umsonst.

Verständlich,
wenn die Freundschaften der Armen
fester sind als die der Reichen,
Armut lässt nicht auf Gewinn hoffen."

Hl. Ambrosius

Die Straße aus grobem Pflasterstein teilte sich vor der kleinen Kirche. Ein Fotograf stand an der Gabelung und zielte auf das Kirchentor. Darunter standen mein Vater, meine Mutter, ein kleiner, stolzer Junge in Schuluniform und ich, Laura, seine große Schwester. Hinter dem Fotografen stand das ganze Dorf und jubelte meinem Bruder zu. Die Alten schoben Grimassen, um den Vater zum Umtrunk zu bewegen. Auf das Wohl des Jungen und darauf, dass er den rechten Weg eingeschlagen und das Glaubensbekenntnis abgelegt hatte. Junge Leute gab es nicht so viele. Nur meinen Bruder und ein paar andere Jungs aus den umliegenden Dörfern. Und mich. Die große Schwester. Mein Vater hätte mich gern schon verheiratet, doch gab es eben keinen, der mich vor den Altar führen konnte. Mir war das durchaus

recht. Oder auch nicht. Das hing ganz davon ab, was ich gerade tun wollte. Allein konnte ich nicht in die Stadt. Das hätte mein Vater niemals zugelassen, und Mutter wäre einen Tod gestorben, an dem ich auf keinen Fall schuld sein wollte. Da wäre ein Mann nur recht, der mich in die Stadt führen und mir das Leben zeigen könnte.
Doch wenn nun wieder Krieg käme, verlöre ich ja auch meinen Mann. Mein Vater prophezeite in diesen Jahren häufig eine Blitz-Machtübernahme durch den Westen oder einen Rachefeldzug der Polen. Es muss etwa einen Monat nach dieser Feier gewesen sein, als die Republik von den Russen als ein souveräner Staat anerkannt wurde.
Dunkel erinnerte ich mich noch an die Messen aus den Jahren vor der Gründung der Republik, wenn jemand aus unserem Dorf zu Grabe getragen wurde. Ansonsten bekam ich nicht viel mit vom Krieg. Manchmal weinten die Nachbarn. Bei solch einem Gedanken war ich froh, dass ich noch nicht verheiratet war und es auch keinen gab, der mich wollte.
Damals war ich 17 Jahre jung, ungestüm, wollte das Leben kennenlernen und konnte mir nicht vorstellen, dass es etwas Böseres gab, als die Geschichten der Eltern über eben den Krieg oder die Geschichten in den Büchern.
Die Geschichten der Großen.
Römer wollten dieses Land und scheiterten am Wald und am Klima. Napoleon gewann dieses Land und verlor es an die Schweden, Russen und Preußen. 130 Jahre später marschierten Russen erneut durch das Dorf und trieben Deutsche vor sich her, brachten den Frieden bis nach Berlin in die Hauptstadt. Ein Teil des Friedens war hier im Dorf geblieben, und einzig der Hahn störte morgens die Ruhe.
Mein stolzer Bruder lief allen voran nach Hause, wo Mutter mit ihren Weibern schon alles zum großen Schmaus bereitet

hatte. Die Wiese hinterm Haus ertrug die Menge der Stühle und Tische, die gebraucht wurden, wenn ein Dorf feiert. Sie ersoff im Rausch der Herde, die ihr jüngstes Schaf bejubelte. Ich nutzte die ausgelassene Stimmung und die Nichtbeachtung. Es zog mich in den Wald. In das Rauschen der Kiefernwipfel, hin zu den knackenden Kienäpfeln und Zweigen auf sandigem Grund. Hinter diesem Wald war die Stadt. Ich wusste, es gab noch andere, also hätte es eigentlich heißen müssen: eine Stadt. Aber es war eben die Stadt, von der alle im Dorf redeten, wenn sie Besorgungen tätigten oder Sorgen bestätigten, die nun aus dieser Stadt kamen.
Das kleine Paris. So nannte meine Mutter Leipzig einmal. Aber ich brauchte keine Namen, denn für mich gab es nur diese eine Stadt. Hinter dem großen Kiefernwald. Ein schmalspuriger Pfad, gerade ausreichend für ein Gespann, schnitt durch das Gehölz. Versandete Schützengräben säumten den Weg und machten mir Angst. Vater sagte, ich solle nicht allein in den Wald gehen. Dort sei es gefährlich wegen der Gräben und anderem. Aber selbst Grimms Rotkäppchen war heil aus der Misslichkeit des Abweges heraus gekommen, fand ich und zerlächelte die Sorgen meines Vaters.
Es hätte ein Wolf sein können, der da plötzlich, müde auf einen Stock gestützt, des Weges kam. Ich hätte ein rotes Häubchen tragen können. Aber Wölfe gab es hier schon lange nicht mehr, unter die Haube kam ich bestimmt früh genug, und meine Haare trug ich gern offen.
„Kommen Sie aus der Stadt?" fragte ich unsicher den Fremden. Er lächelte und war wirklich fremd.
Er verstand nicht recht, was ich sagte. Und überhaupt sah er komisch aus. Dunkel irgendwie und kantig. Unter buschigen Augenbrauen beobachteten mich dunkle Augen. Ein junger Bart verdeckte den unteren Teil seines Gesichtes,

das schmal und von dunklem, dichtem Haar umrahmt war. Der Fremde trug eine einfache, staubige, erdfarbene Hose und ein fast ebenso graubraunes Oberteil, das schon viel zu lang getragen schien. Eine alte Tasche hing ihm an den schmalen Schultern. Überhaupt wirkte die ganze Figur schmal, ja geradezu zerbrechlich. Alles in Allem sah er trotzdem nicht wie ein Bettler oder Streuner aus, sondern wie ein Reisender, der ein Ziel hat. Er war wohl schon einen weiteren Weg gegangen als den von der Stadt bis hierher an den Rand unseres Dorfes. Und Gott allein wusste, wohin dieser Mann wollte. Für mich wurde die Stadt für heute uninteressant. Ich führte den Fremden ins Dorf, an der Kirche vorbei und auf die Wiese meiner Eltern, wo er beargwöhnt etwas zu essen bekam. Trinken durfte er natürlich auch, was er jedoch abgesehen von Wasser dankend ablehnte. Der Herde war das suspekt, doch der joviale Pfarrer bot dem Fremden ein Bett im Gemeindehaus. Bezahlen konnte der Reisende, also war es gut.
Dem Wunsch meiner Mutter folgend, ging ich halbtäglich in die Gemeindeschule, um den Beruf der Erzieherin zu lernen. Mein Vater wünschte sich meine Umsiedlung in die junge Stadt Markkleeberg. Natürlich mit Hochzeit. Falls der Osten oder der Westen doch nicht über unser Land hereinbrechen sollte, wäre der Beruf einer Erzieherin auf lange Sicht doch der beste für ein Mädchen wie mich, dachte er wohl. Mein Vater stand mit anderen vom Dorf im Mais, und meine Mutter verkaufte im Konsum. Von den Deutschen im Westen hörte man nichts Gutes. Selbst der Fremde, der aus dem Westen kam, wollte zurück in seine Heimat ans Schwarze Meer. Sagte der Pfarrer. Ich hatte keine Ahnung, wo das war und wie dieses Meer aussehen sollte. Der junge Mann sollte ein paar Tage hier bleiben und wieder zu Kräften kommen. Sagte des Pfarrers Haushälterin.

Nach dem Schuldienst spazierte ich gesenkten Kopfes, doch gehobenen Blickes am Gemeindehäuschen vorbei, hin zum Waldrand. Vielleicht war der Fremde ja zufällig am Fenster. Aber nein, kein fremdes Gesicht ließ sich blicken. Traurig und in Gedanken versunken lief ich weiter.

„Hallo Mädchen!"

Wie erschrak ich doch, als er plötzlich von einem Hochstand aus zu mir hinunter rief. Hatte er wohl auf mich gewartet? Was erwartete mich jetzt?

Kurze Angst schob mir das Märchen vom Rotkäppchen wieder ins Gemüt. Doch ich wollte nicht albern und erst recht nicht ängstlich sein. Er kletterte die Leiter des Hochstandes hinunter.

„Was ist das für Baumhauslein?", wunderte er sich in gebrochenem Deutsch über das Gebilde. Auf seinem Weg hätte er schon viele solche „Baumhausleins", wie er es nannte, gesehen, doch sei ihm der Sinn nicht bekannt. Ich erklärte es ihm. Und während ich erklärte, trugen uns die Beine weiter in den Wald hinein.

Wir unterhielten uns, nannten unsere Namen. Çingiz hieß er. Wie der große Mongole.

Çingiz Yedeşahin – Dschingis, der Jade-Falke.

„Was hast du mit dem mongolischen Herrscher gemeinsam?"

Er versuchte in meiner Sprache zu erklären, und ich versuchte zu verstehen. Ich fragte, und er antwortete. Er fragte, und ich antwortete. Anfangs war das natürlich schwierig, doch mit jeder Stunde und mit jedem der folgenden sieben Tage wuchs sein Verständnis für meine Sprache, wuchs mein Mut, immer tiefer in den Wald zu gehen. Doch wuchs auch der Groll meines Vaters gegenüber dem Fremden. Wann war der Muselmann, so nannte ihn mein Vater, wohl endlich kräftig genug, um wieder aus der Idylle zu verschwinden?

Für meinen Vater war ich eine Kleine, wuchs auf in unserem kleinen Dorf, hatte eine kleine Familie um mich, und kleine Ereignisse, wie die Konfirmation meines kleinen Bruders, waren dort von größter Bedeutung. Das eigentlich Größere kannte ich eben nur aus den Geschichten. Für Çingiz war ich eine geflissentliche Zuhörerin. Er erzählte mir Geschichten, die nicht in Büchern standen. Geschichten von seinem Namensvetter, der ein großer Herrscher war und fast bis an die Alpen gelangte (mittlerweile weiß ich, dass mein neuer Freund dahingehend ein wenig geflunkert hatte).

Çingiz erzählte Geschichten, an die er sich erinnerte, bevor er nach Deutschland kam. Geschichten vom Schuhputzer, Geschichten von Muscheln, die im Sommer, und Kastanien, die im Winter verkauft wurden. Er erzählte von den Makrelenschwärmen, denen die Fischer in ihren kleinen Booten hinterher jagten. Er erzählte von den großen Schiffen, die sie immer fast rammten, wenn sie sich zu sehr mit den Makrelen beschäftigten und die nötige Vorsicht außer Acht ließen. Er erzählte von Delfinen, die manchmal vom Marmara-Meer ins Schwarze Meer wollten. Gleich am zweiten Tag fragte er mich, ob meine Mutter für mich und meinen kleinen Bruder eine Süßspeise gekocht hätte?

Auf mein unverständiges Schauen hin erklärte er mir:

„Sieh, Laura, bei uns zu Hause feiern wir heute Aschura. An diesem Tag ist es üblich, eine Speise aus 40 Zutaten zu kochen und sie den Kindern als Nascherei zu geben. Damit erhalten wir unsere Erinnerung an die Strandung der Arche des Nuh[5] auf dem Ararat wach. Die Alten erzählen sich über den Tag der Ankunft von einem Festessen aus dem übriggebliebenen Vorrat. Das hat Nuh gemacht und damit

5 Nuh – arab./ türk., = häbr.: Noach, dt.: Noah, laut dem Buch „Genesis" der Bibel der zehnte Urvater nach Adam, Erbauer der Arche.

alle Tiere gefüttert, die mit ihm der Sintflut entkommen waren."
Unserer Pfarrer erzählte zwar auch von Noah, doch diese Geschichte kannte ich noch nicht.
Çingiz erzählte von seiner Heimat. Dem Land, das Asien und Europa verbindet. Man konnte an dem einen Ufer der Meerenge stehen, und das andere Ufer war ein anderer Kontinent. Für ihn war das selbstverständlich, doch in meinem Kopf malten seine Worte ein wunderschönes und phantastisches Bild, und ich war gespannt, ob ich irgendwann einmal die Gelegenheit bekommen würde, dieses Gedankengemälde mit der Realität zu vergleichen. Er sprach von Sultanen, die vor nicht allzu langer Zeit noch geherrscht hatten. Von den vielen Palästen und Moscheen. Von einem goldenen Horn, welches ganz aus Wasser war. In meinem Kopf war die Blaue Moschee ein Wunder aus Türkis und Aquamarin. Die Hagia Sophia[6] erinnerte mich an eine alte, dünne Ordensschwester.
Çingiz sprach von seinen Träumen. Nachts, wenn die Ruhe ihn nicht schlafen ließ, weil er das Gewimmel des Basars vermisste und sich Erinnerungen zu Sehnsüchten wandelten. Albatrosse schrieen und riefen seinen Namen. Angler holten goldene Fische aus dem Goldenen Horn[7]. Im Traum bekam er Besuch vom Vater. Mir wurden seine Ausführungen treue Begleiter in einen gesunden Schlaf, und ich träumte mir das Bild eines Basars mit all seinen Gerüchen und Geräuschen. Goldene Makrelen schwappten fortan in meine Träume und tanzten mit schwarzen Delfinen.

6 Hagia Sophia (griech.: Άγια Σοφία = dt.: heilige Weisheit, türk.: Aya Sofya oder ayasofya) ehem. byzantinische Kirche, spätere Moschee und heute ein Museum (Ayasofya Camii Müzesi = dt.: Hagia-Sophia-Moschee-Museum) in İstanbul.

7 Goldenes Horn –Seitenarm des Bosporus, trennt das europäische Festland in das ehemalige Konstantinopel und Galata.

Çingiz erzählte seine Geschichte. Als er elf Jahre alt war, reiste sein Vater nach Deutschland. Als Geschäftsmann, sagte die Mutter. Als sein Land nun symbolisch gegen das Reich in den großen Krieg eintrat, kam der Vater nicht mehr nach Hause. Sie sollten lange nichts von ihm hören. Vor zwei Jahren kam ein Telegramm vom Vater. Aus Bonn. Er richtete alles so ein, dass sein Sohn nach Deutschland reisen und ihn nach Hause begleiten konnte. Durch die DDR, die tschechoslowakische Republik, Ungarn, Rumänien bis in die Stadt an der Meerenge. Ich schaute in der Schule auf den Karten nach seinem Weg und rechnete die Tage der Wanderschaft gegen die Zeit seines Verbleibens. Da öffnete sich etwas in mir, und ich sog alles in mich auf.

Mein Seelenhunger, mein Wissensdurst wuchsen in dem Maße, wie beides durch seine Worte gestillt wurde. So saßen wir immer nachmittags oder abends auf einem kleinen, grob zusammen gezimmerten Holzsteg, am Ufer eines kleinen Baches, der unweit meines Dorfes dahinfloss. Leise und doch tief in unser Ohr dringend, mahnte stündlich eine kleine Kirchturmglocke zur Tugend, und so unterhielten wir uns nur.

Wohin floss das Wasser? Wie lange durfte er noch bleiben? Wer war Gott? Wer war Allah? War Maria dieselbe Person wie Meryem? War Miriam dieselbe Person wie Maria? Isa war ein einfacher Mann und doch der Messias. Ich als getaufte Katholikin sollte an die Dreifaltigkeit glauben, die mein Vater (einmal auch der Pfarrer) predigte, aber selbst die erschien mir mittlerweile unglaubwürdig. Çingiz kannte Jesus aus seinem Q'ran[8]. Nicht aus der Bibel. Wir sprachen über die Sintflut, Noah und seine Arche. Mein Vater

8 Q'ran - (arab.: al-qur'ān = dt.: die Lesung, Vortrag, Koran) heilige Schrift des İslam, die gemäß dem Glauben der Muslime Allahs wörtl. Offenbarung an den islam. Propheten Mohammed, vermittelt durch den Erzengel Gabriel, enthält.

wurde immer ungehaltener, wenn ich am Abendbrottisch saß und die Geschichten des Fremden wiederholte. In barschem Ton brummte er über Nato, Warschauer Pakt und Bonn. Türkische Kriegsgefangene. Wo war denn der Vater des Fremden? Sollte er ihn nicht abholen? Wahrscheinlich wollte der Fremde nach Berlin, in die Hauptstadt. Und ich? Meine Mutter wurde immer stiller und ahnte wohl schon.

Immer wieder erzählte Çingiz von der Meerenge, die hundertfach breiter war als dieser kleine Bach. An diesem Wasser hatte er in seiner Kindheit ebenso gesessen, wie wir beide gerade hier saßen. Mit seinem Opa und einigen Nachbarskindern aus seinem Haus standen sie mit dem ersten Morgenruf des Muezzins an den Ufern. Sie warfen ihre selbstgebastelten Angeln aus und vertrieben sich die Zeit mit Kinderspielen. Opa passte derweil auf die Haken auf. Später, wenn der Fischfang zu langweilig wurde, zog die Jungenbande los, und Opa ging meistens ohne Beute nach Hause oder ins Kaffeehaus zu den anderen Männern. Dort bekam er Raki[9] vom Garson[10]. Çingiz bekam die derbe Hand seines Vaters, wenn er manchmal allzu spät nach Hause kam. Gerade, wenn er im Sommer mit seinen Freunden in die Fluten gesprungen war und dabei die Zeit vergessen hatte. Ich fragte nach seinem Vater. Doch er antwortete nicht. Vielleicht hatte er die Frage nicht verstanden. Er erzählte von den Hügeln. Wie das heilige Rom, hatte auch seine Stadt sieben Hügel. Umgeben im Südwesten von einer weiten Ebene und im Norden von dichtem Nadelwald. Aus dem Nordwesten führten riesige Aquädukte in die Stadt, und überall standen alte Kirchen und Moscheen. Wie das heilige Rom, hatte seine Stadt ein Capitol, ein Forum und einen Circus. Wenn man Vorstellungskraft besaß,

9 Rakı – türk. Anisschnaps, meist gemischt mit stillem Wasser.

10 Garson – türk. = dt.: Kellner

konnte man sich an die Mauer der Sultanahmet Çamii[11] stellen und die Rennbahn erkennen. Man konnte sich zwischen die alten, ägyptischen Stelen begeben und stand mitten im Circus. Umgeben von Hufgetrippel der Einspänner und Motorenlärm der einzelnen Autos. An manchen Stellen war sogar die große Mauer noch intakt. Nun mitten in der Stadt, beschützte sie damals deren Bewohner vor äußeren Zugriffen. Er schwärmte von der Rumeli Hisarı, der Felsenburg, unweit vom Stadtrand im Norden, die vor genau einem halben Jahrtausend im Wesentlichen dazu beigetragen hatte, dass er vor knapp einem Vierteljahrhundert in dieser Stadt geboren werden konnte.

„Wo ist denn dein Vater jetzt?“, fragte ich erneut. Ob er wohl in der Stadt auf seinen Sohn wartete?

Doch Çingiz erklärte mir: „Nun, mein Vater ist vor einem Monat in Bonn gestorben, und jetzt reise ich eben allein nach Hause.“ Mehr brachte er dazu nicht über die Lippen. Von der Geschichte seiner Heimatstadt erzählte er lieber. Von Sultanen, Rumi[12] und Derwischen[13]. Und von Nasreddin Hoca[14].

11 Sultanahmet Çamii – (dt: Sultan-Ahmed-Moschee) 1609 bis 1616 für Sultan Ahmed I. in İstanbul erbaut. Heute İstanbuls Hauptmoschee. In Europa unter dem Namen „blue mosque“ oder „Blaue Moschee“ wegen ihrer blauweißen Fliesen bekannt. Ruhestätte des Sultans Ahmed I., seiner Frau und drei seiner Söhne, Osman II., Murat IV, und Prinz Beyazıt.

12 Rumi –Mullana Dschalal ad-Din Muhammad Rumi, geb. 30.09.1207 in Chorasan, gest. 17.12.1273 in Konya, Islam. Mystiker und einer der bedeutendsten persischen Dichter des Mittelalters.

13 Derwisch – (pers.: darwīsch = dt.:Bettler), asketischer Mönch. Angehöriger (Sufi) einer muslimischen asketisch-religiösen Ordensgemeinschaft. Derwische praktizieren den Sufismus und gelten als Quelle der Klugheit, der Heilkunst, der Poesie, der Erleuchtung und der Weisheit.

14 Nasreddin Hoca – (pers.: Mulā Nassr ad-Dīn = dt.: Meister Sieg-des-Glaubens; arab.: Ǧuhā = historisch ähnliche Person, die mit Nasreddin gleichgesetzt wird oder Nassr ad-Dīn = dt: Sieg des Glaubens; türk.: Nasreddin Hoca = dt: Lehrer Nasreddin; Held in zahlreichen überlieferten Witzen und Kurzgeschichten. Ähnlich dem dt. Till Eulenspiegel.

In meiner Schule stand das Osmanische Reich[15] nicht auf dem Lehrplan, und so hörte ich seinen Ausführungen nur zu. Später dann erzählte ich vom Limes. Der Schlacht im Teutoburger Wald. Von Karl dem Großen, der goldenen Bulle und dem weströmischen Reich. Unsere Geschichte. Wir hatten so viel zu erzählen. Es war seltsam, er konnte sich in meiner Sprache nicht besonders gut ausdrücken, und auch ich konnte mich natürlich keineswegs im Türkischen verständlich machen, und doch verstanden wir einander, als ob eine dritte, eine gedachte oder gefühlte Sprache über uns schwebte und unsere Gedanken verband. Ich redete von der Genesis[16], wie mein Vater und unser Pfarrer sie gelehrt hatten, und er sprach von der Schöpfung und rezitierte aus der Geschichte Mohammeds. Gemeinsamkeiten.
Er sprach von Amerika und der Sowjetunion, ich von der Freien Deutschen Jugend in Leipzig, der Stadt hinterm Wald.
Am siebenten Tag kam mein Vater nachmittags zu dem kleinen Bach und schimpfte. Nahm mich bei der Hand und zerrte mich nach Hause. Meine Mutter schlug die Hände über dem Kopf zusammen und betete. Der Pfarrer versuchte zu beschwichtigen, doch das Dorf grollte und beschuldigte den Fremden, sich einem Kinde gegenüber ungebührlich verhalten zu haben. Nun betete auch mein Vater und hoffte auf gerechte Bestrafung. Ich weinte, denn ich war kein Kind mehr. Çingiz verabschiedete sich vom guten Pfarrer, erbat sich den Segen Gottes und erteilte den Segen Allahs. Des Pfarrers Haushälterin machte Reisebrot

15 Osmanisches Reich – Reich der Dynastie der Osmanen von ca. 1299 bis 1923, haupts. in Vorderasien und Nordafrika, wurde von der Türkischen Republik abgelöst.

16 Genesis – (griech = dt.: Entstehung, Geburt), 1.Buch Mose; der hebr. und christl. Bibel, beginnt mit der Schöpfungsgeschichte und endet mit dem Wirken der 12 Söhne Jakobs (Israels)

fertig. Sein Ziel stand fest. Er verließ noch am selben Abend das Dorf auf dem Weg, den er gekommen war. Durch den Kiefernwald.

Ich stritt nicht, sondern hörte den lauten Worten meines Vaters zu. Ich ließ ihn ausreden und widersetzte mich nicht. Doch die Nacht war noch nicht hereingebrochen, da wirbelte der letzte Sommerwind den Staub des Weges auf und kratzte in meinem Hals, als ich mich aufmachte. Für mich war die Stadt hinterm Kiefernwald das Tor zur Welt. Er wartete am „Baumhauslein". Ich nahm seine Hand.

Meine Eltern verschlossen vor Gram ihre Tür.

Nie würden sie mir verzeihen, dass ich mit einem Fremden in die Fremde ging. Zu einem fremden Gott.

Auf dem Weg in die Stadt litten wir beide keinen Hunger, denn vorsorglich hatte ich nach dem Donnerwetter meines Vaters die eingekehrte Ruhe genutzt, um einen kleinen Ranzen voller Brot und Käse aus der Vorratskammer zu nehmen. Çingiz trug das Paket der Haushälterin.

Auch meinen neuen, blauen Ausweis vergaß ich nicht, denn in meinem Kopf vollzog ich schon den langen Weg in seine Heimat. Doch erstmal mussten wir durch den Wald, in die Stadt. Von dort aus würde ein Zug das Erzgebirge passieren. Wir beschlossen, augenscheinlich getrennt zu fahren, denn er hatte ein gültiges Reisedokument, das ihm die Heimreise über den noch jungen Warschauer Pakt ermöglichte. Bei mir wussten wir nicht genau, wie weit ich mit meinem neuen blauen Pass kommen würde. Er sagte, ich solle mir keine Gedanken machen. Zumindest nicht bis Prag. Die Kontrolleure des Zuges sahen das ähnlich, fragten mich jedoch, wohin ich letztendlich wollte. Ich log eine Träne und bat den Schaffner um seelischen Beistand für den kürzlich verstorbenen Vater. Eigentlich log ich nicht, denn er war

ja wirklich vor ein paar Wochen dahingeschieden. Es war zwar nicht meiner, sondern der meines Gefährten, aber das sagte ich nicht, und wenn der Schaffner aus dem Umstand erkannte, der Herr müsse in der Tschechoslowakei das Zeitliche gesegnet haben, so konnte ich ja nichts dafür. Mein Dokument war jedenfalls gültig, und ich durfte weiterreisen. Ich erinnerte mich an die hohen Berge. Als kleines Mädchen war ich schon einmal in den Bergen gewesen. Als wir die Elbe entlang fuhren, gesellte sich Çingiz wieder in unser Abteil, und wir berieten über die weitere Reise.
„Das Beste wird sein, Laura, wenn du ab Prag nicht mehr redest, wenn du angesprochen wirst!"
„Aber wie soll ich denn das machen?", fragte ich ihn.
Seine Stirn zeigte ernste Falten. „Das weiß ich auch nicht! Aber es ist wohl deine einzige Chance, bis ans Ziel zu kommen! Dann bist du eben taubstumm, und ich versuche uns durchzubringen."
In Prag angekommen, suchten wir uns ein Zimmer. Çingiz war müde und schlief sofort ein. Als die Nacht ihren dunkelblauen Mantel über das Haus deckte, wurde ich mir zum ersten Mal bewusst, was ich getan hatte und wo ich mich befand. Jetzt konnte ich nicht mehr zurück. Von Liebe hatte ich nicht die leiseste Ahnung. Als ich meine Mutter einmal fragte, was dieses Wort denn bedeutete, bekam ich eine unbefriedigende Antwort, und ich hatte das Gefühl, dass auch meiner Mutter die Antwort eigentlich nicht genügte. Aber was sollte man schon von Erwachsenen halten. Mutter sagte, irgendwann traf man sich, und es wurde ein Fest arrangiert, bei dem die Eltern über die Zukunft sprachen und man sozusagen verliebt wurde. Von nun an achtete man sich, und ich solle das zu gewisser Zeit auch tun, empfahl meine Mutter. Jetzt befand ich mich auf großer Fahrt an der Seite eines fremden Mannes, der sich einfach

in mein Herz geschlichen hatte. Oder war es etwas anderes? Neugier vielleicht nur? Aber dann hätte ich nicht das Wagnis auf mich genommen! Ich beschloss, Çingiz Yedeşahin nach seinem Empfinden zu fragen, wenn er wieder erwacht wäre. Vielleicht half das ja weiter. Und wenn da auch Unklarheit herrschen sollte, war das wohl der geeignete Augenblick, sich einfach nur zu achten und zu warten, wie das wird mit der Liebe. Oder hatte er etwas anderes vor? Benutzte er mich vielleicht nur? Für irgendetwas? So etwas in der Art hatte mein Vater mir im letzten Monolog vor die Füße geworfen. Aber warum? Wie konnte er mich benutzen? Mir fielen die Augen zu.

Am nächsten Morgen fand ich mich allein im Zimmer. Çingiz war verschwunden! So viel dazu.

Hätte ich nicht so viel nachgedacht, wäre ich wohl früher eingeschlafen. Und wäre ich früher eingeschlafen, hätte ich möglicherweise mitbekommen, wie der Fremde sich fortschlich und ihn zur Rede stellen können. Aber so...

Allein mit mir, überkam mich die Angst der Einsamen. Mein Vater würde mächtig sauer sein, wenn ich jetzt wieder an die Tür daheim klopfte, nachdem ich ihn vor dem ganzen Dorf in Schande gebracht hatte und mit dem Fremden gegangen war. Würde nicht schon der Pfarrer am Dorfeingang mir das Recht auf Obdach verwehren? Schweiß brach aus allen Poren, als mir einfiel, dass die Fahrkarte ja von dem Fremden bezahlt wurde und ich überhaupt kein Geld bei mir hatte. Ich griff nach meiner ledernen Halsbandtasche. Zittrig suchte ich mit Zeige- und Mittelfinger in der Tasche nach dem dunkelblauen Ausweis. Er war nicht mehr da. Ich unterdrückte kalte Verzweiflung.

Es fehlte nicht mehr viel, und ich würde in Tränen ausbrechen. Mein Pullover klebte am Rücken und im jungen Dekolleté. Die letzte Hoffnung war mein kleiner Rucksack, den ich mit ein paar Sachen vollgestopft hatte. Vielleicht war mein Ausweis ja da drin. Ich öffnete ihn, drehte ihn um und meine Sachen fielen heraus. Der Pass ebenfalls. Glück gehabt.

Doch woher bekam ich Geld für eine Rückreise nach Deutschland? Immerhin war ich auf fremdem Hoheitsgebiet. Der Schaffner von gestern würde mich doch wiedererkennen und sich wundern, dass ich doch nicht meinen verstorbenen Vater besuchte. Es klopfte an der Tür. Wahrscheinlich hatten die Leute es hier schon durchschaut, dass ich mit einem Fremden von zu Hause ausgerissen war und kamen nun, um mich wieder zurück zu bringen. Ich zog meinen Pullover gerade, der immer noch an meinem Rücken klebte, und verstaute den Pass in der Halsbandtasche. Gefasst stand ich auf, atmete tief ein und ging zur Tür. Es klopfte erneut. Sollten sie mich doch mitnehmen. Ich wollte nach Hause.

Ich machte die Tür auf. Er hielt mir zwei Fahrscheine unter die Nase und grinste etwas unbeholfen.

Nun fing ich doch an zu weinen. Ich wusste selbst nicht, ob aus Verzweiflung, Rührung oder Erleichterung. Meine Knie gaben nach. Çingiz lächelte und nahm mich unter die Schultern, damit ich nicht fiel. So schluchzte ich vor mich hin und sank in seine Arme. Die nächste Fahrt war also gesichert. Von Prag ging es weiter nach Budapest[17]. Wir stiegen viermal um. Manchmal fuhr der Zug nur im Schritttempo, da noch nicht alle Schäden des Krieges beseitigt waren. Gebirge über Gebirge zog an unserem Fenster vorbei. Einzelne Siedlungen. Gehöfte. Kleine Rinderherden. Bauern. Blauer Himmel. Wenn Engel reisen...

Wer wohl in diesem Zug ein Engel war? Ich bestimmt nicht, denn ich war ja aus meinem Himmel ausgerissen, und nur

17 Budapest – Hauptstadt Ungarns (N 47°30‘ E 19° 03‘)

Gott wusste, was da jetzt los war. Ob meine Mutter um mich weinte? Und mein kleiner Bruder? Vor einer Woche noch war seine kleine Welt in Ordnung und seine große Schwester immer für ihn da. Ob ich ihn jemals wiedersehen würde? Still saß ich da am Fenster und ließ die neue Welt an mir vorüberziehen. Wir beide waren allein in unserem Abteil. Mein fremder Gefährte überließ mich meinen Gedanken. Vielleicht dachte er selber über die vergangene Woche nach, und vielleicht wurde er sich gerade in dem Moment seiner Verantwortung bewusst. Wer weiß, vielleicht hatte er sich seine Heimreise auch anders ausgemalt. Er wollte mit seinem Vater reisen. Doch der war tot. Warum trauerte mein Gegenüber nicht? Oder trauerte er doch? Nach Stunden gemeinschaftlichen Schweigens durchbrach er das monotone Rattern des Zuges.
„Laura! Es wird nicht einfach sein, ab jetzt!" Er wusste nicht, wie das Reisen im diesem neuen Sozialismus funktionierte, hatte aber selbst schon in Deutschland die Erfahrung machen müssen, dass in diesem System alles ein wenig strenger gehandhabt wurde als im Westen, wo er die letzten zwei Jahre bei seinem Vater gelebt hatte. Dass wir unser Durchkommen in Prag eben dem seligen Vater zu verdanken hatten, wussten wir beide. Diese Lüge würde aber kaum die gesamte Reise überstehen. Wir würden uns bis zur Grenze etwas einfallen lassen müssen. Ungarisch, tschechisch oder slowakisch konnte er nicht sprechen. Nur türkisch und ein wenig deutsch. Ungarisch war seiner Sprache zwar ähnlich, doch nicht ähnlich genug. Ein Plan musste her. In etwa sieben Stunden. Bis dahin schwiegen und brüteten wir.
In Komárno[18] führte das Gleis über die Donau. Auf einem halben Kilometer Länge kam der Zug quietschend auf einer

18 Komárno – Grenzort zwischen Tschechien und Ungarn (N 47°45‘ E 18°07‘)

Brücke aus Strebenfachwerk zum Stehen. Hier schwamm die Grenze zwischen der Tschechoslowakischen Republik und der Volksrepublik Ungarn. Gedämpfte Stimmen drangen durch das Abteil in einer befehlsgewohnten, unbekannten Sprache. Çingiz bedeutete mir, so schnell wie möglich unter die Sitzbank zu verschwinden. Eine bessere Idee fiel uns in den sieben Stunden nicht ein. Er warf unsere Taschen vor mich. Dann schwang er seinen Mantel darüber, der nun bis auf den Boden hing. Das Abteil öffnete sich schwerfällig. Ich zog schnell meinen eigenen Mantel über meinen Körper und harrte an der Wand des Abteils aus. Stimmen drangen unter das Futteral des Mantels und unter die Sitzbank. Unter mir hörte ich die Donau. Es krabbelte in den Füßen. Plötzlich klang die Stimme meines Gefährten verschlafen, oder dämpfte nur der Mantel den Klang? Eine feste Stimme des wahrscheinlich tschechischen oder ungarischen Schaffners fragte etwas. Das Holz der Sitzbank knarrte. Mein Gefährte erhob sich aus seinem vermeintlichen Schlaf, ließ den Mantel jedoch liegen. Er erklärte etwas. Wieder eine Frage, etwas strenger. Intuitiv zuckte ich ein wenig zusammen und versuchte einszuwerden mit der Abteilwand. So leise es ging. Das Krabbeln weitete sich bis zum Knie aus. Am Mantel ruckelte es. Der Schaffner rief etwas auf den Gang hinaus, und mein Gefährte redete auf den Schaffner ein. In welcher Sprache, war mir schleierhaft. Diese ganzen Fetzen unterschiedlicher Sprachen konnte ich nicht mehr auseinanderhalten, und eigentlich hatte ich auch keine Lust mehr. Mittlerweile krabbelte fast alles am Körper, und ich wollte mich kurz bewegen. Unter meinem Mantel wurde die Luft immer stickiger. Es kamen ein paar Leute. Sie redeten auf meinen Gefährten ein. Plötzlich verließen sie, ohne unter die Bank geschaut zu haben, das Abteil. Wir waren wieder allein.

„Was hast du denen gesagt?“, nuschelte ich noch in den Mantel gehüllt.
„Nichts Bedeutsames... Ich habe ihnen nur den Sinn meiner Reise erklärt.“
„Und haben sie gar nicht nach mir gefragt?“
„Doch!“ Mein Gefährte lächelte geheimnisvoll, als ich mich endlich wieder unter der Sitzbank hervor traute.
„Und?“
„Ich habe unsere Wahrheit bezahlt.“
Was auch immer das hieß – nun war alles in Ordnung. Bis Budapest zumindest.
Langsam ratterte der Zug durch das Land. In Tatabánya[19] stiegen wir um, in den Zug, der uns nach Budapest brachte. Mir wurde schwindelig bei dem Gedanken an mein Dorf. Soweit war ich noch nie von zu Hause fort gewesen. Ob ich jemals wieder zurück konnte? Mein Gefährte legte den Arm um mich, als wir den Bahnhof verließen. Am frühen Vormittag waren wir von Prag aus aufgebrochen, und nun senkte sich die Sonne zum zweiten Mal über einen fremden Ort. Wir aßen in einer kleinen Garküche. Dort traf Çingiz Yedeşahin einen Landsmann, der uns am nächsten Tag bis nach Deva[20] mitnehmen konnte. Allerdings musste er in mehreren Orten halten, um Dinge abzuliefern oder aufzunehmen. Auf mich wirkte er verschlagen und wenig vertrauenserweckend, doch Çingiz beruhigte mich:
„Er ist kein richtiger Türke, jedenfalls kein städtischer. Aber er ist ein guter Mann...“, und er konnte Türkisch, deshalb verstand ich rein gar nichts, als die beiden Männer die ganze Nacht in der kleinen Hütte saßen und sich besprachen.
Vor dem Schlafengehen erklärte mir Çingiz: „Laura,

19 Tatabánya – Ort in Ungarn (N 47°35‘ E 18°24‘)
20 Deva – Stadt in Rumänien (N 45° 52‘ E 22° 54‘)

Canım[21], in Békéscsaba[22] musst du in ein Fass steigen!" – Békéscsaba, das war noch in Ungarn – „und unsere Sachen bei dir im Fass verstecken. Der gute Orkun hier fährt mit seinem klapprigen Wagen morgen Fässer über die Grenze. Ich habe ihm ein wenig für seine Familie gegeben, damit er uns rüber bringt."

Çingiz würde sich als Beifahrer ausgeben, und sein Landsmann Orkun würde uns so über die Grenze in die Volksrepublik Rumänien bringen können. Eventuell sei mit Problemen zu rechnen, da Türken nicht sehr beliebt in Rumänien seien. Da aber Allah uns auf unserer gesamten Reise schon wohlgesonnen war, schloss Çingiz nach einigen Getränken zufrieden die Augen. Bevor ich einschlief, schloss ich meine und bat noch schnell Gott um Schutz und Beistand. Doppelt hielt besser.

Am nächsten Morgen riet Orkun zur Eile, ohne mich anzusehen. Wenn er überhaupt etwas sagte, so richtete er seine Worte immer und ausschließlich an Çingiz. Warum das so sei, fragte ich ihn. Vielleicht erwischte ich einen falschen Moment, aber auch mein Gefährte war von nun an sehr wortkarg mir gegenüber und wich meiner Frage aus.

Ich musste zwar noch nicht in das Fass, doch war auf der Sitzbank vor dem Lenkrad kein Platz für zwei Männer und eine Frau. So setzte ich mich in meinen Mantel gehüllt auf die Ladefläche zwischen einzelne Kisten und Fässer, die die gleiche Schrift trugen, wie die Sowjetischen Soldaten sie benutzten, die manchmal in einer LKW-Kolonne durch unser Dorf fuhren. Wollten die beiden Männer nun doch in die Sowjetunion? Çingiz und sein verschlagener Landsmann sagten etwas von der Volksrepublik Rumänien, und noch

21 „Canım" – türk. = dt.: „mein Leben" (Koseform)

22 Békéscsaba – Kleinstadt im südöstl. Grenzgebiet Ungarns zu Rumänien (N 46° 41' E 21° 04')

waren wir ja in Ungarn. Ich biss mir auf die Lippen und schwieg. Doch insgeheim schwor ich mir, sobald es eine Möglichkeit gäbe, wieder nach Hause zu fahren. Wie dumm ich doch war. Mein Vater hatte recht. Irgendwie wurde mir Çingiz unheimlicher, je weiter wir von zu Hause weg waren. In Szolnok[23] und Békéscsaba luden wir noch weitere Kisten auf. Alle mit denselben Buchstaben in derselben Schrift versehen. Was da wohl drin war? Warum taten die beiden Männer so ernst? Und warum überhaupt war Çingiz plötzlich so wortkarg und komisch zu mir? Nachdem wir Békéscsaba verlassen hatten, hielt das Auto, und die beiden Männer stiegen aus.

„Laura, es ist Zeit, ins Fass zu steigen!"

Ich weigerte mich. Orkun lamentierte in wilden Gesten. Er holte aus dem Verschlag hinterm Fahrersitz ein dreckiges Tuch, faltete es zu einem Dreieck und wollte es mir über den Kopf ziehen. Nun erst recht in Panik, trat ich nach dem Mann und versuchte mich loszureißen. Da sagte Çingiz zum ersten Mal, seit wir Budapest verlassen hatten, wieder mehr als einen Hauptsatz.

„Lass das Mädchen in Ruhe, sonst leg ich dich unter die Reifen und fahre selbst!" Er sprach auf Deutsch. Wahrscheinlich wollte er mich beruhigen, denn dieser Orkun verstand mit Sicherheit nicht ein Wort, doch allein der Ton bewirkte, dass er von mir abließ. Çingiz schaute mich an und bat mich, Ruhe zu bewahren.

„Laura, Canım, wenn wir heil über die Grenze kommen wollen, muss ich mich als Ungar ausgeben, und du darfst keinen Ton von dir geben im Fass. Oder, wenn du nicht ins Fass möchtest, musst du eben ein Kopftuch aufsetzen und dich in eine stumme Ungarin verwandeln!"

„Aber kannst du denn Ungarisch?" Was wollte er denn

23 Szolnok – Stadt in Ungarn (N 47°11' E20°11')

sagen, wenn wir an Grenzkontrollen kämen?
„Ja! Und jetzt frag nicht so viel, sondern entscheide dich!"
Çingiz konnte kein Ungarisch, denn noch daheim am Fluss hatte er seinen Mangel an Sprachkenntnis bedauert. Er wollte ja gerade mal Deutsch lernen!
Orkun fluchte, schoss Blitze gegen mich und zeigte auf das Fass. Wie er so herumkrakeelte, wirkte er ein wenig wie Rumpelstilzchen, fand ich. Der Mann stieg in sein Auto und ließ den Motor an.
Von Békéscsaba bis zur Grenze waren es nicht mal mehr 30 Kilometer, das würde ich schon aushalten. Als ich im Fass war, packte mein Gefährte meine kleine Tasche, sein Gepäck und alle anderen Sachen mit hinein. Fast schon musste ich über mich selbst und meine Naivität lachen. Vor zwei Wochen spielte ich noch mit meinem kleinen Bruder, und nun zog ich mit zwei fremden Männern durch eine Welt, die ich dunkel aus einem alten Buch meines Vaters kannte. Ein wenig fühlte ich mich wie Mina Murray[24] aus eben dieser Geschichte. Dort ging es auch um Ungarn und Rumänien. Um dunkle, gefährliche Wesen und Fledermäuse. Besuchte Mina nicht ihren Geliebten in Ungarn? Und die Kisten hier? Mit den komischen Buchstaben? Sie sollten nach Rumänien! Vielleicht nach Siebenbürgen? Ich zwang mich, nicht weiter darüber nachzudenken, denn mein Pullover fing schon wieder an zu kleben. Jetzt eine Dusche. Çingiz roch schon etwas streng, und ich vermutete, um meinen Körpergeruch stand es wohl nicht besser. Orkun schielte gen Himmel und grummelte vor sich hin.
„Laura!" Çingiz hielt mich an der Schulter fest, „Ich verspreche dir, sobald wir in Rumänien einen Schlafplatz gefunden haben oder an einen Fluss kommen, kannst du dich waschen! Doch jetzt lass mich bitte das Fass schließen, bevor

24 Mina Murray – In Bram Stokers „Dracula" die Geliebte des Grafen

noch jemand kommt und dich wegen üblen Geruchs zu 20 Tagen Wasser verdammt!" Er versuchte zu lächeln.
„Das wäre doch jetzt nicht das Schlechteste, was mir passieren könnte!"
Nach knapp einer Stunde Fahrt hielt der Wagen, und ich hörte wieder den mittlerweile fast vertrauten Klang der fremden Sprachen. Wieder wurde irgendetwas entschieden – im Prinzip war das ja wohl mein mir selbst auferlegtes Schicksal – ohne dass ich etwas verstand. Andere Stimmen sprachen in ernstem Ton auf meine beiden Begleiter ein, und ich bewegte mich nicht. Da rüttelte es auf einmal am Fass. An der Stimmlage meines Gefährten erkannte ich, dass es nun mal wieder ernster wurde. Einen Moment lang stritten die Leute da draußen offenbar um irgendetwas. Waren wir schon an der Grenze, oder waren wir überfallen worden? Wenn ich doch nur etwas verstünde! Das Fass wurde aus dem Wagen gehoben. Von wem, konnte ich nicht beurteilen, denn ich war zu sehr damit beschäftigt, keinen Ton von mir zu geben, trotz der schwierigen Lage, in der ich mich momentan befand. Ich fühlte förmlich, dass ich gerade zwischen Himmel und Hölle schwebte. Man ließ das Fass los, und ich kam auf dem Boden auf. Mein Kopf schlug gegen die Innenwand, die zum Glück an eben dieser Stelle durch meine Tasche etwas gedämpft wurde. Das Fass kam ins Rollen. Meinen Rücken entlang ergoss sich nun ein wahrer Schweißstrom, und meine Tränen konnte ich nicht länger zurückhalten. Zum Jammern war es zu laut. Es polterte und drehte sich alles. Mir wurde schlecht, und kurz war es mir auch egal, ob nun auch noch andere Flüssigkeiten aus meinem Körper flüchten wollten. Ich versuchte mich innerhalb des Fasses zu stabilisieren, indem ich meine Arme ausbreitete und meine Knie auseinander und an die Innenwand drückte. Ich hatte keine Ahnung, wie

weit oder wie lange ich rollte. Die Außengeräusche deckten sich mit den nun etwas weicheren Drehungen. Offenbar war ich vom freien Abhang in eine Art Gebüschlandschaft gerollt. Ich erinnerte mich kurz, dass mein Gefährte etwas hinterher gerufen hatte. Nur was? Da brach über oder unter mir – ich weiß nicht mehr genau – das Holz und gab der Schwerkraft endlich nach. Das Fass rollte jetzt, da es gebrochen war, langsam aus. Von innen gab ich dem Fass den Rest und krabbelte hinaus. Ich lag in einem Busch. Überall war Strauchwerk, und man konnte die Schneise des Fasses gut erkennen. Ich krabbelte weiter, und meine Tränen liefen. Was sollte ich denn jetzt bloß tun? Wer weiß, was hier alles um mich herum lauerte. Ich hatte Hunger, doch war mir nicht nach Essen zumute. An einen Baum gekauert, schluchzte ich vor mich hin. Meine Knie waren aufgeschlagen und brannten höllisch. Wenn doch jetzt nur mein Vater käme, mich in den Arm nähme und mir meinen Kinderstreich verzieh. Arme Mutter, wie litt sie wohl. Ob hier schon jemals ein Deutscher vor mir war? Irgendwo im Grenzgebiet zwischen Ungarn und Rumänien. Der Liebe Gott sollte nun alle Englein hinunter schicken, um mich zu beschützen. Ich musste erstmal weg von dem Fass; wenn die Leute das Fass loswerden wollten, dann ja auch unweigerlich dessen Inhalt. Also sollte ich, wenn irgendjemand nach dem Fass suchte, nicht mehr in der Nähe sein. Das Gute war, dass ich mich in einer Art Gebüschwald befand, in dem man sich gut verstecken konnte. Das würde allerdings nichts nützen, wenn man mit Hunden suchte. Dann wäre ich in der Tat wohl verloren gewesen. Trotzallem beruhigte ich mich langsam. Ich kroch weiter und weiter vom Fass weg und hielt erst inne, als ich den Rand des Gehölzes erreicht hatte. Es war wohl schon später Nachmittag. Ich kramte aus meiner Tasche den letzten Rest des Brotes und

kaute darauf herum. Vielleicht konnte ich einfach, falls ich heute Nacht nicht von Bären, Mücken oder sonst etwas heimgesucht würde, den Weg zurückgehen, den das Fass genommen hatte. Vorausgesetzt, da oben war irgendwo die Grenzstation. Dann würde ich meinen Pass zeigen und sagen, dass ich entführt wurde. Vielleicht setzten dann die Beamten mich wieder in einen Zug nach Hause.
Ich zuckte zusammen. Da kam jemand. Zum Glück ohne Hund. Der hätte wohl schon angeschlagen. Jemand rief meinen Namen. Also war Çingiz wohl auch irgendwie davongekommen. Ich lugte hinter dem Baum hervor und vergewisserte mich. Çingiz war allein, ohne diesen komischen Landsmann. Wieder rief er meinen Namen. Da trat ich aus dem Schatten des Holzes und hob unsere Sachen auf.
„Ahhh, Laura, es geht dir gut? Zeig mir deine Knie!"
Resigniert und verheult zeigte ich ihm meine zerschundenen Beine.
„Das kriegen wir schon wieder hin, Laura! Wir haben es bald geschafft! Vertrau mir! Es gab Probleme da oben an der Grenze." Behutsam taste er mein Knie ab, begutachtete den Rest des Beines bis zum Fuß und streichelte es. Plötzlich fühlte ich mich halbwegs geborgen. Es tat gut, gestreichelt zu werden, auch wenn ich mich mittlerweile selbst nicht mehr riechen konnte. Doch Çingiz schaute nur auf den Boden und erklärte:
„Sie wollten Orkun und mich mitnehmen, wegen der russischen Fässer und weil wir Türken sind. Orkun wies plötzlich jede Schuld von sich, doch ich konnte den Beamten erklären, dass ich nur mitreisen wollte und mit den Fässern nichts zu tun hatte."
Ich schaute von oben auf den Mann herab, der da plötzlich so müde vor mir hockte und mein Bein streichelte.
„Ich erzählte den Beamten, ich habe meinen Zug verpasst

und Orkun gebeten, mich mitzunehmen. Da hob Orkun das Fass, in dem du warst, plötzlich vom Wagen und ließ es auf den Boden fallen. Das tat mir so leid! Ich hoffe, es tat nicht allzu weh!?" Nun stand er auf, umarmte mich und streichelte mir den Rücken. Das wohlige Gefühl in mir weitete sich auf den ganzen Körper aus, und doch war es mir ein wenig unangenehm, denn ich fühlte mich einfach unglaublich dreckig. Hätte ich mich doch nur in Prag ordentlich gebadet, aber wir waren einfach zu müde gewesen.
„Allaha çok şükür[25]! Das Fass hielt, und die Beamten lachten den Fahrer aus, da noch nicht einmal der kleinste Piep aus dem Fass gekommen war, yiğitim!" Er drückte mich etwas fester und gab mir einen Kuss auf die Stirn.
„Yi-was?"
„Meine Heldin!"
Als ich in meinem Fass auf dem Boden schlug und davonrollte, brachte Çingiz die Beamten dazu, die Kisten zu öffnen, damit das Fass in Ruhe den Abhang hinunterrollen konnte. Orkun schrie und schimpfte, was den Argwohn der Beamten nur noch verschärfte. Nun machten sich die Beamten an den Kisten zu schaffen. Und was mussten sie entdecken? Nichts. Die Kisten waren leer! Da fragten sich die Beamten, warum ein Ungar mit leeren russischen Kisten nach Rumänien fuhr und beorderten den Mann in ihr Zollhäuschen zur weiteren Befragung. Mein Gefährte wurde sich selbst überlassen und suchte alsbald das Weite. Nach einem kurzen Bogen warf er sich ungesehen ins Gebüsch und folgte der Spur des Fasses.
Ich hatte mich beruhigt. Mir tat zwar alles weh, doch mein Vertrauen in Çingiz war wieder hergestellt. Nach dieser Erzählung trieb er mich und sich selbst zur weiteren Eile an. Auf der Straße durften wir nicht bleiben, denn wir konnten

25 „Allaha çok şükür" türk. = dt.: „Gott sei Dank"

nicht sicher sein, was der andere Mann den Beamten erzählt und wie weit er ihr Vertrauen wiedererlangt hatte. So schlugen wir uns die nächsten fünf Stunden durch den Abend, die herannahende Nacht, durch das Gebüsch und die Felder bis nach Arad[26]. Am Stadtrand fanden wir eine offene Scheune, in der wir uns zur Ruhe begaben. Wir hatten Hunger, waren dreckig und müde.

Auf dem trockenen Stroh lagen wir nun nebeneinander, oder besser gesagt lag ich in seinen Armen, wie ein kleines Mädchen, das Schutz vor dem Regen sucht.

„Wirst du mich auch beschützen, wenn wir in deinem Land sind? Was machen wir dann?"

Feierlich beschwor er seinen Schutz und seine Ehre auf den Namen seiner Mutter und seines seligen Vaters.

„Allah wird uns beschützen. Meine Mutter hat ein Haus in der Stadt, dort kommen wir erstmal unter, dann werde ich uns ein Haus suchen oder eins bauen, und dann werden wir weitersehen. Ich habe Verantwortung für dich übernommen, auch wenn ich deinen Vater lieber gefragt hätte..."

Behutsam streichelte er meinen Arm. Ich war mir nicht sicher, was genau er meinen Vater hätte fragen wollen. Bei der Überlegung fielen mir die Augen zu, und wir schliefen unruhig, aber sicher.

Der nächste Morgen ließ uns beide im Regen erwachen. Das Stroh war klamm und unsere Laune etwas niedergeschlagen. Seit nunmehr drei oder vier Tagen hatte ich mich nicht einmal gewaschen, unregelmäßig gegessen und war immer nur im Unklaren gelassen worden, was unsere Reise betraf. Sicher, mein Gefährte hatte immer auf mich aufgepasst oder mich zumindest aus Miseren geholt, aber eigentlich erhoffte ich mir doch ein wenig mehr Klarheit über den weiteren Verlauf der Reise. So hielten wir uns

26 Arad – kleiner Ort im rumänischen Grenzgebiet (N 46°11' E21°19')

noch ein wenig im feuchten Stroh auf und redeten in beiden Sprachen über seine Reisevorstellungen. Jäh wurden wir unterbrochen, als ein Mann in die Scheune trat. Obwohl wir ihn mit keinem Wort verstanden, ahnten wir sofort, wer uns da gegenüberstand. Mit einer Mistgabel bewaffnet, forderte der Mann uns auf, uns zu erheben. Zur Beruhigung des Grundbesitzers hoben wir friedlich die Hände und standen auf. Ich sagte kurz etwas zu Çingiz. Auf Deutsch. Das hob sofort die Stimmung, und der Mann senkte die Gabel. In gebrochenem Deutsch fragte er uns, was wir hier taten. Da war es an mir, die unschöne Situation zu bereinigen und unsere Anwesenheit zu erklären. Ich erzählte ihm die Geschichte, so wie sie passiert war. Der Mann hörte zu, wurde zusehends ruhiger. Çingiz verstand viel, aber nicht alles. Als ich vom Fass erzählte, fing der Bauer an zu lachen, und Çingiz lachte einfach mit. Da bot uns der Mann schlussendlich ein Frühstück an und rief nach seiner Frau. Diese kam, als hätte sie schon hinter der Scheune gestanden, und nahm mich mit sich. Ich durfte mich waschen, bekam neue Wäsche, die gut passte. Von der Tochter der Gastgeber, hieß es. Diese war jedoch scheinbar nicht zu Hause.
Die Frau fragte viel über Deutschland. Über den Kaiser. Über Hitler. Und ich erzählte viel. Es kam mir vor, als sei ich schon eine halbe Ewigkeit unterwegs, dabei waren es gerade mal drei oder fünf Tage. So spontan wusste ich es nicht. Wir gingen in das Haus zurück, wo schon die Männer auf uns warteten. Nun durfte sich auch Çingiz waschen. Vom Ärger des Morgens war nichts mehr zu spüren. Der Regen hatte auch aufgehört, die Wolken verzogen sich, und es schien ein schöner Sommertag zu werden. Nach einem ausgiebigen Frühstück versprach unser Gastgeber, einen Lastkahn zu organisieren, mit dem wir zumindest den

Mieresch[27] stromaufwärts entlang bis nach Deva kamen. Ab da sollte Gott uns weiter leiten. Mein Gefährte lächelte dünn und empfahl sich leise Allah.
Unser Führer erklärte uns beim Abschied augenzwinkernd, wir seien nun mitten in Transsilvanien, also sei Vorsicht geboten. Mein Gefährte verstand das nicht, doch ich erinnerte mich sofort an das Buch meines Vaters. Da waren wir so weit weg von meiner Heimat, kamen der meines Gefährten immer näher, und er verstand immer weniger. Ein wenig amüsant fand ich das schon.
Schon von weitem sah man die Burg, die über der Stadt Deva thronte. Unterhalb dieser Burg strichen wir ein wenig auf den Straßen herum, und mein Gefährte tauschte ein paar Mark gegen ein paar Bani[28]. In einer Bar bekamen wir Kohlrouladen mit Reisfüllung und Schafkäse. Wir schlugen uns die Bäuche ein zweites Mal an diesem Tag voll. Wer weiß, wann wir wieder Gelegenheit haben würden.
„Und was machen wir jetzt?“, fragte ich ihn. Da lachte er und schien zum ersten Mal auf unserer Reise wieder unbefangen.
„Ach Canım! Es wird alles passieren, wie es passieren soll!“ Er lächelte den leeren Teller an und erzählte leise von den letzten Momenten mit seinem Vater. Da wurde ich still, nahm seine Hand und hörte zu. Mit jedem seiner Worte wurde ich trauriger. Er schaute vom Teller auf und beschwichtigte mich, denn in seinem Glauben gab Allah das Leben und nahm es auch.
„Jede Sekunde ist ein Leben.“
Man durfte darüber nicht traurig sein. Doch schien es mir, als ob er selbst damit zu kämpfen hätte. Zumindest war er

27 Mieresch – (rum.: Mureş) Fluss durch Rumänien, Quelle in den Ostkarpaten, mündet in die Theiss (Ungarn)

28 Bani – Plural der rum. Münzeinheit Ban

doch traurig, dass sein Vater gegangen war. Allein. Und wohin auch immer. Er war weg. Also doch Trauer. Er gab zu, dass er trauerte, doch er wollte daheim keine Klageweiber bestellen, wie ein paar seiner Nachbarn es einmal getan hatten, als einer der Ihren starb. Das erschien ihm unsinnig, denn diese Frauen hatten ja gar nichts mit seinem Vater zu tun und sollten aber jammern, als wenn es ihr eigener wäre. Allah konnte man nicht so leicht übers Ohr hauen. Als Zeichen stillen Einverständnisses bimmelten von weit her ein paar Kirchenglocken. Vielleicht hingen sie in den Türmen der Burg oder in einer Kirche in der Innenstadt. Uns war das egal. Wir waren satt und müde. Vielleicht fanden wir ja jemanden, der uns nach Bukarest bringen wollte, dann konnten wir auf der Ladefläche unter dem freien Himmel schlafen und kamen dann ausgeruht dort an. Ich betete um einen Planenwagen, denn es fing an zu regnen. Die Kirchenglocken läuteten noch immer. Als Zeichen? Mein Gefährte fragte mich, was es eigentlich auf sich hatte mit diesen Glocken. Der Pfarrer aus meinem Dorf – und da musste ich schmunzeln, als es mir wieder einfiel – erzählte einmal, dass Papst Calixtus der Dritte[29] im 15. Jahrhundert den Brauch einführte, zum Gedenken an den Sieg des ungarischen Königs Ladislaus des Fünften[30] über die Türkischen Heere des Sultans Mohammed des Zweiten[31] jeden Tag um

29 Calixtus III. – (lat.: Calixtus, griech.: Kallistos, dt.: der Schönste) geb. 31.12.1378 in Canals bei Valencia; gest. 06.08.1458 in Rom, bürgerl.Name Alonso de Borja – italienisiert Alfonso Borgia, war Papst vom 08.04.1455 bis zu seinem Tod.

30 Ladislaus V. Posthumus – geb. 22.02.1440 in Komarno; gest. 23.11.1457 siebzehnjährig in Prag; König von Böhmen und Ungarn und Herzog von Österreich

31 Mohammed II. Fatih – „der Eroberer", geb. 30. 03.1432 in Adrianopel (heute Edirne, Türkei), gest. 03.05.1481 in Gebce (Türkei), seit 1451 Sultan des Osmanischen Reiches, Eroberung Konstantinopels 1453, die das Ende des Tausendjährigen Byzantinischen Reiches besiegelte.

12.00 Uhr die Glocken im gesamten christlichen Reich zu läuten.
„Wohl eher aus Angst vor meinen Landsmännern!“, belächelte mein Gefährte die Antwort und war es zufrieden. Wir scherzten noch eine Weile über das Thema. Aus dem kleinen, verzweifelten Mädchen in der Fremde war wieder eine junge Frau geworden, die mitten in Rumänien mit einem Türken beisammensaß, der sie Teil seiner Geschichte werden ließ. Çingiz bezahlte und fragte den Wirt nach einer Möglichkeit, nach Bukarest[32] zu kommen, oder vielleicht sogar bis nach Constanta[33] an die Küste. Als einziges Mittel kam da nur der Zug in Frage, der über Nacht fahren sollte. Das kam uns gelegen und war natürlich besser als die Ladefläche eines Autos oder der ungemütliche Kasten einer Kutsche. So stiegen wir in den Zug nach Bukarest und wechselten dort in den frühen Morgenstunden auf einen Zug, der Güter und Personen gleichermaßen zum Constantischen Hafen an die Küste des Schwarzen Meeres brachte. Das nächste Schiff nach İstanbul ging erst in zwei Tagen, so blieben wir noch in der Hafenstadt und genossen die ersten Septembertage am Strand des Schwarzen Meeres. Als ich zum ersten Mal meine Füße in das Wasser hielt, staunte ich, denn das Wasser war ja gar nicht schwarz, sondern genauso blau, wenn nicht noch blauer als die Ostsee!
Endlich bekamen wir eine Passage auf einem kleinen Schiff, das uns binnen einen Tages an das Ziel unserer Reise bringen sollte. Trotz des Sommers schlugen die Wellen hoch und häufig auch über das Deck des kleinen Schoners. Die Wellen taten ihr Übriges, und so sah mein Begleiter mich wieder zum kleinen Mädchen werden, das während der gesamten Überfahrt nicht ein einziges Mal das Deck betrat,

32 Bukarest – Hptst. Rumäniens (N44°26‘ E26°06‘)

33 Constanta – rum. Hafenstadt am Schwarzen Meer (N44°11‘ E28°39‘)

dafür aber alles in ihrer kleinen Kajüte bekotzte, was in Reichweite der Koje war. Da wir uns den kleinen Raum teilten, war mein Gefährte so häufig wie möglich an Deck, denn er konnte nicht riechen, was ich so ans matte Licht des Raumes beförderte. Der Tag wollte nicht vergehen. Umso größer war die Freude, als auf der Hügelkette entlang der durchfurchten Küste der Leuchtturm von Rumeli und die alten Überreste eines Forts in Sichtweite kamen. Çingiz holte mich aus der Kabine, und ich hielt mich, schwach wie ich war, an der Reling fest, in der Hoffnung, es käme kein Gegenwind, der den Rest meines Inneren auf der Jacke meines Gefährten verteilte. Doch das Wasser wurde ruhiger, mein Magen auch, und so konnte ich tatsächlich unsere Einfahrt in den Bosporus[34] genießen. Hier wimmelte es plötzlich von Lastkähnen und kleinen Fischerbooten. Entlang der bewaldeten Küste entwuchsen immer mal wieder kleine oder größere Paläste dem Dickicht, und an den Hängen schimmerte zuweilen nackter Fels über den Dächern kleinerer Fischerhäuser.

„Schau, Canım! Noch einen Schritt, und du bist in Asien!"

Die Backbordküste begrenzte die asiatische Platte. Von hier aus war es nicht mehr weit bis nach China, dachte ich, doch wir brauchten allein für die Passage der Meerenge fast vier Stunden, und so neigte sich der Tag schon dem Ende, als wir nach mehreren Biegungen die Minarette der Hagia Sophia und der Sultan-Ahmed-Moschee zu sehen bekamen. Mein Gefährte verlor eine Träne, die er mit dem nun doch streng von vorn wehenden Wind entschuldigte. Er hatte mich nicht belogen. Diese Stadt war wunderschön.

34 Bosporus – griech.: βους boũs = dt.: Rind, Ochse ; griech.: πόρος póros = dt.: Weg, Furt = dt.: Rinderfurt; türk.: Boğaz = dt.: Schlund, Kehle; türk.: Karadeniz Boğazı = dt.: Schlund des Schwarzen Meeres; Meerenge zwischen Europa und Kleinasien, die das Schwarze Meer mit dem Marmara-Meer verbindet.

Ich hatte auf unserem Weg hierher so vieles zum ersten Mal gesehen, doch diese Welt hier stellte alles in den Schatten. Es gab nichts, was mich an meine Heimat erinnerte. Der Hafen in Galata war riesig. Überall lagen Segel- und Dampfschiffe vertäut und warteten auf Güter, die wer weiß wohin verschifft werden sollten. Riesige Möwen schrieen lauthals um Futter. Das Stimmengewirr trieb mir, die noch nicht recht von der Überfahrt genesen war, stechende Schmerzen ins Hirn, doch ich blieb tapfer und lächelte meinem Gefährten aufmunternd zu. Der ging, nun, da er wieder in seiner Heimatstadt war, schnellen Schrittes voran. Er kannte sich hier aus. Immer wieder kamen uns Leute entgegen, die auf ihn einredeten und ihn beidwangig küssten. Überall Fahnen. Rote Fahnen mit einem kleinen weißen Stern, der den Schlussstein eines weißen Halbmondes bildete. Ich hatte leichte Mühe, meinem Gefährten hinterher zu kommen. Wir liefen und liefen. Die Stimmen erschienen mir wütend, und manchmal hatte ich das Gefühl, als warfen mir die Menschen kalte oder gar böse Blicke zu. Nun wieder ganz das kleine Mädchen, schulterte ich meine Tasche und suchte die doch so vertraut gewordene Hand meines Gefährten.

Wir fanden uns nicht.

Er wirkte angespannt. Zwar redete er ruhig, erklärte er das eine oder andere Gebäude, die eine oder andere Ecke der Stadt und verknüpfte sie mit Erlebnissen seiner Jugend, doch wenn Leute ihn ansprachen, dann schien er auch ein wenig aufgebracht. Mein Blick irrte umher. Die Häuser waren alt, manche viel älter als der Stammbaum meiner Familie. Hier gab es Häuser, die um ein Vielfaches größer waren als die Kirche meiner Kindheit. Ich sah in den Höfen und an den Mauern der Moscheen Leute, die ihre Füße wuschen, um zu beten. Da fiel mir auf, dass mein Gefährte ja

während der ganzen Reise nicht gebetet hatte. Ich ja auch nicht, und heute war Sonntag. Ich schaute kurz nach oben, dann fragte ich ihn, ob es hier eine Kirche gäbe, in der wir kurz verweilen könnten. Er schaute mich ungläubig an und fragte zurück, ob ich denn mit Griechen zusammen beten wolle. Er betete ja auch nicht in fremden Häusern. Und heute sei ein denkbar schlechter Tag, um über Gott zu reden. Er schüttelte den Kopf und schritt rasch weiter.
Irgendetwas Schlechtes lag in der Luft. Ich hetzte hinterher, gedachte im Stillen meiner Mutter, meines Vaters, meines Bruders und bat alle drei um Verzeihung.
Bergauf, bergab.
Irgendwann, ich fühlte meine Beine nicht mehr, hielten wir an einem der mehrstöckigen Holzhäuser. Hier war Çingiz also zu Hause. Eine ältere Frau kam heraus und küsste ihn. Seine Mutter. Ich stand etwas abseits und wartete. Leute rannten vorbei. Mit Fahnen in der Hand lamentierten sie und luden meinen Gefährten ein, mit zu rennen. Komische Leute. Die Mutter lamentierte mit und brach an der Schulter meines Gefährten zusammen. Ich wusste nicht, was ich tun sollte. Was passierte hier? War der Lärm hier normal? Wieder wünschte ich mich zurück in mein Dorf. An den kleinen Fluss. Zurück in die kleine Kirche. Bestimmt würde ich auch jeden Sonntag freiwillig und lieb in die Messe gehen, wenn doch nur die Unsicherheit und das Fremde aufhörten, mich immer wieder klein werden zu lassen. Ich wollte doch eine Große sein.
Mein Gefährte schob die Tür auf. Traurig vergewisserte er sich mit einem Blick über seine Schulter, dass ich noch da war, dann brachte er die Frau in das dritte Obergeschoss in eine kleine Wohnung. Ich lief still hinterher.
Was war nur passiert?
Ich stand einfach mitten im Raum und rührte mich nicht.

Çingiz nahm seiner Mutter das Kopftuch ab, und während sie in einem Ohrensessel saß, kniete er vor ihr. Er sprach beruhigend in seiner Sprache auf sie ein. Ohne den Blick von ihr zu lassen, bat er auf Deutsch um ein Glas Wasser, das ich doch aus der Küche holen sollte. Ich fand die Küche und eine Kanne. Doch keinen Becher. Als hätte mein Gefährte meine Gedanken gelesen, hieß er mich, in das Wohnzimmer zu kommen, an den und den Schrank zu gehen. Dort fand ich dann das Gewünschte und brachte auch bald darauf das Wasser. Die Mutter beruhigte sich zusehends. Ich stand wieder mitten im Raum und wartete. Die Frau ließ mich zu sich kommen, schaute den Gefährten an und umarmte uns nacheinander. Dann gebot sie ihrem Sohn, das Gästezimmer einzurichten, damit ich mich waschen könne. Wenig später allein mit meinem Gefährten im Gästezimmer, brachen alle Fragen aus mir heraus, die sich seit dem Verlassen des Hafens angestaut hatten.

„Warum weinte deine Mutter?“

Schon als ich die Frage dachte, verbot ich mir sie zu stellen, doch der Mund war schneller.

Ungläubig sah er mich an. Fast schien es, als wollte er explodieren, doch er fasste sich.

„Canım, erstens ist mein Vater tot, zweitens haben wir uns zwei Jahre nicht gesehen, und drittens...“

Er schüttelte mit dem Kopf. “Reicht das?!“

„Entschuldige, ich bin sehr aufgeregt!“, versuchte ich zu beschwichtigen.

„Schau mal, sie freut sich über mein Erscheinen im gleichen Maße, wie sie um ihren Mann, meinen Vater trauert. Auch für sie kommt alles plötzlich. Ich sollte meinen Vater aus Deutschland abholen. Vor zwei Jahren schrieb er uns in einem Telegramm, dass er wieder zurück in seine Heimat möchte. Als ich nun nach Deutschland kam, sah ich meinem

Vater an, warum er nach Hause kommen wollte. Aber die Ärzte ließen ihn nicht gehen, machten eine Therapie nach der anderen. Bis zur letzten..."
Von seinen Gefühlen getragen, brach nun alles aus Çingiz, meinem Gefährten, heraus. Alles, was während der letzten zwei Wochen nur in Teilen gesagt wurde, bekam nun einen Sinn.
Zwei Wochen kannten wir uns nun. Eben hätte ich den Fremden noch verfluchen können, und jetzt fühlte ich wieder die Vertrautheit, die mich schon berührte, als wir noch am Holzsteg in meiner Heimat saßen. Er konnte mir den Namen der Krankheit nicht sagen, der Name war ihm zu lang. Irgendeine Familienkrankheit. Denn auch sein Urgroßvater war daran gestorben. Hier in diesem Haus. Man sollte es nicht glauben, aber dieses mehrgeschossige Holzhaus war schon über fünfzig Jahre alt und seit jeher im Besitz dieser Familie. Zum Teil stand das Gebäude nun leer, weil die Familie nicht mehr da war. Wäre sein Vater früher nach Hause gekommen, wäre alles anders gekommen, wäre er vielleicht verheiratet und Kinder würden Leben in diese Ruhe bringen. Doch so wie die Dinge liefen, lebte seine Mutter die letzten dreizehn Jahre allein hier. Manchmal vermietete sie die unteren Räume.
„Sind deine Landsleute immer so laut?" Schon wieder entschuldigte ich mich heimlich für meine Frage. Die konnte er doch nur falsch verstehen.
Doch wider Erwarten blieb er auch diesmal ruhig und fast gelassen. „Wir sind ein Volk von Eroberern und Händlern!" Çingiz lächelte.
Er schlug vor, hier bei seiner Mutter zu wohnen. Solange, bis wir eine Wohnung gefunden hätten. Das Haus wäre groß genug, und die Mutter würde sich über etwas Gesellschaft bestimmt freuen. Nur, bat er, sollte ich in Gegenwart seiner

Mutter nicht erwähnen, dass ich Christin sei. Das verstünde sie nicht. Was daran so unverständlich sei, fragte ich.
„Nun..." – er druckste ein wenig herum – „Meine Mutter ist Muslimin, wir haben hier in İstanbul viele Probleme mit Christen, ich denke nicht, dass sie versteht, warum ausgerechnet ihr Sohn eine Christin in ihr Haus bringt und nicht eine ordentliche muslimische Frau. Ich glaube, sie hält Christinnen für aufmüpfig und ungehorsam!"
Er sah meinen strengen Blick und wiegelte sofort ab.
„Ich denke, das ist die Meinung meiner Mutter. Wir werden sehen, wie es läuft. Du weißt, dass ich anders denke!"
Wusste ich das?
„Wir werden eine Lösung finden, doch solange wir unter diesem Dach leben, gelten die Regeln meiner Mutter."
Na ja, so schlimm würde es schon nicht werden, sagte ich mir. Aber heute war Sonntag. Eigentlich wollte ich schon gern in eine Kirche, um mich für die sichere Überfahrt zu bedanken, um mir in der Stille des Raumes klar zu werden, was ich eigentlich getan hatte. Und einfach nur, um mal ein wenig allein zu sein. Also nutze ich die Gelassenheit meines Gefährten und fragte ihn noch einmal, was mir auf der Straße verwehrt wurde:
„Könnten wir nicht noch schnell, solange die Sonne noch nicht vollständig untergegangen ist, eine Kirche besuchen? Ich habe vom Schiff aus vorhin einige große gesehen. Ich möchte mich einfach nur bedanken..."
„Ach Canım, ich glaube, heute ist es mehr als ungünstig", erwiderte mein Gefährte, „Vor vier Tagen ist wohl auf das Geburtshaus von Mustafa Kemal Atatürk[35] ein Anschlag verübt worden."

35 Mustafa Kemal – ab 1934 den Beinamen Atatürk (dt.: Vater der Türken) vom türkischen Parlament verliehen; geb. 1881 in Thessaloniki, gest. am 10.11.1938 in İstanbul; Begründer der mod. Türkei und 1. Präsident der Republik Türkei.

„Wer ist das?"
„Er hat vor knapp dreißig Jahren Kalifat[36] und Sultanat abgeschafft und die türkische Republik ausgerufen. Er ist zwar schon tot, aber steht noch hoch in Ehren, und sein Geburtshaus ist nun ein Museum in Saloníki in Griechenland. Früher gehörte Saloníki zum Osmanischen Reich, doch heute gehört es zu Griechenland. Viele Leute hier sind der Meinung, dass es Griechen waren. Mutter erzählte vorhin, seit drei oder vier Nächten zögen Randalierer durch die Straßen und suchten nach Griechen, die sie aufhängen können."
Als sie keine Griechen mehr fanden, suchten sie Juden, und als auch die Juden nicht mehr da waren, nahmen sie sich alles, was nicht muslimisch war. Auf jeden Fall verstand ich, dass es momentan überhaupt nicht ratsam war, in eine Kirche zu gehen. Einige Kirchen sollten sogar angezündet worden sein. Christliche Friedhöfe wurden geschändet und die Gebeine auf griechischen Flaggen verbrannt. Christliche Schulen brannten. Heute hatten sich die Gemüter wieder so weit abgekühlt, dass sie nur noch Parolen und Fahnen schwangen. Irgendetwas war noch am Hafen passiert, aber das würden wir, wenn überhaupt, erst morgen erfahren.
„Warum betest du nicht einfach hier im Raum? Wenn wir Muslime nicht in eine Moschee gehen können, malen wir auf dem Boden ein Rechteck, legen einen kleinen Teppich hinein, richten ihn nach Mekka[37] aus und beten!"
„Aber woher weißt du denn, wo Mekka liegt?"
„Ich weiß es nicht genau, dazu bräuchte ich einen Kompass,

36 Kalifat – arab.: chalīfat rasūl Allāh = dt.: Nachfolger des Gesandten Allahs; islam. Regierungsform, bei der weltl. u. geistl. Führerschaft in der Person des Kalifen vereint sind.

37 Mekka – arab.: Makka, oder Makka al-Mukarrama = dt.: Mekka, die Ehrwürdige; Geburtsstadt des Propheten Mohammed und die heiligste Stadt der Muslime. (N 21° 25' E 39° 49')

und den habe ich selten dabei. Im Koran steht, dass wir als Betende nur das leisten sollen, was wir auch tatsächlich leisten können. Ich weiß also grob, das Mekka südsüdöstlich von İstanbul liegt, und die Himmelsrichtungen wiederum kenne ich hier in meiner Heimatstadt. Die Mündung zum Marmara-Meer zum Beispiel liegt direkt im Süden, also schaue ich nach Üsküdar[38] auf die asiatische Seite und weiß, irgendwo dahinter liegt Mekka. In welche Richtung müsst ihr denn beten?"
„In der Kirche bete ich zum Altar hin und zu Hause... ich weiß nicht... zum Bett?"
„Habt ihr keine einheitliche Richtung?"
„Ich weiß nicht, wie die Betten in anderen Zimmern ausgerichtet sind?!" Ich verstand seine Frage nicht. Doch Çingiz bewahrte Ruhe.
„Nicht doch die Betten, wenn du draußen bist, auf dem Feld oder sonst wo, wo keine Kirche steht und kein Bett, wohin betest du dann?"
Die Frage war mir neu. Ich betete zu Gott, und der war doch überall? Ich resignierte.
„Ich weiß nicht...!"
„Na ja, ist auch nicht so wichtig, vielleicht... Für uns ist es nur wichtig, weil zentraler Bestandteil unseres Gebetes ist die Kaaba[39] in Mekka. Deswegen beten alle Muslime, egal wo sie sich auf der Welt befinden, gen Mekka."
Von draußen rief Çingiz' Mutter, dass mein Bad nun angerichtet sei. Nachdem ich mich gewaschen und von meinem Gefährten ein abgetragenes, aber sauberes Kleid bekommen hatte, gingen wir wieder hinauf zur Mutter, die derweil

38 Üsküdar – in der Antike eigenst. Stadt Chrysopolis; zu byzantinischer Zeit in Skutarion unbenannt; heute Stadtteil von İstanbul. (N 41°01'/ E 21°01')

39 Kaaba – arab.: al-Ka'ba, dt.: Kubus, Würfel; zentr. Heiligtum des İslam; befindet sich im Innenhof der großen Al-Haram-Moschee (arab.: al-masğid al-harām) in Mekka, Saudi-Arabien.

schon den Tisch gedeckt hatte. Für ihre Verhältnisse war das Mahl üppig. Die Mutter fragte, ihr Sohn übersetzte. Siebzehn Jahre war ich alt. Ja, ich war mit dem Segen meines Vaters unterwegs. Das war zwar gelogen, schien mir der Situation jedoch dienlich. Und:
Ja, ich war Christin. Wider Willen wurde ich rot, denn ich erinnerte mich an das Gesagte meines Gefährten. Ich senkte den Kopf und wartete. Doch zu meiner Überraschung streichelte die Mutter meine Hand und erzählte ungezwungen, dass als erster Ibrahim[40] dem jüdischen Volk, dann Mose und Isa ibn Mariyam[41] den Christen das Wort Allahs gebracht hätten. Mohammed hätte es schlussendlich den Muslimen verkündet. Also glaubten alle an den Einen. Ob der nun Allah, Jawhe oder Gott hieß, sei einerlei.
Ihr Sohn machte große Augen.
Die Mutter stand auf, ging zu einem Schrank und holte ein Tuch hervor. Ein sauberes, nach Lavendel riechendes, himmelblaues Tuch aus einem weichen Stoff. Aus Indien käme dieses Tuch, und es sei ein Willkommensgeschenk an mich, die junge Deutsche. Ich blieb sitzen und ließ mir bereitwillig erklären, wie das Tuch um meinen Kopf gefaltet wurde. Mein Gefährte bat mich, von nun an das Tuch zu tragen, sobald ich das Haus verließ.
Am nächsten Tag ging ich mit ihm auf einen der vielen Basare der Stadt. Dort auf diesem Markt gingen mir die Augen über. Ich sah anderes Gemüse, anderes Obst – Dinge, die ich nur aus den Geschichten kannte.
Händler über- oder unterboten sich. Der Ärger von gestern schien verpufft, denn die Leute schauten mir freundlich hinterher, redeten auf mich ein, zeigten mir schöne Dinge.

40 Ibrahim – (arab.: Ibrāhīm = dt.: Vater der Menge) Abraham, Vater von Isaak und Ismael, Großvater von Jakob, dem Urvater der zwölf Stämme Israels.

41 Isa ibn Mariyam (arab.: Īsā bn Maryam; dt.: Jesus, Sohn der Maria)

Mein Gefährte warnte mich, ich solle nicht allzu weit hinter ihm bleiben, denn das Gewühl sei doch zu groß. Er wollte nicht, dass ich einen Schaden nahm. Wir gingen an das Ufer der Meerenge.

Da war es wieder.

Asien.

Zwar sah es von weitem genauso aus wie das, auf dem wir gerade standen, jedoch allein der Gedanke, dass wir nur mit einem Boot hinüber zu rudern brauchten, ließ mein Herz höher schlagen. Bestimmt war noch niemand aus meiner Familie so weit weg von zu Hause gewesen wie ich.

Wir richteten es uns in der Wohnung der Mutter ein, und sie zog hinunter in das Erdgeschoss. Es war ihr recht, so musste sie nicht Tag für Tag diese engen Treppen steigen. Und wenn sie einsam war, was oft geschah, rief sie hinauf, ich möge ihr doch Gesellschaft leisten. Oder wir gingen zusammen auf den Basar. Çingiz nahm während dieser Tage seine alten Geschäfte wieder auf oder besuchte alte Freunde. Was das jedoch für eine Art von Geschäft war, bekam ich nicht aus ihm heraus.

Manchmal ging ich auch allein hinunter ans Wasser und schaute rüber nach Asien. Eigentlich sah er es nicht gern, wenn ich allein zum Ufer wollte oder einfach nur durch die Stadt spazierte, um mir alles anzusehen. Wenn er etwas sagte, trotzte ich ihm in gewisser Weise, denn ich war ja – immer noch – freiwillig hier. Er versuchte ruhig zu bleiben und mir die Dinge zu erklären, wie sie hier in seinem Land liefen. Hier gab es andere Regeln. Ich versuchte zu verstehen und ging trotzdem allein hinaus.

Am Ufer der Meerenge standen Fischer an Fischer und angelten über Kilometer hinweg. Kleine Fische. Manche tranken Tee, luden mich ein auf ein Gespräch, wenn ich im Vorbeigehen „Petri heil“ wünschte. Sie lächelten und boten

mir Platz an. Ich konnte mich noch nicht gut in der Sprache dieser Stadt ausdrücken, aber ich bekam schon mit, dass alle um mich herum herzlich waren. Zumindest lachten die Fischer immer, wenn ich den Kai entlang spazierte.
Ich solle auf die Fischer aufpassen, warnte Çingiz erneut, doch ich verstand nicht, worüber er sich Sorgen machte. Allmählich gingen mir seine stetigen Warnungen, Verbote und Regeln auf den Geist. Hatte er nicht sogar gesagt, seine Mutter würde eine Christin nicht gutheißen? Und? Was tat seine Mutter? Sie nahm mich in die Arme, herzte mich und zeigte mir, wie man landestypisch kochte. Dass ich ein Tuch um den Kopf binden musste, fand ich nicht weiter schlimm. Wenn ich unten am Kai war, machte ich es immer wieder ab. Die Fischer dankten es mir eben, indem ich bei ihnen sitzen durfte und Elmaçayı[42] trank. Sie machten Gebärden und brachten mir die Sprache ein wenig näher. Ließen den Kaiser hochleben und das Reich und schimpften auf die Bulgaren und Griechen. Manchmal biss ein Fisch an. Ich hatte das Gefühl, eine von ihnen zu sein. Eine Große. Ein paar Fischer, vorwiegend ältere, schimpften und schienen die jüngeren zurechtzuweisen. Sie warfen mir dunkle Blicke zu, und ich hatte den Eindruck, dass sie mir im Allgemeinen nicht besonders wohlgesonnen waren.
Mein Gefährte blieb den Tag über in der Stadt, seine Mutter blieb mehr und mehr zu Hause, und ich schaute mir eben die Straßen an. Die Hagia Sophia. Sie war doch keine alte, dürre Ordensschwester, sondern eine breite Kirche, die zur Moschee umgebaut wurde und nun als Museum diente. Sie sah so alt aus, wie sie war. Man musste sich beeilen, wenn man sie sich ansehen wollte, denn es gab wenig elektrisches Licht. Und das wurde dann, wenn die Sonne unterging, auch schnellstens gelöscht. Gleich nebenan stand der

42 Elmaçayı – türk. = dt.: „Apfeltee“

Topkapı-Palast mit seinen weit reichenden Gärten. Eine ehemalige Sultansresidenz, die nun seit dreißig Jahren von Reisenden besucht wurde, die sich ein paar Barthaare von Mohammed anschauen wollten. Immer wieder kam es deswegen zu verbalen Angriffen und Unmuts-Bekundungen alteingesessener Muslime. Ich verstand das damals noch nicht. Diese Haare wollte doch keiner stehlen. Jeder wollte sie sich nur anschauen. Die Muslime, um sich etwas Spiritualität und Schutz zu erbitten, und die anderen Leute einfach aus reinem Interesse. Niemand wollte etwas Böses. Als ich mit Çingiz darüber redete, war er eigentlich auch meiner Meinung, doch sagte er wieder, ich solle nicht mit Mutter darüber sprechen. Sie könnte das vielleicht nicht verstehen. Natürlich redete ich mit ihr darüber, als er wieder in der Stadt war, doch diesmal hatte er recht. Sie wies mich zurecht und sagte, ich solle nicht dumm daherreden, sondern mich lieber mit den heimischen Gewohnheiten beschäftigen, denn in unserer Straße sprachen die Leute schon über mich. Ich musste auf unsere Nachbarn offenbar wie ein bunter Hund gewirkt haben. Wenn ich zum Bakal, unserem kleinen Kaufmannsladen an der Ecke ging, sagte ich freundliche Worte und bekam auch welche. Der Verkäufer war ein netter Mann, der mir manchmal Pistazien oder Erdnüsse zusteckte. Einmal nahm er eine kleine Nuss in seine Hand, legte sie in meine und erklärte mir, dass ich nun den ganzen Stadtteil in den Händen hielt. Fındıklı. So hieß er, der Stadtteil. Und so sagte man zur Haselnuss. Wir wohnten in einer Haselnuss. Das fand ich irgendwie lustig. Eigentlich war er der einzige nette Mann in unserer Straße. Alle anderen waren zwar freundlich, wenn sie mir begegneten, doch im Laufe der Zeit verstand ich. Der freundliche Mann vom Bakal brachte mir mehr und mehr Worte bei. Mein Gefährte hatte dafür ja keine Zeit mehr. Wenig später fand ich die feinen Nuancen der Sprache heraus. Und hörte, wie unsere Nachbarn sich lustig über die dumme Deutsche machten. Ich bemerkte die Frivolität der Fischer, die aus meinem Petri Heil andere Andeutungen hören wollten. Doch obwohl ich schon einiges verstand, war das noch lange nicht genug.

Mein Gefährte steckte mir Geld, was er verdiente, zu und bat mich, für uns drei einkaufen zu gehen, den Haushalt zu besorgen und ab und an nach seiner Mutter zu schauen. Er wollte sich, wenn ich nichts dagegen hätte, nach einer Wohnung für uns beide umschauen. Die Wohnung im Holzhaus war ihm zu klein und die Wohnung seiner Mutter mittlerweile zu nah. So blieb er tagsüber weiter der Wohnung fern und kam erst spät abends heim. Da fanden wir Zeit füreinander. Zeit für Gespräche. Zeit für eine zaghafte Umarmung. Mehr nicht. Ich hätte mir schon mehr gewünscht, doch hier reichte eben meine Sprache noch nicht aus. Auch die Körpersprache war eine andere. Meine Versuche, sich in seine Arme zu winden und ihm vielleicht sogar einen Kuss auf die Wange zu drücken, gingen in seiner unterkühlten Haltung unter. Mir schien, dass er mittlerweile nicht mehr ganz so glücklich war, mich aus Deutschland mitgenommen zu haben.

Draußen auf der Straße kam ich immer wieder ins Stocken. Ich fühlte mich wie eine sprachbehinderte, hässliche, missgebildete Kreatur, die eigentlich nicht verdient hatte, so frei auf der Straße umher zu spazieren und fremde Leute mit ihrem Anblick zu verschrecken. Meine gelernten Worte reichten einfach nicht aus. Hier ging alles viel schneller, war alles verwirrender. Ich hielt Augen und Ohren wachsam offen, versuchte zu begreifen, aber ich war zu langsam.

Ich verstand die Gesten nicht. Umso mehr ich lernte, desto weniger verstand ich. Hier hatte alles eine Bedeutung.

Gerüche, Hupen, Geräusche, Pfiffe, Rempler, Flüche, Gewalt. Menschenmassen, die Tiere vor sich her trieben. Tote Schafsköpfe starrten aus toten Augen und grinsten sich nachts in meine Träume.

Abends weinte ich in den Armen meines Gefährten und fragte ihn, wann ich es denn endlich geschafft hätte. Wann wäre ich endlich wieder ein Mensch, umgeben von Menschen? Doch er wiegelte nur ab, es würde alles so geschehen, wie es geschehen sollte.

Eines Abends, wir wohnten gerade einmal einen Monat bei seiner Mutter, kam er wieder heim und bat mich, mit vor das Haus zu kommen. Wir liefen also die Straße entlang nach Galata[43] zum Hafen hin. Dort wartete ein kleines Boot. Wir stiegen ein und fuhren durch die Meerenge hinaus ins Marmara-Meer. Über uns leuchteten matt die Sterne und hinter uns die Lichter seiner Stadt. Wir waren nur zu dritt auf dem kleinen Boot. Der Fährmann musterte mich verstohlen.

„Wir sind in unruhigen Zeiten heimgekommen“, sinnierte Çingiz. „Siehst du den Mond und den kleinen Stern daneben?“

„Ja“, hörte ich mich, „das ist die Venus.“

„Das ist unsere Fahne. Das Rot ist das Blut der Revolution, und darauf spiegeln sich diese beiden Gestirne, die uns heute Nacht den Weg zeigen.“ Dann war Stille.

Eine halbe Stunde lang starrte ich auf das Wasser, auf die Stadt, wieder auf das Wasser und dann auf die Inseln vor uns. Sie waren groß. Vielleicht vier oder fünf Kilometer im Umfang. Die Ufer stiegen stetig an, bis sie sich in der Mitte der Inseln als Berggipfel trafen. Wir landeten an der zweiten Insel. Viel Wald umgab einzelne Häuser, die am Ufer

43 Galata – antike Stadt am Nordufer des Goldenen Hornes, heute ein Stadtteil von İstanbul.

entlang und am Osthang des Berges gebaut waren. Da standen viele neue Häuser neben alten.
Mein Gefährte reichte mir die Hand, und wir erstiegen gemeinsam einen Teil des Hanges, bis wir zu einem Tor kamen. Er öffnete es, und dahinter befand sich eine schmale Treppe, die geradewegs bis in den Himmel zu führen schien. Umrankt von Rosen, kleinen Pflaumen-, Oliven- und Feigenbäumen. Wir liefen die Treppe hinauf und standen auf einem kleinen Plateau, von dem aus man nach Osten auf die anderen Inseln, nach Süden über das Marmara-Meer auf eine ferne Gebirgskette und nach Norden auf die Silhouette der Stadt blickte. Am Südhang des steilen Inselberges war ein mehrstöckiges Haus aus Holz und Stein erbaut.
Von hier, von der Südseite des Gartens, ging man in das Erdgeschoss. Von der Nordseite konnte man direkt in die zweite Etage gehen, und eine kleine Terrasse lud über ihnen zu einer noch besseren Sicht ein.
Wir sagten nichts. Er lächelte mich an. Hier würde es mir besser gehen. Keine Großstadt, kein Lärm, wenig Leute. Ich lächelte zurück und umarmte ihn. Hier auf der Insel gab es ein altes Kloster, und dieses Gebäude gehörte einmal zu den Liegenschaften des Konvents und stand schon lange leer.
„Vor einiger Zeit war ich mal hier drüben, und da stand ein Schild an der Haustür, es wäre zu verkaufen", Çingiz entschuldigte sich fast, „Nun gehört es uns, und ich möchte, dass du hier glücklich wirst. Die Stadt da drüben ist einfach zu laut für dich!"

Mittlerweile war der Spätsommer dem Herbst gewichen. Es regnete häufiger. Und die Temperaturen waren endlich wieder angenehm. Doch auch hier unterschied sich vieles vom Herbst meiner Heimat. Alle Sträucher und Blumen blühten in den prächtigsten Farben. Die Bäume hingen immer noch voller Früchte. Feigen, Pflaumen, Granatäpfel. Während mein Freund den Umzug aus dem Holzhaus in der Stadt hierher auf die Insel regelte, nahm ich das Putzzeug in die Hand und säuberte unser neues Zuhause, so gut es ging. Fenster, Wände, Böden. Alles blitzte, als die Woche zur Neige ging. Eigentlich sollten die Umzugskisten schon am Samstagnachmittag hier ankommen, doch niemand kam. Den ganzen Tag über war ich allein und so sehr in meine Arbeit vertieft, dass ich nicht mal, wie so oft in letzter Zeit, an meine Heimat dachte. Es wurde schon zusehends kühler, als unten am Kai doch noch das Boot mit unseren Kisten anlandete. Ich lief die steile Straße hinunter, um die Männer zu begrüßen. Ich hätte zu gern Tee gebracht, doch es gab einfach noch nichts im neuen Haus, womit ich diesen hätte machen können. Plötzlich kam es zwischen den Männern und Çingiz zum Tumult. Sie wollten augenscheinlich, nachdem alles abgeladen war, wieder auf das Boot und zurück auf das Festland. Das kam dem Ansinnen meines Gefährten nach überhaupt nicht in Frage. Er brüllte unsere vier Helfer an und schlug einem davon sogar auf den Hinterkopf. Ich glaubte kurz, dass es nun zu einer handfesten Schlägerei kommen würde, aber nichts dergleichen geschah. Çingiz wütete weiter, und murrend machten sich seine Landmänner wieder an die Arbeit und trugen alles nacheinander auf ihren Rücken die Straße und die schmale Treppe hinauf bis in unser Haus. Während sie unseren Hausrat dahinschleppten, tat Çingiz keinen Finger krumm. Er sagte, wo was hinkommen sollte, und darauf beschränkte sich seine Arbeit. Als die Packer wieder unten am Kai waren, um ihre Rücken erneut aufzuladen, nahm ich mir Çingiz beiseite und fragte ihn, warum er vorhin so unfreundlich zu den Männern gewesen war. Er lachte nur und erklärte mir, dass diese Leute froh sein sollten, uns

zu helfen. Es waren ja nur dumme Leute aus dem Osten. Kuhtreiber, die in dieser Stadt eigentlich nichts verloren hätten. Er würde sie schließlich auch dafür bezahlen.
Es war schon nachts, da kam ein Nachbar und brachte Tee für uns Neuankömmlinge. Nun saßen alle gemeinsam auf unserer Terrasse und redeten. Auch Çingiz war wieder die Ruhe selbst und scherzte mit den „Kuhtreibern“, als sei nichts geschehen. Ich blieb still im Hintergrund und dachte darüber nach, wie er mit seinen Leuten umgegangen war, die ihm doch eigentlich nur helfen wollten. Ich hätte auch nichts dagegen gehabt, wieder mit ihnen zurück in die Stadt zu kommen, um noch einmal im alten Holzhaus zu übernachten. Doch dann hätte der gesamte Umzug auf der Straße stehen bleiben müssen. Hier war es zwar ruhig auf der Insel, und ich glaubte nicht, dass sich die Leute hier gegenseitig bestahlen, doch zumindest der Regen hätte unserem Gut beträchtlichen Schaden zufügen können. So war ich nach einiger Überlegung doch froh und freute mich, dass Çingiz seine Leute zur weiteren Unterstützung hatte „überreden“ können. Allein der Ton, den er anschlug, gefiel mir nicht. Immerhin waren es unsere Helfer.
Die Muezzins riefen mittlerweile zum Nachtgebet, und mir fielen schon fast die Augen zu, doch unsere Gesellschaft wollte nun nicht mehr so schnell gehen und trank jetzt auch noch Rakı und Bier. Sie erzählten, grölten, und aus den umliegenden Häusern kamen immer mehr Leute, die Essen brachten und meinem Freund die Wangen küssten. Mich küsste keiner, doch auch ich wurde mit Grüßen und Glückwünschen bedacht. Nachbarinnen geleiteten mich ins Haus und fragten mich aus, wer ich sei, woher ich käme, was mich hierher verschlug. Fragen über Fragen. Obwohl ich eigentlich nur die Hälfte verstand und ich mir sicher bin, dass es den Frauen nicht anders erging, war es

doch eine lockere und fröhliche Gesellschaft, die erst in den frühen Morgenstunden aufgelöst wurde. Todmüde fielen wir ins Bett, das wir mittlerweile gemeinsam teilten, ohne bislang auch nur einmal unsere Körper berührt zu haben. Çingiz achtete wie nebensächlich darauf, dass nichts passierte, was ihn oder mich nach seinem Empfinden in Schwierigkeiten hätte bringen können. Manchmal hätte ich es mir vielleicht sogar schon gewünscht, mehr als nur eine Umarmung zu bekommen. Aber im Nachhinein war es gut so. Ich war an diesem Tag zwar glücklich, doch viele andere Tage davor und auch danach, die ich wieder allein verbrachte, waren gefüllt von Sehnsucht nach der Heimat und dem Gefühl der Verlassenheit. Trotzdem glaubte ich, nun zu wissen, was Liebe ist. Das war ein Zwiespalt, der nicht unbedingt dazu beitrug, unbeschwert und glücklich zu sein, denn obwohl ich Çingiz liebte, wie ich fand, war ich unglücklich. Die Tage wurden immer dunkler. Anfangs kamen noch Nachbarn, doch da ich sie nicht mit einem Gegenbesuch beehrte, weil ich einfach noch zu viel im Haus und im Garten zu tun hatte, blieb ich eben irgendwann allein. Allein mit mir und meinen Gedanken an meine Eltern und an unser Dorf.

Etwa einen Monat nach Ankunft auf der Insel fielen mir eines Sonntags zum ersten Mal die leisen Kirchenglocken auf, ich hatte seit meiner Flucht von zu Hause keine Kirche mehr besucht. Zu Hause wäre mir das nie aufgefallen, doch hier in der Fremde fühlte ich immer mehr das Verlangen, wieder einem Pfarrer zuhören zu können.

Oben, etwas unterhalb des Friedhofes auf dem Gipfel des Berges, stand das alte Nonnenkloster, und unten in der Ufersiedlung stand eine Kirche, die nun zur Nachmittagszeit läutete.

Çingiz baute etwas an der Terrasse, als ich ihn fragte, ob er

Lust hätte, mit mir in die Kirche zu gehen.
„Du kommst doch auch nicht mit mir in die Moschee?! Was soll ich denn deiner Meinung nach in deiner Kirche tun? Beten?“ Er drehte sich wieder um.
„Ich weiß, dass auch Frauen in die Moschee gehen, und ja, wenn du mich fragen würdest, würde ich mitkommen! Wenn du nichts dagegen hast, gehe ich eben allein hinunter!“
Es war wohl eine Spur zu viel Sarkasmus, die ihn auffahren ließ.
„Wir haben hier noch so viel zu tun! Du gehst nirgendwo hin, jedenfalls nicht, solange hier noch alles rumsteht!“
Ein unsagbarer Groll gegen ihn erstickte eine Antwort, so ging ich wieder hinein ins Haus und ließ ihn einfach seine Arbeit weitermachen. Den ganzen Tag haben wir kein Wort mehr miteinander gesprochen.
Der Winter kam, und ich konnte mich nicht einmal mehr durch die Gartenarbeit ablenken. So kümmerte ich mich die ganzen Tage um Wäsche, den Einkauf bei einem alten mürrischen Mann in seinem Bakal und den Hausputz.
Eigentlich wollte ich so nicht enden, dachte ich immer öfter bei mir. Çingiz kam spät abends vom Festland herüber und sagte irgendwann auch nicht mehr viel, denn das, was er erzählte, war sowieso immer das Gleiche. Mittlerweile hatte ich zwar eine leise Ahnung, was er so da drüben in der Stadt trieb, aber trotzdem geschah für mein junges Gemüt einfach nicht genug, das mich hätte ablenken können. Die Einsamkeit machte mich krank. Im wahrsten Sinne. Mir tat alles weh vom Nichtstun. Wir stritten uns, weil ich keine Ahnung hatte, was ich machen sollte und er nicht wusste, wie mir dabei zu helfen war. Während des Winters ging einmal die Heizung kaputt, lief plötzlich Wasser aus der Wasserleitung, dann gab es für kurze Zeit

plötzlich gar kein Wasser, weil die Leitung zugefroren war. Die Stromleitungen bedurften einer dringenden Reparatur und Neuordnung. Es pfiff durch die Fensterrillen. Kurz: Es gab eigentlich viel zu tun, und nichts funktionierte richtig. Doch Çingiz vertagte alles auf den Frühling. Ausharren sollte ich. Allein.

Ich vergaß meine Heimat nicht, ich begann in Briefen an die Eltern meine Erfahrungen, meine Beobachtungen, auch mein Glück und mein Unglück zu beschreiben und hoffte.

Es kam nichts zurück.

In meinen Gedanken zerfloss der kleine Bach meiner Heimat immer öfter in Tränen und überschwemmte die Felder, wusch den Staub vom Weg zur Stadt.

Einen längst geschmolzenen Schneemann zierte die Möhre meines schon längst verschiedenen Hasen, den ich als Kind einmal geschenkt bekommen hatte.

Nur manchmal noch war ich glücklich. Wenn die Sonne hinter den Hügeln verschwand und alles in feuriges Rot tauchte, stand ich oft allein auf der Terrasse, die noch immer keine Balustrade hatte, und schaute auf das Meer hinaus. Mittlerweile ließ ich mir nicht mehr alles von ihm sagen. Es krachte immer häufiger zwischen uns. Manchmal kam er nicht einmal mehr nach Hause. Ich hatte in meiner Einsamkeit genug Zeit gehabt, über einen Ausweg aus dieser Situation nachzudenken. Und an einem Tag stand mein Entschluss fest.

An dem einen mir heiligen Abend kam er erst spät wieder auf die Insel. Meine Tränen machten ihn wütend. Wütend vor Kummer. Er bemühte sich, mich zu trösten. Doch was auch immer wir taten, was auch immer wir dachten, wir schafften es einfach nicht, unsere Seelen, die doch so friedlich am kleinen Fluss in meiner Heimat nebeneinander gesessen hatten, hier in Einklang zu bringen. Hier war sein

Land, und er musste hier für mich und für uns – auch an diesem Tag – arbeiten. Doch ich konnte ihm nicht mehr zuhören. Ich starrte auf das Meer hinaus und suchte nach Lichtern. Und leise summte ich ein Lied über diese stille Nacht.

Zum Jahreswechsel lag ein Kleid auf dem Bett. Ein ungestüm geschenkter Ring versprach das Ende meiner Einsamkeit. Seine Sprache war mir zwar immer noch nicht so geläufig, doch verstand ich, was er mir mit beidem sagen wollte. Das Kleid blieb da liegen. Auch der Ring blieb im kleinen Kästchen. Eine Stimme in meiner Sprache flüsterte mir nun beinahe tagtäglich die kleine Geschichte meines Lebens in die Seele und malte in immer kräftigeren Farben das Bild meiner Heimat. Bis ich sie wiedersah.

Allein.

Stille

Gewiss, ich werde traurig sein, wenn du gehst
Es wird Stille sein
Ich werde dich am Horizont kleiner werden sehen
Bis dich die untergehende Sonne wegleuchtet
Und ohne die Nacht zu brauchen, wieder aufgeht.
Die Stille wird sich mit Leben füllen
Das wieder mal anders ist
Und ich werde dankbar sein
Dass es dich gab...

Jörg Pfennig

Zweites Kapitel

(Januar 1956 bis 07.Oktober 1963)

Jahre werden vergehen.
Wir verlieren uns aus den Augen,
und vielleicht vergessen wir auch.
Aber Du weißt wie ich, dass
wir noch eine Tür öffnen werden.
Und dahinter hoffe ich, Dich anzutreffen.

Claudia Malzahn

Das Jahr 1956 war zwei Tage alt, als ich die Türkei mit meinem blauen Pass über Griechenland verließ. Ich hatte Angst, dass mich die Seekrankheit wieder einholen würde, aber nichts geschah. Irgendwo in Griechenland stieg ich um, in ein Schiff nach Italien, und lernte auf diesem Schiff einen älteren deutschen Herren kennen. Wir kamen ins Gespräch. Ich erzählte ihm meine Geschichte und hatte bis dahin noch nicht genau gewusst, wohin ich eigentlich wollte. Nach Deutschland natürlich, das war sicher. Aber ich traute mich nicht zurück in das kleine Dorf. Der gute Mann bot mir an, nach Oberhausen zu kommen, er hätte dort seinen Wohnsitz und bräuchte wohl noch ein Hausmädchen. ‚Oh, Schicksal!' dachte ich und war froh, dass es mir eine Entscheidung abgenommen hatte.
So blieb ich in einer kleinen Stadt namens Oberhausen und wurde Hausmädchen. Anfangs gingen mir meine Aufgaben schwer von der Hand, denn ich war nicht ausgebildet im Hausdienst. So fing ich also erst einmal mit den niederen

Arbeiten an. Saubermachen, Kartoffeln schälen, Betten machen. In der Diele stehen, wenn der Hausherr kam. Ich weiß nicht mehr, was noch alles.
Ich war kaum zwei Wochen im Haushalt, bekam bislang kein Geld für mein Tun, nur ein Bett und drei Mahlzeiten am Tag, da fiel in diesem Jahr mein Geburtstag auf einen Freitag. Ich wurde volljährig. Und was bei allen anderen als Unglückstag galt, wurde mir zum Glückstag. Ich bekam ab da wöchentlich ein wenig Taschengeld, und ein kleiner Sekretär wurde mir ins Zimmer gestellt. Irgendwann fing ich an, Briefe zu schreiben. Çingiz ließ mich nicht los, blieb in meinen Träumen und schlich sich immer wieder in mein Tagewerk. Ihm selber einen Brief zu schreiben, das traute ich mich nicht. Seine Mutter bekam meine Post. Über zwei Jahre hinweg schrieb ich seiner Mutter Briefe. Sie schrieb anfangs oft zurück, doch ich las aus ihrer Schrift nie sicher, ob ich nun die richtige Frau für ihren Sohn war oder eben nicht. Sie schrieb natürlich immer in Türkisch. Die ersten Briefe waren unglaublich schwer zu lesen und ebenso schwer zu schreiben. Tagelang saß ich an einem Blatt des ach so langen Briefes und schaute auf ihre Umschreibungen. Die Grammatik war mir geläufig, und so lernte ich von Brief zu Brief all die Vokabeln, die mir die Fischer vorenthalten hatten.
Irgendwann schrieb ich das Türkische so gut, dass mein Dienstherr mich im Sommer 1958 in sein Büro zitierte. Ich bekam eine andere Uniform. Nicht mehr die des Hausmädchens, sondern eine feinere. Er übergab mir einen von ihm geschriebenen Brief und ein Wörterbuch und trug mir auf, mich um mein Türkisch zu kümmern. Also fing ich an, mir mühsam den Brief zu erarbeiten. Aus diesem einen Brief wurde im Laufe der Zeit eine stetige Korrespondenz, und aus meiner Mühe wurde Routine.

Fortan sollte ich meinem Dienstherrn meine Fähigkeiten in der Briefschrift zur Verfügung stellen und nebenbei auch noch das Italienische und das Französische lernen. Beides blieb jedoch Zeit meines Lebens hinter meinen türkischen Sprachkenntnissen zurück, allenthalben reichte es eben für meine Arbeit. Seitdem sparte ich mir mein Taschengeld, und meine Briefe an die Mutter gingen immer still mit dem Stapel aus dem Büro, in dem ich arbeitete, so musste ich keine Briefmarken bezahlen.
An dem Tag, als ich in die Kleider einer Sekretärin stieg, bekam ich auch meinen Bundesdeutschen Pass. Wie mein Dienstherr das angestellt hatte, ist mir nur schleierhaft in Erinnerung geblieben. Er bat mich eines Tages um eine Unterschrift auf einem Formular für Heimkehrer aus den Kriegsgebieten. Soweit ich mich erinnern kann, galt das zwar nur für Männer, trotzdem sollte ich unterschreiben und damit meine westdeutsche Staatsbürgerschaft besiegeln. Ich lebte gut, wurde stets umsorgt und konnte mir immer ein wenig von meinem Taschengeld beiseite legen.
Mein Dienstherr nahm mich immer öfter auf seinen Reisen mit. Er hatte weder Frau noch Kinder. Das war Grund genug für die daheim gebliebenen Angestellten, ein Gerücht in die Welt zu setzen: Sie vermuteten, dass mich mehr als nur Freundschaft mit unserem Brötchengeber verband, aber ich schwöre bei Gott und meiner lieben Mutter, dass er mich nicht ein Mal unflätig angesprochen, geschweigedenn angefasst hat. In seinen Augen war ich mittlerweile eine Art Tochter geworden. Wir verstanden uns gut. Auch brauchte ich nach wie vor noch jemanden, zu dem ich aufschauen konnte. Meinen Vater hatte ich ja nicht mehr. Ich überlegte oft in der Zeit, ob ich nicht einmal um Urlaub bitten und in mein Heimatdorf reisen sollte, doch ich überlegte zu lange. Drei Jahre später war es zu spät. Der Weg

nach Hause war endgültig versperrt, denn die sogenannten deutsch-deutschen Beziehungen wurden von den Amerikanern und Russen auf Eis gelegt und erkalteten zusehends, bis ein Riss durch die Hauptstadt ging, auf den eine Mauer gebaut wurde. Mein Dienstherr fuhr trotzdem noch auf die andere Seite Deutschlands, um dort (wie ich damals dachte) Geschäfte zu machen. Dorthin durfte ich leider nicht mitkommen.

Wenn er dann wieder heimkam, erzählte er, wie groß die Bemühungen dort drüben waren und wie sehr doch immer noch Propaganda die Medien bestimmte. Mir trug er auf, nicht alles zu glauben, was man mir über meine Heimat erzählte. Das war mir zu der Zeit ein großer Trost, denn viel Gutes hörte ich nicht über den Teil Deutschlands, den meine Eltern bewohnten. Ich glaube, mein Dienstherr sorgte sich wirklich um mich, er fragte mich aus über meine Vergangenheit in Deutschland, über meine Zeit in der Stadt an der Meerenge. Und er fragte mich, wie mein Gefährte hieß.

An einem Samstag im Winter 1962 klopfte er stürmisch an meine Zimmertüre und bat hastig, so, als ob jemand schnell eine Idee aussprechen müsse, um sie nicht zu verlieren, um eine Unterredung. Das Abendbrot nahmen wir an diesem Tage allein ein, und bald wusste ich um den Grund seines aufgeregten Gemüts: Am Abend zuvor war er lange weggeblieben, was mich nicht weiter verwundert hatte. An manchen Freitagen hatte mein Dienstherr es sich mittlerweile zur Gewohnheit gemacht, noch vor dem Zubettgehen ein oder zwei Gläser Bier in einer kleinen Bar unten am Ende der Straße zu trinken. Dort nun hatte er durch einen befreundeten Richter Informationen eingeholt und sich zu dem Entschluss durchgerungen, sein Dienstmädchen als Tochter anzunehmen und mich zu adoptieren. Nun hatte er

Blumen kaufen und ein paar Kerzen auf unseren Esstisch stellen lassen, um seiner folgenden Bitte einen feierlichen Rahmen zu geben. So gingen wir hinunter ins Esszimmer und ließen uns einen Wildschweinbraten in Pilzrahmsauce zum Abendbrot schmecken. Währenddessen erzählte er mir von seiner Jugend, von seinen Eltern, wie er zu seinem Haus kam und warum er keine Frau hatte. Was er genau arbeitete, erzählte er mir nicht. Spät am Abend – Wein lockerte schon unsere Zungen – kam er auf das eigentliche Thema zu sprechen und bat mich um die Zusage, mich adoptieren zu dürfen. Ich lebte nun schon seit über sechs Jahren im Hause meines Dienstherren, wurde von ihm verköstigt und erhielt Taschengeld. Das alles waren gute Voraussetzungen, wie er meinte. Ihm fehlte nur meine Zustimmung. Nachdem er mir nun noch Erbschaft, vereinfachte Reisemöglichkeiten und anderes dargelegt hatte, stimmte ich frohen Herzens zu. Eigentlich hatte sich ja nichts geändert, nur dass ich wieder eine Familie hatte. Auch auf unsere Dienstmannschaft hatte das keinen weiteren Einfluss, die einen freuten sich mit mir, die anderen hielten nach wie vor das Gerücht über ein gemeinsames Bett aufrecht. Mir war das egal.
Am 25. März 1962 war es dann soweit: Ich nahm den Namen meines Dienstherren an, und im Prinzip begann ab da für mich ein neues Leben. Ich erinnere mich deutlich an dieses Datum. Nicht nur, weil man einen so bedeutsamen Tag nicht so einfach vergisst, sondern weil man mir später erklärte, dass genau an diesem Tag vor 141 Jahren die Griechen ihre Unabhängigkeit von den Osmanen erlangt hatten. An dieser Begebenheit haben die Osmanen und späteren Türken bis heute schwer zu tragen. In einer Diskussion mit meinem – ja, wie soll ich sagen – Ziehvater legte er mir dar, dass die völkische Antipathie zwischen den beiden Staaten genau darauf zurückzuführen sei.

Im Sommer – mittlerweile schrieb mir die Mutter meines Freundes aus der Stadt an der Meerenge nicht mehr, und doch schrieb ich ihr mindestens einmal im Vierteljahr, was mir in Oberhausen widerfuhr, welche Neuigkeiten es aus Deutschland gab (natürlich schrieb ich auch über meine Adoption) – im folgenden Sommer des Jahres 1962 also unternahmen wir wieder eine Dienstreise. Ich durfte mich fein anziehen, mein Kopftuch aus Indien – mittlerweile ein wenig blasser – umbinden und eine kleine Tasche tragen, in der sich ein paar Stifte, ein Block Papier und ein wenig Wangenrouge befanden. Im Laufe der Vorbereitungen bot mir mein Ziehvater fast beiläufig das „Du" an, womit er mich aus einer langjährigen Verlegenheit befreite, da ich nie so richtig wusste, wie ich ihn ansprechen sollte. Es dauerte aber noch sehr lange, bis ich mich vollends daran gewöhnte „Rainer" zu ihm zu sagen.

Ich war nun seit einem Vierteljahr eine Obersekretärin und Ziehtochter und durfte auf fast alle Wochendienstreisen, vorrangig nach Italien, mit, auch wenn ich kaum mitbekam, worum es meinem Ziehvater eigentlich bei seinen Reisen ging. Leider wurde ich auch aus den Briefen, die ich übersetzte, nicht viel schlauer. Mal erzählte er einfach nur, was hier in Deutschland los war, mal bat er um Informationen, die er in seinem Unternehmen weiter verwerten konnte. Doch obwohl er mir vertraute, erfuhr ich nicht alles, ich gab mir jedoch auch Mühe, meine Neugier nicht gar zu sehr zu zeigen. Irgendwann würde ich wohl schon alles erfahren. Wir fuhren also wieder einmal nach Italien hinunter. Diesmal jedoch nicht in die Emilia-Romagna nach Parma, wie sonst immer. In diesem Sommer fuhren wir in die Stadt, die ebenfalls auf sieben Hügeln gebaut war. Aus den Geschichten hatte ich Rom anders in Erinnerung. Nicht so modern und hektisch. Obwohl diese Stadt ja ebenso wie meine Stadt an der Meerenge schon ewig alt und immer eine der größten und mächtigsten war. Wir blieben vier Tage. Ich sollte dabei sein auf Besprechungen und Tagungen, übersetzte leidlich, was mein Ziehvater sagen wollte, und so langsam ging mir ein Licht auf, was seinen Beruf anging. Leute, mit denen er redete, fragten ihn vor jedem Gespräch, ob es gut sei, dass ich mithörte. Manchmal ließ er mich auch in der Stadt umhergehen und nannte eine bestimmte Uhrzeit und einen bestimmten Ort, den pünktlich zu finden er mir überließ. Hauptsache, er war allein mit seinen Gesprächspartnern. Am letzten Nachmittag trafen wir uns spät wieder in einem kleinen Café an der Piazza del Popolo, im Norden der Stadt. Er lächelte mich sonderbar an und überreichte mir einen Stapel handgeschriebener Briefe. Im ersten Moment dachte ich an Arbeit und dass ich zu Hause in Oberhausen wohl wieder viel zu tun haben würde, denn mein Ziehvater legte als Dienstherr viel Wert auf Pünktlichkeit und termingerechtes Arbeiten. Wahrscheinlich sollte ich alle Briefe binnen einer Woche übersetzen. Ich schaute sie mir genauer an, um festzustellen, in welcher Sprache sie wohl verfasst wären, und mir stockte das Herz. Ich schaute Rainer an und musste vor lauter Fragen schweigen. Die Briefe kamen aus der Stadt an der Meerenge, und der Absender war Çingiz, mein ehemaliger Freund und Reisebegleiter. Still bestellten wir zwei Kaffee, und ich öffnete rasenden Herzens den ersten Brief:

Laura Canım, mein Leben!

Ich weiß nicht, ob Dich dieser Brief jemals erreicht, denn ich bin nicht sicher, wo es Dich hinverschlagen hat. Vielleicht bist Du zurück in das kleine Dorf Deiner Kindheit gegangen, vielleicht aber auch in eine andere Stadt. Ich hoffe jedoch, dort wo Du jetzt lebst, geht es Dir gut. Falls Du nach Hause zurückgekehrt bist, bestelle dem Pfarrer einen lieben Gruß von mir, ohne ihn hätten wir uns beide nie gefunden. Ohne ihn hätte ich die Lebensart Deines Volkes nicht annähernd kennengelernt. An dieser Stelle bleibt für mich zu hoffen, daß ich Dich nicht endgültig verloren habe. So Allah will, werden wir uns wiedersehen, in Deiner oder in meiner Heimat. Letzte Nacht hatte ich einen Traum; ich träumte, daß Du auf einem gläsernen Schiff mit drei Segeln durch den Himmel über die Wolken von mir weg fuhrst. Meine Tränen waren das Meer, und die Erinnerung war der Wind, der Dich von Horizont zu Horizont trieb. Ach, meine Einzige, wären wir doch nur offener zueinander gewesen, ich hätte Dir dieses Schiff gekauft, und wir wären nun gemeinsam wieder auf Reisen. Ich bete jeden Tag, daß Du zurückkommen möchtest und wir wieder auf unserer viel zu leeren Terrasse sitzen und das Sonnenlicht in die Nacht hinein sterben sehen können. Mein Ein und Alles, ich bereue zutiefst, daß ich nicht mehr für Dich getan, nicht mehr mit Dir unternommen habe. Jeder Versuch einer Entschuldigung bleibt mir in den Fingern stecken, doch vielleicht stimmt Dich eine Erklärung milde und führt Dich zu mir zurück: Ich war so sehr mit mir und dem Kauf unseres Hauses beschäftigt, daß ich unser eigentliches Ziel aus den Augen verlor. Nun sitze ich hier allein auf unserer Terrasse. Der Frühling hat den Winter in kurzem Kampf besiegt. Die Katzen jammern um die Wette, und die ersten Nelken blühen. Schiffe ziehen vorbei, und still hoffe ich, daß Du unter den Passagieren sein mögest, die von Europa her in unsere Stadt kommen. Ich vermisse Dich, und mein Leben ist unvollständig. Je länger Du fort bist, desto tiefer dringt der Schmerz mir in die Brust und nimmt mir die Kraft, in diesem Haus zu bleiben. Ich werde es nicht verkaufen, denn - solltest Du jemals zurückkommen - Du brauchst ja eine Bleibe! Ich werde alles so lassen, wie es ist und wieder zu meiner Mutter ziehen. Sie ist alt und braucht mich mehr denn je. Sie fragt oft, ob Du mir geschrieben hättest und ob ich Dir Briefe schicken würde. Ich habe ihr immer geantwortet, daß ich mich nicht traue und außerdem ich ja auch gar nicht weiß, wohin die Zeilen geschickt werden sollten. Ich glaube, sie hört es auch nicht gern, wenn ich von Dir schwärme. Sie sagt, ich solle nicht soviel trauern, doch mein Herz ist schwer und wird nur leichter, wenn ich Dir schreiben kann. Ich weiß auch noch nicht, was ich mit diesem Brief hier anfange. Ich weiß nicht, wo Du bist, und das nimmt mir die Ruhe. Wenn Du nur wieder bei mir wärst oder wenigstens an einem Ort, den ich kenne. Diese Ungewißheit um Dich frißt mich auf. Jetzt, wo Du weg bist, stelle ich fest, wie groß der Riß in meinem Herzen ist, und ich bitte Dich inständig: Komm zurück und verschließe das Loch in meiner Brust mit einem Kuß aus Deiner Seele. Dein Kleid habe ich gut verwahrt, und den Ring trage ich seit Deinem, unserem Geburtstag an einer Kette um meinen Hals. Möge mich dieser Ring nun jeden Morgen an mein Versprechen erinnern: Dich auf immer und ewig zu lieben. Möge dieser Ring ein Panzer sein, der mein Herz vor anderen Schmerzen schützt, denn Du bist die Erste und Einzige, die diesem Herzen Gewalt gegeben hat. Vielleicht kommt der Tag, an dem wir uns beide verzeihen können und wenn wir uns nie wiedersehen, so werde ich mit der Gewißheit gehen, nie eine andere geliebt zu haben. Ich grüße Dich von meiner Mutter. Möge Allah Dich beschützen und Dich mir wohlbehalten wieder zurückbringen.

Dein Dich vermissender Çingiz Yedeşahin.
İstanbul, im Ramazan[44], den 16.04.1956

Ich weinte.
Immer und immer wanderten meine Augen über die Zeilen, die verschwommen an der Vergangenheit rührten. Bei jedem Wort kam eine andere Erinnerung und ließ es im Grau der Gedanken verschwinden, so dass ich noch einmal

44 Ramazan – arab.: ramadān = dt.: Sommerhitze; der neunte Monat des islam. Mondkalenders und der islam. Fastenmonat.

von vorne anfangen musste. Ich hatte doch damals seiner Mutter geschrieben und sie hatte mir geantwortet!? Und in den anfänglichen Briefen bedauerte sie zutiefst, dass ich gegangen und Çingiz sich nicht genug um mich gekümmert hatte. Nun schrieb er mir, seine Mutter hätte etwas gegen unsere Liaison? Was ging in dieser Frau vor?
Mittlerweile wurde es schon kühl auf der Piazza, und ein Fahrer, den mein Ziehvater angemietet hatte, um uns zurück nach Deutschland zu bringen, wartete unweit des Cafés. Wir fuhren schweigend durch den Abend und durch die hereinbrechende Nacht. In Österreich machten wir eine kurze Pause, die ich allerdings schlaftrunken im Auto verbrachte. Noch als wir in Italien waren, las ich mir immer und immer wieder diesen einen Brief durch und traute mich nicht, den nächsten zu öffnen. An der Grenze zu Österreich übermannte mich dann doch die Müdigkeit, und ich verfiel in traumreichen Schlaf:
Olivenbäume. Kirschblüten. Ich stand auf unserer Terrasse. Möwen kreischten und schützten ihre Brut vor den Krähen. Ein Schiff mit durchsichtigen Segeln kam die Meerenge hinauf, und mein Gefährte stand an der Reling und winkte. Die Sonne bleichte mein Haar, und ich band mir das Kopftuch um, das mir seine Mutter zu meinem Willkommen geschenkt hatte. Er lächelte.
‚Wir werden uns wiedersehen' hallte es noch in meinem Kopf, als Rainer unseren Fahrer verabschiedete und mich daheim in einem morgendlichen Oberhausen weckte.
Die nächsten Tage verbrachte ich auf meinem Zimmer unter dem Dach unseres Hauses. Man ließ mich in Ruhe, denn ich war krank. Krank vor unbestimmtem Heimweh, krank vor Liebe und Sehnsucht. Ich fühlte alles genauso, wie er mir in seinem Brief schrieb. Warum nur war alles so anders, als ich bei ihm war? Ich war jetzt 24 Jahre alt. Es war

ein schöner Sommer. Doch ich konnte ihn nicht genießen. Als ich damals im September İstanbul als Siebzehnjährige zum ersten Mal sah, war es dreimal so heiß wie heute im deutschen Hochsommer. So schien es mir zumindest. Mich fröstelte.
Ich begann die Briefe nach ihrem Datum auf der letzten Seite zu ordnen. Alle waren nur lose verschlossen. Hatte sie schon jemand vor mir gelesen? Oder hatte Çingiz sie nicht verschließen brauchen, weil der Bote ein befreundetes Bindeglied zwischen meinem Ziehvater und Çingiz war? Rainer hatte nicht gesagt, woher er die Briefe hatte. Alles war mir schleierhaft. Vor sechseinhalb Jahren hatte ich İstanbul verlassen. Zwei Jahre hatte der Bote gebraucht, um mich zu finden. Oder meinen Ziehvater? Ich beschloss, der Dienstkorrespondenz zukünftig mehr Aufmerksamkeit zu widmen. Vielleicht würde ich so etwas über den Beruf meines Ziehvaters in Erfahrung bringen.

Mein Leben!

Der Sommer ist vorbei, doch ich hole ihn mir zurück mit dem Gedanken an die kleine Brücke in Deinem Dorf. In dessen Gedenken und zum Gedenken an den Tag, da Mohammed nach Medina auswanderte, bin ich auch unterwegs gewesen und habe hier einen Ort gefunden, der ähnlich Deiner Heimat ist. Wenn Du wiederkommst, fahren wir im Sommer zu den Klippen von Ballikaya. Dort schneidet ein Flüßlein durch einen bergigen Felsen. Dort werden wir einen ebenso herrlichen Ausblick haben wie von unserer Terrasse. Wir werden die Berge vor Burgaz sehen. Der Weg ist nicht weit. Wir werden mit der Fähre auf die andere Seite nach Kadıköy mit dem Bus weiter nach Harem fahren. Dort setzen wir uns in einen Dolmuş und lassen uns von ihm nach Tavsanlı bringen. Geschwind werden wir ein Brot und Käse und Köfte kaufen, wir

werden Ayran haben und dort oben die Aussicht auf die Hügel um uns herum genießen, und niemand wird uns verbieten, miteinander zu reden. Ich muß oft an Deinen Vater denken und an die Menschen aus Deinem Dorf, die mir Unehre unterstellen wollten. Ich bin traurig und vermisse Deine sanften Umarmungen und Deine guten Worte. Meiner Mutter geht es nicht gut. Sie schimpft, daß ich mich nicht genug um sie kümmere, und, jetzt wirst du staunen, sie fragt auch nach Dir. Ja, wir reden ab und an noch über Dich...! Und das nach über anderthalb Jahren Deiner Abwesenheit! Du siehst – Deine Seele lebt noch bei uns!
Mein Herz will Dich drängen, doch meine Vernunft, so ich sie denn noch habe, wenn ein Gedanke an Dich sich in meinen Geist schleicht, befiehlt mir, Ruhe zu bewahren, um Dich nicht vollends zu verlieren. Habe ich Dich schon verloren, meine Einzige? Ich will es nicht wahrhaben und werde bis ans Ende meiner Tage ins Ungewisse schreiben oder Allah danken, daß meine Briefe Dich irgendwann erreichen und Dein Herz erweichen.

Dein Dich vermissender Çingiz,
İstanbul, den 26. September 1957

Warum nur, warum? Diese Frage quirlte meine Gedanken durcheinander. Ich ertappte mich bei dem Gedanken an eine eventuelle Rückreise. Mein bundesdeutscher Pass würde es einfach machen. Ich würde Rainer um Urlaub bitten und über Italien fahren. Doch von den Briefen war der älteste vor sechs Jahren, der jüngste vor etwas über zwei Jahren geschrieben worden. Die Briefe waren einfach alt! Vielleicht war mein alter Gefährte ja mittlerweile verheiratet? Oder seine Mutter hatte ihm die Flausen ausgetrieben? Sie schrieb doch auch nicht mehr! Nun, er hatte geschrieben, dass es ihr nicht gut ging. Vielleicht hatte sie mittlerweile das Zeitliche gesegnet? Ohne ihren Sohn

verheiratet zu sehen? Ohne einen Enkel? Leise schlich sich das schlechte Gewissen in mein Gemüt. Mit einem Kopfschütteln wischte ich diese Gedanken beiseite.
Vielleicht sollte ich mich auch langsam nach einem Mann hier in Oberhausen umsehen. Die mir wohlgesonnenen Bediensteten in unserem Hause begannen schon, mich zu necken ob meiner Jungfräulichkeit. Jeder unserer Bekannten hier in Oberhausen, jeder unserer Bediensteten nannte mich ein Fräulein, und das noch mit 24 Jahren!
Doch es gab auch in Oberhausen nicht genug junge Männer, allzu viele waren an der Front des großen Krieges geblieben. Das war nicht nur für meine ungewollten Ambitionen ein Problem, sondern für die ganze Stadt, wenn nicht sogar für das ganze Land. Überall fehlten Arbeitskräfte. Vor zwei Jahren war mein Ziehvater zusammen mit ein paar Politikern und ausgesuchten Wirtschaftsdelegationen deswegen in Italien und arbeitete zusammen mit der dortigen Regierung einen Anwerbevertrag aus, der vorwiegend Männer aus dem Süden nach Deutschland einlud. Nun kamen auch langsam Italiener nach Oberhausen, um den hier angesiedelten Chemiewerken ihre Arbeitsleistung zu leihen. Nur waren mir die Italiener zu aufdringlich und meine Zeit zu knapp bemessen, als dass ich mit einem von ihnen etwas zu tun haben wollte. Lieber schwelgte ich in Erinnerungen an die kurze, aber im Nachhinein schöne Zeit in İstanbul. Vier Monate gegen sechseinhalb Jahre. Die bösen Momente ertranken einfach im klaren Blau der Meerenge. Im letzten Oktober waren wir wegen der Anwerbung von türkischen Arbeitern in Bad Godesberg.
Vielleicht gäbe es ja eine Möglichkeit?
Aber ich verwarf diesen Gedanken sofort wieder. Was sollte Çingiz in Deutschland? Ich müsste schon zu ihm gehen, denn immerhin war ich ja diejenige, die ihn verlassen hatte!

Der Berg kam doch nicht zum Propheten!
Ich schaute aus dem Fenster meines Zimmers. Vögel zwitscherten den Sonnenuntergang herbei. Die Wolken zogen nach Westen, und die Sonne umsäumte sie mit rotem Rand. Ein Wind blies den Abend heran, und über unserem Haus blinkte schon neben dem Mond der eine Stern, als ich den dritten Brief öffnete:

Meine Liebe!

Heute feiert man bei euch das Weihnachtsfest. Ich habe zum Gedenken an Dich auch einen kleinen Baum gekauft und ihn trotz der Widerrede meiner Mutter in den Salon gestellt. Vor drei Jahren wolltest Du auch einen Baum haben, erinnerst Du Dich noch? Ach, hätten wir nur einen gekauft, sicher wärest Du bei mir geblieben. Auch wenn mich Dein Gedächtnis langsam vergißt, ich denke jeden Moment an Dich. Der Ring um meinen Hals wird mir allzu schwer. Zu traurig macht er mich, wenn ich ihn berühren muß, ohne Deine Hand zu spüren. Meine Freunde sagen, ich solle Dich vergessen, hier gibt es genug Frauen, die sich um unser Haus reißen und um das viele Geld, das ich angespart habe, doch werde ich es weder den Weibern gönnen, noch ausgeben. Ich werde alles behalten, bis Du wiederkommst. Neulich bin ich in die Kirche am Taksimplatz gegangen, um sie mir anzusehen. Die Griechen dort haben zwar böse geschaut, mich jedoch in Ruhe gelassen. So saß ich in einer ihrer Gebetsbänke und habe still Allah um Deine Rückkehr angefleht. Sie werden es nicht gemerkt haben. Ich gehe jetzt nicht mehr ganz so häufig weg, lieber lese ich in deutschen Büchern und lerne. Ein Gedicht verbindet mich mit Dir. Es rührte mich zu Tränen:

Plötzlich tritt sie, in den Wind gehüllt,
licht in Lichtes, wie herausgegriffen,
während jetzt die Stube wie geschliffen

hinter ihr die Türe füllt
dunkel wie der Grund einer Kamee,
die ein Schimmern durchläßt durch die Ränder;
und Du meinst der Abend war nicht, ehe
sie heraustrat, um auf das Geländer
noch ein wenig von sich fortzulegen,
noch die Hände, - um ganz leicht zu sein:
wie dem Himmel von den Häuserreihn
hingereicht, von allem zu bewegen.

Es erinnert mich an unsere Terrasse. Meine Mutter schaut mit Sorge und Freude gleichzeitig auf mein Tun und auf den Kauf der vielen deutschen Bücher. Mittlerweile steht in ihrer Wohnung ein einzelnes, großes Bücherregal, gefüllt mit Büchern in Deiner Sprache. Fontane, Duden, Karl May...
Eines habe ich von Deinem Goethe und eines auch von Deinem Rilke, von dem Du mir so viel erzählt hast. Dieses Gedicht, welches ich Dir gerade zitiert habe, ist auch von ihm.
Ich bin der Meinung, ich lerne schnell! Meine Mutter lobt mich einerseits, weil ich schon so gut Deutsch spreche und ärgert sich andererseits, weil sie meint, daß ich sonst alles andere vernachlässige. Allerdings überwiegt die Freude. Auch sie hofft wohl, Dich einmal wiederzusehen.
Vielleicht, wenn ich gut vorankomme, versuche ich meinen nächsten Brief, auch wenn er Dich nie erreicht, in Deiner Sprache.
Lernend denke ich an Dich und hoffe, Dich wieder in meine Arme nehmen zu können.

Dein Çingiz Yedeşahin,
İstanbul, den 25.12.1959

Oh, wie bin ich doch egoistisch und ungerecht meinem Gefährten gegenüber gewesen. Während er seine Freizeit geopfert und Geld erarbeitet hatte, während er sich in seiner Art um das Haus bemüht hatte, bin ich stur wie ein kleines Mädchen, das ich ja damals noch war, im Haus geblieben und hatte geflucht und gebockt, weil er nicht da war. Mit meinem Fortgang aus der Stadt an der Meerenge hatte ich unsere gemeinsame Zeit, unser gemeinsames Reiseabenteuer, den Verlust meiner Familie so sinnlos gemacht. Mir kamen wieder die Tränen. Ich bemitleidete mich so laut, dass es leise an der Tür klopfte und mein Dienstmädchen mich fragte, ob ich etwas bräuchte. Wenigstens war mein Fortgehen in der Hinsicht sinnvoll gewesen, als dass ich nun im ordentlichen Beruf stand, einen angenommenen Vater hatte, der sich an Mannes statt um mich kümmerte, dem es ganz recht schien, dass ich noch nicht verheiratet war. Ich bat schluchzend durch die Tür um ein Glas Wasser aus der Küche und um ein paar Taschentücher. Es dämmerte. Das Abendlicht hüllte mein Zimmer in angenehme Dunkelheit. Meine Augen, müde vom Weinen, wollten sich schließen und den neuen Tag abwarten, doch mein Körper, übermüdet vom Liegen und Schlafen, verlangte nach Bewegung. Ich hob mich also aus dem Bett, ging zum kleinen Sekretär und legte den dritten Brief wieder weg.

Es klopfte erneut an der Türe. Ich schloss sie auf, und Rainer kam mit sorgenvollem Gesicht herein. Er fragte mich, ob denn mein ehemaliger Gefährte so böse geschrieben habe. Ich verneinte empörter, als ich es eigentlich wollte. Tief aus meinem Herzen drang schon wieder ein Sturzbach unter die Augenlider. Ich lehnte mich an Rainers Schulter und flüsterte, dass ich an allem Unglück schuld sei, dass mein Gefährte mich nach drei Jahren noch immer nicht vergessen hatte und ich nun nicht mehr annahm, das seine Liebe die zwei Jahre durchgehalten hatte, die seit dem letzten Brief verstrichen waren. Gleich darauf fragte ich ihn ungehalten, als ob es seine Schuld wäre, dass ich erst jetzt die Briefe in meine Hände bekam, woher er jene bekommen und warum dieser Stapel Briefe erst jetzt den Weg zu mir gefunden hätte. Im gleichen Atemzug, mit dem ich diese Sätze sagte, taten sie mir schon wieder leid, denn kurz darauf machte mein Ziehvater ein so kauziges Gesicht, das mimenhaft zwischen Verärgerung, Mitleid und Belustigung schwang. Er nahm meine Hand und versicherte mir sein ehrliches Mitleid. Er bat mich um Verzeihung, so dass mich mein Gewissen gleich noch einmal in den Boden meines Zimmers versinken ließ. Eben, als ich noch im Bette lag, verfluchte ich meinen Egoismus, und prompt trat er in einem unbedachten Augenblick wieder zutage, um mich gleich wieder in Schwierigkeiten zu bringen. Nun war ich es, die sich entschuldigte und versicherte, dass alles nur ein wenig zu viel auf einmal wäre. Rainer tätschelte mir beruhigend meinen blonden Schopf. Plötzlich war ich wieder das kleine Mädchen. Er nahm mich an die Hand, um mit mir in das Esszimmer zu gehen. Wir aßen wieder allein, ohne Dienerschaft. Nach dem Essen gingen wir ein wenig in der Straße spazieren. Meine neuen Hackenschuhe klackten über den Asphalt und loteten die Gasse aus. Meine Hand suchte die meines Ziehvaters, der sie nur zu bereitwillig in seine schloss. Währenddessen beschied er mir eine neue Reise nach Österreich, um sich dort mit jemandem zu treffen. Ich hatte dafür kein richtiges Ohr. So richtig los kam ich von Rilkes Gedicht immer noch nicht. Wenn mein Ziehvater schon die Briefe kannte, musste er doch wissen, woher sie kamen. Leider waren auf den Briefen selbst weder Absender noch sonst irgendeine Adresse angegeben. Nicht einmal unsere, was mir sagte, dass sie eben unbedingt über einen oder mehrere Mittelsmänner an mich gelangt sein mussten. Wieder im Hause angelangt, war es schon mitten in der Nacht, so hockte ich mich seit langem einmal wieder – ich glaubte fast, seit ich mein Heimatdorf verlassen hatte – an meine Bettkante und betete. Betete um Vergebung, betete um den Sieg über den Egoismus, betete um die Gesundheit meines Ziehvaters, dankte im Stillen für dessen Fürsorge und bat Gott vor allem darum, dass mich mein Gefährte auch nach dieser langen Zeit nicht vergessen haben mochte. Danach legte ich mich ins Bett, ohne schlafen zu können. Einige Zeit später, im Hause war es lang schon ruhig, stand ich auf, setzte mich an den Sekretär und las den vierten Brief:

Meine Liebe,

Ich muß noch ein wenig warten mit dem deutschen Brief, zu sehr bin ich von Trauer erfüllt. Vor einigen Wochen ist nun meine Mutter verstorben.

Es zeichnete sich ja schon lange ab, aber wenn es denn soweit ist, kommt es doch nur allzu plötzlich. Doch unser HERR gibt, und unser HERR nimmt. Die letzten Wochen waren wir viel draußen auf der schmalen Straße am Ufer des Bosporus. Die Kähne zogen vorbei, und sie erzählte viel aus der Jugend meines Vaters. So floß auch ihr Leben an mir vorbei. Irgendwo habe ich mal den Spruch gehört „Jede Sekunde ist ein Leben", und so, wie meine Mutter es erzählte, war es das tatsächlich. Sie war alt und voller Geschichten. Wir haben sie mit ein paar Nachbarn auf einem Friedhof in Rumeli, in der Nähe der Festung beerdigt. Möge sie in Frieden ruhen. Sie hat immer gut von Dir gesprochen und mich in ihrer letzten Stunde gebeten, Dir einen Brief zu schreiben. Du siehst also, wenn Du wiederkämest, geschähe das mit ihrem Segen. Heute ist die Nacht der Bestimmung. Seit 26 Tagen faste ich und versuche mich an die Gebote unseres Herrn Mohammed zu halten. Heute Nacht vor 1379

Jahren hat Mohammed vom Erzengel Gabriel die letzte Sure des Q'ran erhalten. In fünf Tagen ist Fastenbrechen. Da freuen sich die Kinder in den Straßen vor allem drauf. In vergangenen Ramazan-Monaten kamen sie immer an unsere Haustüre und bekamen Süßigkeiten. Nun stehen beide Häuser leer, und kein Kind kommt. Ich überlege, ob ich unser Holzhaus verkaufe, doch so richtig bringe ich es nicht über mein Herz. Vor allem kann ich nicht allein in unserem Haus auf der Insel wohnen. Aber das will ich unter keinen Umständen verkaufen! Ach, wenn Du nur hier wärest! Wir könnten uns beratschlagen, und ich würde Deinen Rat achten. Ich habe so viel dazugelernt über das Leben. Ich sehe, wie andere Paare leben, Familie gründen und mit dem HERRN leben. Manche leben auch ohne ihn und leben nicht schlechter. Ich glaube mittlerweile, jeder hat den HERRN in sich, egal, ob er oder wie er ihn benennt.
Vor kurzem traf ich einen alten Bekannten, der nun bei den Ausgrabungen unten am alten Hafen hilft. Dort und an den Hängen der Meerenge finden sie ja immer wieder Neues aus der Zeit der Osmanen und sogar aus den Zeiten davor. Dieser Bekannte jedenfalls fragte mich, ob ich nicht Lust hätte, mich an einer Expedition zu beteiligen, die hinauf auf den Ararat führt. Dort vermuten die Amerikaner die Arche des Noah aus dem alten Testament, das ich übrigens auch gekauft habe. Doch heute Nacht, wenn ich diesen Brief fertiggeschrieben habe, werde ich im Q'ran lesen und schauen, was sich dort über die Arche findet.
Vielleicht gehe ich mit auf diese Expedition. Ich weiß noch nicht. Man hört hier momentan viel über die Arche und über die Sintflut. Die Archäologen sagen, daß immer wahrscheinlicher ist, daß unsere Meerenge und die Dardanellen im Südwesten des Marmara-Meeres durch die Sintflut entstanden sind. Ich kann mir nur nicht so richtig vorstellen, wie sie von hier aus quer über das ganze Land auf den Ararat gekommen ist. Ich glaube nicht, daß es hier jemals so viel Wasser gegeben hat, aber die Forscher werden schon ihre Gründe haben. Vielleicht sollte ich wirklich in drei Wochen mitgehen.

Vielleicht bin ich dann der erste seit Menschengedenken, der Noahs Arche mit der Hand berührt. Dann hättest Du allen Grund, stolz auf Deinen Gefährten zu sein und könntest ihm vielleicht endlich verzeihen. Morgen werde ich noch mal auf der Insel nach dem Rechten sehen, und dann werde ich es mir überlegen. Wie auch immer meine Entscheidung ausfällt, ich werde Stift und Papier mitnehmen, um meine Gedanken an Dich weitertragen zu können.

In stiller Vorfreude, Dein ewig an Dich denkender Gefährte
İstanbul, in der Nacht der Bestimmung, den 24. März 1960

Die Sintflut. Das passte zu meinem Gefährten. Fast wollte ich schon den nächsten Brief öffnen, um zu sehen, ob er gefahren war. Doch ich legte mich schlafen und erwartete den neuen Tag. Gegen Mittag nahm ich mir den Brief noch einmal zur Hand und las ihn erneut durch. Wir hatten uns in meiner Jugend am kleinen Bach oft über die Sintflut unterhalten und darüber spekuliert, ob sie eventuell nicht dort entsprungen war, wie die Forscher nun – also vor knapp zweieinhalb Jahren – tatsächlich vermuteten. Schon damals war mein Gefährte schnell für diese historische Geschichte zu begeistern. Ich schwelgte in Erinnerungen und legte gedankenversonnen den vierten Brief auf den kleinen Sekretär. Doch gerade, als ich den fünften Brief öffnen wollte, krachte es unten auf der Straße. Erschrocken sprang ich zum Fenster. Leute aus den umliegenden Häusern taten das Gleiche, nur dass ihr Schrecken sich in reine Neugier wandelte, während meiner mir fast die Sinne raubte. Auf der Straße lag Rainer! Vor ihm stieg gerade hastig ein fremder Mann aus seinem Wagen. Unser Chauffeur hastete ebenfalls aus seinem Wagen von der anderen Straßenseite. Wahrscheinlich war mein Ziehvater gerade gekommen, versuchte ich mir die Szenerie zusammen zu reimen, und

beim Überqueren der Straße von dem anderen Wagen erfasst worden. Jemand brüllte, ich solle einen Krankenwagen rufen.
Ich? Wer rief da? Mir wurde schlecht. Unser Chauffeur rief noch einmal, diesmal nahm ich bewusst wahr, dass er zu mir herauf sah. Ich rannte zur Türe und schrie plötzlich wie wahnsinnig in den Flur und die restlichen Zimmer hinein, man möge sofort einen Notarzt rufen. Ich wusste nicht, wen ich genau meinte, hoffte aber, dass jemand mich hören würde. Als erstes kam der Kopf unseres Kochs zum Vorschein. Dann also der Koch! Ich lief so schnell ich konnte nach unten und bat ihn aufgelöst, das Haustelefon zu greifen. Meine Beine waren wie Gummi. Was, wenn Rainer nun tot war? Wer sollte das alles hier weiterführen? Mir wollten schon wieder die Tränen kommen. Es schellte an der Tür. Das Dienstmädchen öffnete, und herein kam der fremde Fahrer und unser Chauffeur mit unserem Hausherrn. Er blutete mächtig am Kopf. Komischerweise wurde ich genau in dem Augenblick gewahr, dass wir keinen Teppich, wie andere Leute, in unserer Diele hatten. Manchmal gibt es merkwürdige Augenblicke. Gott sei dank, hätte ich sagen können, denn der ganze Fußboden war binnen weniger Minuten voll von Blut. Ich stand wie betäubt daneben und konnte mich nicht bewegen. Der Koch hielt mir ein Glas Wasser hin und meldete Vollzug. Der Notarzt wäre schon unterwegs. Unser Chauffeur flößte meinem Ziehvater ebenfalls ein paar Tropfen Wasser ein. Also war er doch nicht tot. Gott sei dank, betete ich noch einmal. Ein wenig war ich erleichtert, und es ging mir allmählich wieder besser. Ob das am Wasser oder an der Erkenntnis, dass Rainer noch lebte, lag, vermag ich nicht mehr zu beurteilen. Ich kniete mich neben den Verletzten und hielt seine Hand. Da kam er zu Bewusstsein. Erstaunt schaute er mich

an und stöhnte sofort auf. Er wollte sich an den Kopf fassen, den unser Dienstmädchen gerade notdürftig verband. Sein Arm gehorchte ihm nicht. Gerade, als er ihn hochheben wollte, fiel er schlaff herunter. Rainer stöhnte noch einmal, und in seinen Augen spiegelte sich nackte Angst. War er nun gelähmt? Was war überhaupt passiert? Der fremde Fahrer entschuldigte sich und stammelte nur noch vor sich hin, wie leid ihm das alles täte und ob er denn irgendetwas tun könnte, um die Schmerzen zu lindern oder sich nützlich zu machen. Unser Chauffeur beschied ihm, er solle seine Adresse aufschreiben, wegen des Schadensfalles. Da klingelte es erneut an der Tür. Die Polizei war da. Als sie sahen, wer der Verletzte war, riefen sie sofort selbst noch einmal nach einem Notarzt, der aber im gleichen Augenblick schon vor der Tür parkte. Mir schienen die Polizisten sehr aufgeregt, als sie Rainer dort in der Diele liegen sahen, und einmal mehr schoss mir durch den Kopf, dass doch irgendetwas an meinem Ziehvater nicht ganz so normal war, wie es den Anschein hatte.

Plötzlich wurde alles hektisch. Mich fragte kurz jemand, ob ich etwas gesehen hätte, dann brachten sie Rainer auf einer Trage hinaus in den Krankenwagen. Der Chauffeur fuhr mit, und der Koch nahm mich mit in seine Küche, wo er mir einen Korn einschenkte. Für Notfälle. Ich sagte nichts mehr, trank noch einen. Das war ein Notfall!

Dann ging ich auf mein Zimmer und betete leise.

Am nächsten Tag ging ich ein paar Seitenstraßen von uns entfernt in eine Buchhandlung. Irgendwie verspürte ich einen unbestimmten Drang, nachdem nun Çingiz das Alte und das Neue Testament gekauft und gelesen hatte, mir eine deutsche Übersetzung des Koran zu kaufen. Selbst die Bibel hatte ich noch nie komplett gelesen. Nur die Psalmen, ein paar Briefe, den Rest meines Glaubens habe ich tatsächlich von meinem Vater und unserem Pfarrer. Ich hatte zwar eine Bibel in meinem Zimmer liegen, doch immer mehr ertappte ich mich dabei, dass ich Gott eigentlich mit der kalten Schulter bedachte. Çingiz konnte aus dem Koran zitieren und nun sogar aus der Bibel. Wenn ich daran dachte, wie störrisch er damals reagierte, als ich in die kleine Kirche auf unserer Insel wollte. Er schien sich tatsächlich mit meinem Glauben auseinandergesetzt zu haben. Und ich dummes Mädchen vom Land konnte gerade mal das Vater Unser! Ich schwor mir, sobald ich wieder etwas mehr Zeit für mich hatte, die Bibel in die Hand zu nehmen und alles einmal zu lesen. Heute würde ich den Koran kaufen, und der käme dann als nächstes dran. Ach, wie hoffte ich auf ein Wiedersehen mit meinem Gefährten, und wie freute ich mich auf ein „Fachgespräch"!

Meine Liebe!

Ich bin stolz Dir sagen zu können, daß ich alles vorbereitet habe, um übermorgen abreisen zu können. Ich habe meinem Bekannten zugesagt, und morgen fahren nach Doğubayazit quer durch das ganze Land. Von dort aus soll die Expedition auf das Ararat-Massiv beginnen. Momentan ist es bewölkt, doch wie es dort aussieht, werde ich morgen sehen. Ich fühle mich wie auf unserer Reise damals, wie ein kleines Kind, das wieder hinaus in die Welt fährt. Für Dich wäre es wahrscheinlich etwas zu schwer, aber selbst Du, die da fast allein hinaus in die Welt fuhr, würdest wahrscheinlich aufgehen in dieser Aufgabe. Erinnerst Du Dich, wie wir am kleinen Fluß in Deiner Heimat schon über die Sintflut gesprochen haben? Fast kommt es mir wie Schicksal vor oder wie eine Prüfung, durch die ich Dich vielleicht wiedersehen kann? Sollte ich heile wieder herunterkommen, schwöre ich bei Allah, daß ich eine Kerze in der griechischen Kirche anzünde. Sollen die Griechen doch schauen!

Auf einem so hohen Berg war ich noch nie. Über 5000 Meter soll er in die Höhe steigen. Ausrüstung wird mir gestellt, also nehme ich nur einen alten Seesack von einem Freund mit, vollgestopft mit warmen Sachen. Wer weiß, wie kalt es da oben ist. Unser Haus auf der Insel habe ich noch vermieten können. Befristet auf zwei Jahre. Wenn Du in der Zwischenzeit kommst, woran ich fest glaube und worum ich Allah jeden Morgen, jeden Mittag und jeden Abend bitte, werden wir eben solang im Haus meiner Mutter wohnen, bis unser Herzenspalast auf der Insel wieder frei wird. Ich habe übrigens Rosen und Tulpen gepflanzt. Direkt vor der Terrasse. Mal sehen, welche Farbe sie haben, wenn ich in drei bis vier Wochen wiederkomme. Vielleicht sind sie dann schon erblüht. Jetzt werde ich mein Gepäck an die Tür stellen und schlafengehen. Wir brechen übermorgen in aller Frühe auf, um pünktlich in Doğubayazit zu sein. Den Brief lasse ich heute unvollendet. Vielleicht finde ich in den nächsten Tagen Zeit, Dir weiterzuschreiben.
Bis dahin sende ich Dir eine Umarmung.

Dein Wanderer Çingiz,
İstanbul, den 12.04.1960

Spät abends, der Koch, der Chauffeur, alle anderen Bediensteten und ich saßen im Salon und schwiegen bedrückt, klingelte das Telefon. Unser Hausherr lag im St. Josephs-Hospital. Sein Zustand war stabil, und seinem Arm ging es bereits wieder besser. Auch seine Platzwunde am Kopf sah gefährlicher aus, als sie es in Wirklichkeit war. In einer Woche sollte er wieder nach Hause kommen dürfen. Uns allen fiel ein Stein vom Herzen. Ich wiederholte jeden aus der Hörmuschel kommenden Satz in die wachsam hörende Runde. Als die Stimme am anderen Ende der Leitung ihren Bericht vollendet hatte, legte ich tief einatmend den Hörer auf die Gabel.

Gemeinsam nahmen wir jeder noch ein kleines Glas vom Korn und gingen dann nach und nach schlafen. Ich blieb als Letzte sitzen und ließ meinen zugegebenermaßen relativ unchristlichen Gedanken freien Lauf. Was wäre eigentlich gewesen, wenn mein Ziehvater nun gestorben wäre? Was wäre mit all den Briefen, die noch geschrieben werden mussten? Der Jüngste war er nicht mehr. Was sollte ich dann machen? Was musste ich dann alles organisieren? Immer noch war ich viel zu aufgelöst, um einen klaren Gedanken fassen zu können. Nach einer Weile stand ich ebenfalls auf. Im Haus war es schon dunkel. Ich beschloss, morgen nach einem Teppich für die Diele zu schauen. Ich legte mich in mein Bett und nahm mir den Brief, um darin weiter zu lesen.

Meine Liebe!

Ich mußte in ein Flugzeug steigen! Mein Bekannter hat mir das bis zum Beginn unserer Reise verschwiegen! Als ich umkehren wollte, gab er mir das Flugticket, was schon auf meinen Namen ausgestellt war. So ein Lump! Ich bin noch nie geflogen, und es war mir auch ein Graus, da oben zwischen den Wolken hin und her zu schaukeln. Aber wenn man erstmal durch die Wolken ist, dann hat man einen herrlich weiten Blick. Von hier ist Allah bestimmt nicht mehr weit. Doch auch von hier kann er nicht unter unsere Tische schauen, oder? Und auch hier oben wird es Nacht. Ob Er Katzenaugen hat? Wenn ich Ihn das nächste Mal im Gebet treffe, werde ich ihn fragen. Ich muß ihm ja schon danken, daß er mich heil wieder hinuntergebracht hat. Wir landeten nach ein paar Stunden in Van[45]*. Diese Stadt ist auch schon sehr alt und liegt am Ufer eines riesengroßen Sees, der genauso heißt wie die Stadt. Darin gibt es keinen einzigen*

45 Van – Hauptstadt der gleichnamigen Provinz Van, im Osten der Türkei an der Grenze zum Iran. (N 38° 30‘ O 43° 23‘)

Fisch, weil er irgendetwas im Wasser mit sich führt, was Leben in ihm unmöglich macht.
Am Nachmittag trafen mein Freund und ich auf einen Armenier, der mir sein Kreuz schenken wollte, weil ich doch Deinen Ring (den habe ich wieder umgehangen, damit Du bei mir bist) an der Kette um meinen Hals trage. Ich weiß nicht, wie er darauf kam, doch er sprach mich an und fragte mich, ob ich meine Liebe sehr vermisse. Wir tranken gemeinsam Tee in seinem kleinen Laden und erzählten, daß wir aus İstanbul kämen. Von der Expedition sagten wir erstmal nichts. Also, er wollte mir sein kleines Kreuz schenken, doch ich lehnte dankend ab mit der Begründung, daß Allah ja schon auf mich aufpaßte und Dein lieber Gott ja wohl auch schon mal ein Auge auf mich mit wirft. Heute ist Gründonnerstag. Der letzte Tag also, den Jesus mit seinen Jüngern verbrachte (wie Du siehst, habe ich mir nun auch das neue Testament durchgelesen). Auch für mich ist es der letzte Tag, den ich in gewohnter Umgebung allein mit meinem Freund aus İstanbul verbringe. Ich weiß nicht, was mich oben auf dem Berg erwartet. Unser armenischer Gastgeber derweil war nicht etwa beleidigt, sondern bat uns, uns wenigstens eine Kirche auf einer Insel im See anzuschauen (auch sie wäre schon steinalt und diente vor vielen, vielen Jahren als Zufluchtsort der Einwohner am Ufer des Sees) und danach mit ihm im Angedenken des Herrn Jesus in seiner kleinen Hütte zu speisen. Meinem Freund ging das etwas zu weit, mich jedoch freute diese Art von Freundschaft. Also begaben wir uns mit einem kleinen Boot hinaus auf den Van und landeten auf Akdamar an. Früher – bis 1916 – wohnten hier ein paar Mönche, erzählte unser Begleiter, doch die wurden alle getötet, die Kirche wurde geplündert, und nun wohnt hier keiner mehr. Wir sahen uns die alte Kirche an, die aber schon sehr heruntergekommen aussah. In so einer alten Kirche sollte man zumindest Gottesdienste halten oder sie von jemandem bewohnen lassen, der sie in Schuß hält. Selbst mir als Muslime tat dieser Bau leid. Das Kreuz hing windschief auf dem Dach, die Mauern waren

vom Feuer geschwärzt, überall waren Löcher im Boden, als hätten Piraten nach einem Schatz gegraben.
Am Abend, nach dem Essen, bei dem übrigens mein Freund dann doch mit dabei war (wahrscheinlich eher vor Hunger), trafen wir noch auf weitere Expeditionsmitglieder. Zu meinem Erstaunen waren da nicht nur Türken, sondern auch noch ein Armenier, ein Pole und ein Deutscher! Insgesamt waren wir acht Leute. Wir verstanden uns gut, und ich habe mit dem Deutschen auch schon ein paar Worte wechseln können. Endlich macht sich mein Lernen bezahlt, und ich kann prüfen, wie weit ich schon bin.
Unsere amerikanischen Expeditionsleiter lassen sich erst morgen blicken.
Nun wird es Zeit für mich, ins Bett zu gehen. Morgen werden wir uns in Doğubayazit mit den anderen treffen, und dann geht es übermorgen auf den Berg. Ich bin gespannt, ob wir sie finden, die Arche. Meinem Freund aus İstanbul ist aufgefallen, daß ja in unserem Q'ran eigentlich etwas ganz anderes drinsteht. Eigentlich soll das Schiff auf einem El Çudi angelandet sein, und der Ararat heißt in unserer Sprache: „Büyük Agrı Dagı", also großer Feuerberg, denn er ist eigentlich ein Vulkan, der vor nahezu 20 Jahren das letzte Mal seine Gewalten zeigte und ausbrach, doch uns wird wohl in den nächsten drei Wochen nichts passieren. Wie ich heute erfahren habe, bleiben wir wahrscheinlich sowieso nicht so lang oben, denn immerhin ist dort oben ja noch halber Winter.
Wir werden es erleben.
Ich schaue auf meine Halskette und sende einen Gedanken an Dich, getragen durch die Flügel meines unaussprechlichen Verlangens nach Dir.

Dein Bergsteiger Çingiz,
Van am Gründonnerstag, den 14.04.1960

Mein tapferer Bergsteiger! Hatte er sich also vor lauter

Einsamkeit doch durchgerungen, an diesem alten Abenteuer teilzunehmen. Ich zitterte vor Aufregung, als ich diesen Brief las. Vielleicht bekamen wir ja doch noch einmal gemeinsam die Chance, in die Welt hinaus zu gehen und zusammen alt zu werden. Diesen Brief hatte er vor drei Jahren geschickt, vielleicht bestand die Möglichkeit, ihn über meinen Ziehvater zu suchen? Ich schickte noch mal ein Stoßgebet in den Himmel, auf dass mit Rainer alles wieder in Ordnung käme. Ich legte den dicken Umschlag beiseite und mich in die richtige Position, um einschlafen zu können.

Am nächsten Morgen machte ich mich als erstes auf den Weg ins Krankenhaus. Vögel begrüßten mich unten auf der Straße und sangen in ihrer Sprache fröhliche Melodien. Bienen umsummten die großen Blumenkästen an den Balkons. Der Tag war noch nicht alt, und doch flimmerte schon der Asphalt vor Hitze. Und es würde noch heißer werden. Wie heiß es jetzt wohl in İstanbul war?

Im St. Josephs-Hospital war es kühl und relativ dunkel. Als ich das Krankenzimmer meines Ziehvaters betrat, schaute der mir schon entgegen, lächelte und ordnete an, dass ich doch umgehend um seine Entlassung aus dem Krankenhaus bitten solle. Er hielt es im Bett nicht mehr aus und wollte sich lieber zu Hause auskurieren. Er hatte eine Prellung der Hüftknochen erlitten, eine Rippe war gebrochen, und das Gelenk unterhalb seiner linken Hand war durch den Sturz überdehnt worden. Abgesehen von dem Riesenpflaster, welches seinen Kopf zierte, und den vielen Verbänden, wirkte er komischerweise merklich jünger und tatkräftiger. Mir erzählte man immer, wenn Leute in ein Krankenhaus müssten, kämen sie kränker wie heraus, als sie hingegangen wären. Er fragte mich, ob ich schon alle Briefe gelesen hätte. Ich erzählte ihm von dem angefangenen Abenteuer meines

Gefährten und ließ auch schon leise die Bitte um Urlaub anklingen. Da lächelte er wieder bedeutungsschwer und wollte es sich überlegen. Ich blieb noch ein wenig. Selten konnte ich mit Rainer so ungezwungen schwätzen. Das musste ich ausnutzen. Ich fragte ihn, was er denn eigentlich so alles machte, außer mir Geld dafür zu geben, dass ich ihm seine Briefe übersetzte, die ja dem Inhalt nach ganz normale Handelskorrespondenz gewesen waren. Und ich fragte ihn, warum er mir nicht sagen wollte, woher er meine Briefe bekommen hätte. Ich solle mich gedulden, war seine Antwort. Es würde sich schon alles fügen. ‚Insha' Allah' lächelte er mich an. Noch dürfe er nichts über seine Arbeit erzählen, was nicht schon aus der Korrespondenz ersichtlich gewesen wäre. Zu meiner und zu seiner Sicherheit. Das musste mir vorerst genügen, doch ich wollte mich so leicht nicht geschlagen geben. Ich beschloss, ihn daheim noch einmal zu befragen. Vielleicht war es ihm auch nur unangenehm, hier im Krankenhaus über seinen Beruf oder was auch immer er zu schaffen hatte, zu reden.
Wenig später schaute ich bei einem deutschen Großhändler nach einem geeigneten Teppich für unsere Diele, doch die Mehrzahl gefiel mir nicht. Ein paar wenige waren zwar dabei, die meiner Vorstellung entsprachen, doch die waren mir schlichtweg zu teuer, und ich wollte nicht, dass mein Ziehvater, wenn er wieder nach Hause kam, gleich wegen eines Herzinfarktes ob meiner freizügigen Finanzplanung zurück ins Hospital musste. Wieder daheim, nutze ich den Abend, um mich im kleinen Garten hinter unserem Haus auf eine Bank zu setzen. Ich genoss die letzten warmen Sonnenstrahlen des schwindenden Sommertages, bis mir unser Koch das Abendessen brachte. Ich fragte ihn kurz nach dem Beruf meines Ziehvaters, doch er wunderte sich auch nur und meinte, dass ich doch diejenige sein müsste,

die es wissen sollte und nicht ein so kleiner unbedeutender Koch, wie seinereiner es war. Da klopfte ich ihm auf die Schulter. Seine Kochkünste überstiegen seine Größe bei weitem! Er war es zufrieden und stellte nun gutgelaunt noch eine Kerze auf den Gartentisch, damit meine Augen nicht vom Dämmerlicht verdarben, falls ich noch lesen wollte. Und das wollte ich auf jeden Fall! Ich wollte wissen, ob mein Gefährte den Aufstieg und natürlich auch den Abstieg gut gemeistert hatte. Doch ein wenig gedulden musste ich mich noch. Der Koch setzte sich neben mich und sah mir still beim Essen zu! Er hatte wohl nichts mehr abzuwaschen.

Meine Liebe!

Kräftig durchgerüttelt und müde schreibe ich Dir heute aus Doğubayazit. Von hier aus kann man die Spitze des Ararat im Norden der Welt wolkenumhangen schon sehen, wir werden aber morgen sicherlich noch einmal mit den Bussen fahren, denn das Wandern von hier bis zum Hang ist doch wahrscheinlich sehr schwer und langwierig. Mein Freund sagt, es wären über 30 Kilometer. Die werden wir doch wohl nicht laufen!
Doch ich fange am besten von vorn an. Heute Mittag wurden wir von zwei Fahrern aus der Region um Van abgeholt und nach Doğubayazit gefahren. Über Geröll und staubige Straßen ging der Weg quer durch diese Einöde. Kleine Gehöfte und Dörfer lagen am Wegesrand. Wir waren kaum eine Stunde nach Norden gefahren, da kamen wir an einen herrlichen Wasserfall. Sonst habe ich nur Steine gesehen. Vielleicht noch ein paar ausgemergelte Bäume. Wir mußten uns sehr warm anziehen, denn es ist wirklich richtig kalt. Ich kann mich kaum erinnern, daß es jemals so kalt in İstanbul war. Die Sonne zwingt einen, die Augen zu schließen, so hell ist es hier. Am späten Nachmittag erreichten wir unseren Zielort. Und trafen

auch auf unsere beiden Expeditionsleiter. Ein weiterer Bergsteiger aus Amerika machte unsere kleine Reisegruppe komplett. Am Abend saßen wir also alle zusammen, ein Armenier, ein Pole, ein Deutscher, drei Amerikaner und fünf Türken in einer geräumigen Hütte. Unsere beiden Fahrer sollten uns morgen zu einem weiteren Ort bringen (also doch nicht laufen... Insha´Allah[46]) und dann wieder zurückkommen, hier bleiben und auf all das Gepäck, was wir nicht benötigten, aufpassen. Wir bekamen Schlafsäcke, Ski, jeder einen Topf und einen Becher und allerlei anderes Zeug, was der professionelle Bergsteiger so braucht. Ich wußte schon gar nicht mehr, wie ich das alles den Berg hinaufbekommen sollte. Außerdem bekam ich noch einen Umhängepaß, der mich als Mitglied dieser archäologischen Expedition auswies. Meine Liebe, Du wärest stolz auf mich gewesen, hättest Du mich heute Abend sehen können. Wir bekamen kurz erläutert, worum es ging – als wenn wir es nicht schon gewußt hätten. Die Arche Nuh's, oder, wie ihr ihn nennt: Noah. Ich bin sehr gespannt, ob wir sie finden. Die beiden Amerikaner machen einen sehr gestrengen Eindruck. Sie reden wenig und lassen alles durch den dritten Amerikaner, ihren Dolmetscher, ins Türkische übersetzen. Allein den Deutschen behandeln sie mit einer Art Achtung. Wahrscheinlich ist er in Deinem Land ein sehr bekannter Bergsteiger... Mit den anderen verstehe ich mich sehr gut, und wir werden wohl eine anstrengende, aber schöne Zeit haben. Ich bin aufgeregt und werde nicht schlafen können. Die heutige Nacht ist kurz, denn wir wollen morgen in aller Frühe, noch vor Sonnenaufgang, aufbrechen. So umarme ich Dich aus der Ferne und hoffe, daß ich heil wieder zurückkomme und daß all das Briefeschreiben nicht umsonst ist.

Allah sei mit Dir!

Gute Nacht, mein Mädchen.

Dein Gefährte in Doğubayazit am Karfreitag, den 15.April 1960

46 Insha' Allah – oder inshalla; arab.: In shā Allāh = dt.: „So Gott will!"

P.S.: Es scheint mir, daß Dein Gott uns die ganze Zeit auf unserer Reise begleiten wird, auch bin ich gespannt, wann das erste Mal ein Wort über Religionen fallen wird, denn die Amerikaner, der Pole, der Armenier und der Deutsche sind Christen. Wenn auch unterschiedlicher Konfession. Also stehen uns fünf, die wir an Allah glauben, sechs „Ungläubige" gegenüber. Ich bin gespannt!

Die nächsten Tage war ich damit beschäftigt, Rainer die Freude zu machen, dass er ein aufgeräumtes Büro, ja ein ganzes aufgeräumtes Haus vorfände, wenn er wieder heimkäme. Für einen Frühjahrsputz war es zwar reichlich spät – immerhin war es August – jedoch besser spät als nie, sagte ich mir und scheuchte unser Personal von einer Aufgabe zur nächsten. Fast zu bereitwillig übernahmen sie die Aufgaben. Ich merkte ihnen an, dass sie sich auf die Heimkehr ihres Brötchengebers freuten.

Da wurden die Beete im Garten geharkt, die Wege gefegt, der Rasen gemäht. Da wurden im Hause die Gardinen gewaschen, die Teppiche gelüftet, die Schränke vom Staub befreit, die Bücher neu sortiert und gerichtet. Fenster geputzt. Bettwäsche gewaschen. Akten sortiert. Ich beauftragte sogar unseren Hauswart mit einem neuen Anstrich der Küche, was auch unseren Koch freute. Am letzten Tag, kurz bevor er nach Hause kam, räumte ich den Schreibtisch meines Ziehvaters auf, legte die Stifte auf die eine Seite, die anderen Utensilien auf die andere Seite. Ordner stellte ich wieder dorthin, woher sie entnommen wurden.

„Z.D.B. – priv. Verschlusssachen" stand auf einem. Ich weiß es noch wie heute. Ich wollte schauen, was das für eine Sache sei, die da verschlossen werden sollte, doch ich traute mich nicht.

Hätte ich damals mehr Mut gehabt, hätte ich schon früher gewusst, was es mit meinem Ziehvater auf sich hatte, doch

so, wie die Dinge lagen, mussten noch viele Jahre ins Land gehen, ehe ich erfuhr, wie es um sein Berufsleben und um seine Berufung stand. Warum er Junggeselle war. Warum er kein eigenes Kind hatte. Warum er mich adoptiert hatte...
Ich schloss, nachdem ich das Büro in Ordnung gebracht hatte, leise die Tür hinter mir und ging hinunter in den Salon.

Ich wies alle an, sich allabendlich pünktlich zum Abendbrot im Esszimmer einzufinden. Erstaunlicherweise klappte das ganz gut. Ich war gerade mal vor etwas mehr als einem Vierteljahr aus dem Stand einer Sekretärin in die Rolle einer Ziehtochter geschlüpft, doch zumindest in dieser Woche hörte jeder der Bediensteten auf mich. Das Gerücht der unheiligen Liebe zwischen mir und Rainer war wohl im allgemeinen Trubel versiegt. Mir war das ja nur recht.

Wir schafften alles und pünktlich. An Maria Himmelfahrt kam unser Hausherr nach Hause. Wir, das gesamte Personal und ich, von unserem Chauffeur abgesehen, denn der sollte den Heimkehrer vom Hospital abholen, standen Spalier an der Haustüre und freuten uns ehrlichen Herzens, dass Rainer gesund und munter, noch mit Armbinde und Krücke, wieder seinen täglichen Verpflichtungen nachgehen konnte. Unser Koch hatte für alle ein verfrühtes Abendessen bereitet. Alle Bediensteten hatten ab dem Mittag frei, und so stellten wir eine kleine Tafel im Garten auf und feierten mit Bowle, gutem Essen und guter Laune bis in den späten Nachmittag hinein. Unser Hausherr und Ziehvater fragte jeden einzelnen aus, wie es ihm in der Zeit seiner Abwesenheit ergangen wäre. Jeder einzelne drückte auf seine eigene Art und Weise aus, wie sehr er doch froh war, dass nun alles wieder in geregelten Bahnen verliefe. Doch noch ehe ich grollen konnte ob der vermeintlichen Kritik, ohne ihn hätte im Haushalt nichts geklappt, wurde ich von allen überschwänglich gelobt, welch gerechtes und strenges, doch herzliches Regiment ich im Haushalt geführt hätte. Da war auch ich es zufrieden und schmiegte mich an seine Schulter. Sollte er doch seine Verschlusssachen für sich behalten. Hauptsache, er ließ sich nicht noch einmal überfahren! Dass er glücklich war, wieder zu Hause zu sein, sah man in seinen Augen, spürte man in seiner lockeren Rede. Selig wie er war, zündete er sich sogar ein Pfeifchen an, was sehr selten geschah. Eigentlich nur am Heiligen Abend oder an Silvester, wenn er draußen auf der Bank saß, die ich nun während seiner Abwesenheit zu meiner Lesebank auserkoren hatte. Er nahm mich in seinen linken Arm, und ich gab ihm einen Kuss auf seine unrasierte Wange. Erst später wurde mir bewusst, dass ich noch etwas anderes hatte auf seinem Schreibtisch liegen sehen. Ein rechtwinkliges Dreieck lag auf einer Bibel.

Mein Leben!

Es war noch dunkel, als wir heute Morgen aufstanden. Kein Berg war zu sehen. Es war stockfinster. Erst als der Horizont den Sonnenaufgang erahnen ließ, zeigten sich erste hellgraue Flecken auf dem Berg, und als das Gestirn schon einen tiefroten Streifen an die Himmelskante malte, blitzten erste Schneefelder vom Ararat herab. Aber da waren wir schon unterwegs nach Topçatan. Die Straßen hier in Anatolien müssen von den Menschen gebaut worden sein, die mehr Zeit im Getreide verbringen als beim Straßenbau, denn diese Wege hier – das Wort ‚Straßen' traue ich mich fast gar nicht zu benutzen – diese Wege hier weisen mehr Löcher auf als der vielgerühmte Käse der Schweizer. Bei uns in İstanbul sind ja die Straßenbauer auch nicht gerade mit Talent gesegnet, aber unsere Straßen halten wenigstens und leiten das Regenwasser geordnet die Hügel hinunter. Wahre Sturzbäche fließen dann an den Rändern

die manchmal kniehohen Bordsteinkanten entlang und stürzen alsbald in den Bosporus, der den Regen dann in die Meere leitet. Hier stürmt es seit heute Mittag, und wir sitzen nun in Eli, einem kleinen Dorf, fest. Mein Freund sagt, wir seien hier schon über der 2000-Meter-Marke. Keine Bordsteinkanten. Kein Geländer, keine Treppen. Seit wir Topçatan durchquert haben, sehe ich nur Geröll. Geröll und Schneefelder. Nebel.
Mir scheint, wir sind mitten in den Wolken.
Unsere Expeditionsleiter diskutieren seit unserer Ankunft heute Vormittag darüber, ob und wann wir hinauf auf den Gipfel wollen. Einer von beiden will unbedingt und so schnell wie möglich hinauf, koste es, was es wolle. Der Deutsche wirkte heute etwas ungehalten, nachdem er die Meinung des einen Amerikaners hörte. Unverantwortlich hat er ihn genannt. Es hätte nicht viel gefehlt, und der Deutsche wäre dem Amerikaner an den Hals gegangen. Der Deutsche scheint ein guter Mann zu sein. Sollte der Sturm nicht bis morgen aufhören, werde ich nicht mit hinaufgehen. Und selbst, wenn der Sturm nachließe, dann, sagt der Deutsche, selbst dann wäre es noch zu gefährlich, weil der Winter hier noch seinen Tribut fordere. Der andere Amerikaner wollte den Sturm nutzen, um erstmal den Berg auf der 2000-Meter-Marke zu umrunden und ihn im Osten näher zu begutachten. Vor drei Jahren nämlich wollte ein türkischer Soldat die Arche schon gefunden haben. Dort drüben an der Grenze zum Iran soll sich ein Gebilde befinden, das aus steinernem Holz über 130 Meter lang in den Fels eingegraben ist. Kurt – so heißt der Deutsche, wie ich aus dem Gespräch mit dem zweiten Amerikaner erfahren habe – stimmt eher dieser Idee zu. Ehe wir hier in Eli vor langer Weile eingehen, sollten wir lieber den Aufstieg aufschieben und uns diesen Steinhaufen anschauen. Dessen schließe ich mich langsam an, denn Kurt erzählt mir viel – und ich verstehe schon gut Deutsch – von seinen Kollegen in Deutschland, von denen schon ein paar ihr Leben lassen mußten, weil sie sich überschätzt hatten oder das Wetter ihnen einen Strich

durchs Leben gemacht hätte. Nicht nur an den Felswänden, wo so ein kleines Bergsteigerleben am sprichwörtlichen seidenen Faden hängt, sondern auch und gerade in solch einem Gelände, in das wir hineinmarschieren sollen, wenn es nach dem Willen unseres ersten Amerikaners geht. Mir scheint auch, daß dieser noch etwas anderes im Sinn hat, als nur die Arche zu entdecken. Sie streiten viel, diese Amerikaner, doch hat wohl leider der Unangenehmere das Sagen auf dieser Expedition, denn eben kamen sie in das kleine Kaffeehaus hier im Ort, wo auch ich gerade sitze und den Brief weiterschreibe, und beschlossen den morgigen Aufbruch zum ersten Hochlager. Nun sollen wir alle hinaus und die Maultiere bestücken helfen. Vor der Tür steht ein großer Laster mit allerlei Dingen beladen. Ich weiß nicht, was das alles ist. Es scheinen Meßgeräte zu sein oder ähnliches. Unserer beiden Fahrer werden sich freuen, wieder zurück nach Doğubayazit zu dürfen, doch erstmal mußten sie den ganzen Tag bis jetzt nutzen, um 16 starke Tiere aufzutreiben, die unser Gepäck schleppen sollen. Arme Tiere! Ich kann mir vorstellen, daß sie der Bevölkerung hier in Anatolien nicht besonders viel für ihre Esel geben und sie erst recht nicht erstatten, wenn sie das Abenteuer nicht überleben. Der Amerikaner sagt, er hat nicht viel Geld, also kann er nur das zahlen, was er hat. Damit müssen meine Landsleute hier im Osten der Republik auskommen. Die Amerikaner sind schon sehr hochnäsig. Aber sie haben ja in Kurt einen guten Gegner, der sie immer mal wieder auf den Teppich holt.
Ich muß hier kurz enden und werde den Bericht heute oder morgen abschließen.

In Liebe und Sehnsucht umarmt Dich
Dein frierender Bergsteiger Çingiz
Eli, am Sonnabend, den 16.04.1960

Was musste mein armer Çingiz doch ausgestanden haben. Dass er wohl alles gut und heil überlebt hatte, konnte ich

mir ja denken, denn sonst hätte er ja die ganzen Briefe nicht schreiben können. Ich schaute mir die Briefe an und zählte sie. So viele, wie ich anfangs dachte, waren es doch nicht. Wenn man die Teilbriefe als Teilbriefe rechnete, waren es insgesamt 15 Schriftstücke. 15 Zeugnisse seines Lebens, welches er, so wie ich es las, lieber mit mir verbracht hätte. Und wäre ich nicht so stur und ängstlich gewesen... So jung und bockig! Vielleicht wäre er trotzdem mit auf diese Expedition gegangen, und ich hätte allein auf unserer Insel ausharren und bangen müssen. Ich ertappte mich wieder dabei, nach einem guten Grund für meine Flucht zu suchen. Aber ich hätte auf ihn gewartet. Bestimmt!
Vielleicht war ja auch alles zu seiner Zeit gut so. Dass ich immer noch an ihn dachte, dass ich mich immer noch für ihn aufhob, dass er mir immer noch schrieb – all das waren doch Zeichen für einen Neubeginn! Vielleicht sollte ich ihm die Möglichkeit geben. Ich betete, dass in den letzten zwei Jahren nichts passiert war, was ihn umstimmen hätte können.
Obwohl ich noch nicht alle Briefe gelesen hatte, trug ich den Gedanken an das doch eigentlich gerechte Schicksal eine ganze Weile mit mir herum. Eigentlich wollte ich Rainer um Rat bitten, doch was sollte der mir schon als Junggeselle dazu sagen? Eher hatte ich das Gefühl, dass er mir nur raten wollte, den Türken vielleicht zu vergessen. Er war zwar interessiert, wenn ich auf Çingiz zu sprechen kam, doch in seinen Augen las ich andere Gefühle. Eine Trauer, wie als wenn ein Freund seine beste Freundin an einen Liebhaber verliert. Oder redete ich mir das nur ein? Rainer war 52 und ich war 24. Na ja.
Dazu kam, dass wir in letzter Zeit sehr viel zu tun hatten. Alles, was während seines Hospitalaufenthaltes nicht erledigt werden konnte, musste jetzt gemacht werden. Er

musste häufiger als sonst nach Duisburg. Meistens fuhr er einmal im Monat in den nicht weit entfernten Nachbarort. Doch nun, nach seiner Genesung, fuhr er zweimal wöchentlich. Dazu kam die aktuelle Korrespondenz auf meinen Tisch. Unsere Österreich-Reise stand an. Sollte eigentlich nächste Woche engetreten werden, verschob sich jedoch in den Januar des nächsten Jahres. Vielleicht fehlten noch gewisse Papiere und Dokumente (was in solchen Papieren wohl drin stand, konnte ich nie erfahren, denn ich übersetzte lediglich die Anschreiben zu den Dokumenten in die jeweilige Sprache). So verging die Zeit wie im Fluge, der Herbst kämpfte mit den Bäumen um jedes einzelne Ahornblatt. Die Tage wurden immer grauer und trister, einzig die Briefe meines Gefährten machten meine Gedanken zuweilen etwas bunter.

Da stand ich nun, dick eingepackt in all meine dicksten Kleider und sollte im wildesten Sturm auf den größten Berg unseres Landes steigen. Kurt schenkte mir gestern Morgen sein Frühstücksei. Bei ihm zu Hause würden zur gleichen Zeit viele Eier hartgekocht, bunt angemalt und versteckt. Er dachte wohl, ich wüßte nicht, was man bei euch am Ostersonntag macht! Ich lachte ihn ein wenig aus und fragte ihn, ob er wisse, was wir am Şeker bayramı zu tun pflegen, da mußte der gute Kurt ebenfalls lachen und sich geschlagen geben. Der Armenier betete sehr inbrünstig um ein gutes Gelingen unseres Unterfangens, und ich schloß heimlich Kurt in meine Gebete zu Allah ein. Es stürmt immer noch. Der böse Amerikaner – wir unterscheiden mittlerweile unsere beiden Expeditionsleiter in gut und böse – vertröstete uns und sagte, daß wir ja nur sechs bis acht Stunden auf relativ niedriger Steigung durch halbfestes Geröll müßten. Der Höhenunterschied betrüge maximal einen Kilometer. So gesehen behielt er wohl Recht, doch brauchten wir für unsere erste Etappe zu Fuß knappe neun Stunden. Ich war wie erschlagen.

Heute hat der Sturm nachgelassen, und wir haben unsere erste Nacht in Zelten auf knapp 3000 Höhenmetern gut überstanden. Ich habe einen dicken Anorak vom guten Amerikaner bekommen, als er gesehen hat, wie ich meinen ersten Tag auf dem Ararat zu verbringen gedachte. Ich vermute mal, daß meine Kleidung es nicht einmal geschafft hätte, mich die ersten zwei Stunden lang gut zu wärmen. Kurt riet mir, den Anorak trotz der beißenden Kälte im Zelt lieber auszuziehen, damit das Zeltinnere durch meine und meines Freundes Körpertemperatur erwärmt würde. Er sollte Recht behalten. Zumindest froren wir nicht, nachdem wir uns vor dem Zelt an einem kleinen Feuerchen gewärmt und uns dann flugs in Unterwäsche in unsere dicken Schlafsäcke verkrochen hatten.
Heute morgen, nach sechs Stunden Schlaf, haben wir den Befehl bekommen, jeweils zu zweit in Reichweite des Lagers nach Auffälligkeiten zu suchen, die irgendeinen Hinweis, und sei es ein noch so kleiner, darauf geben sollten, daß Nuh hier mit seiner Arche aufgesetzt hat. Mein Freund und ich scherzten den ganzen Tag und sahen in jedem Stein mal Hufabdrücke eines Elefantenpaares, das die Arche nach dem langen Regen sicher verlassen konnte, dann wieder mal einen versteinerten Trog, aus dem der gute Noah seine Schutzbefohlenen fressen ließ. Was staunten wir, als heute Nachmittag die Polen, die zu dritt unterwegs waren, einen verwaschenen, fast quadratisch anmutenden Felsblock heran „rollten", der in seiner Mitte ein Loch aufwies. Ratlos standen wir um dieses Ding herum und diskutierten. Der gute Amerikaner war davon überzeugt, daß es sich durchaus um einen Ankerstein handeln könnte, sollte ein Schiff vor Unzeiten tatsächlich hier angelandet sein. Viele antike Schiffsfunde bestätigten das Aussehen eines solchen Ankersteines. Der böse Amerikaner gab kühl etwas zu bedenken. Wenn wir die Arche schon gestern auf der Ostseite des Berges in 2000 Metern Höhe gefunden hätten, wie käme dann der Ankerstein hier auf 3000 Meter Höhe? Sinnvoller wäre es doch, daß der Ankerstein unterhalb des Schiffes läge, womit er seinen gestrigen

Befehl zum verfrühten Aufbruch als berechtigt ansah. Wir überdachten sein Argument und kamen zu dem Schluß, diesen Mann nicht nur für böse, sondern auch, wie soll ich sagen, ein bißchen für unbedacht zu erklären, denn wissenschaftlich fundiert war das nicht. Eher ein wenig stur, denn entweder, dieser Stein war ein alter Anker – dann mußte die Arche weiter oben sein – oder die Form des Steins war natürlichen Ursprungs, dann war eben wieder alles offen. Ich persönlich glaube nicht daran, die Arche weiter oben zu finden, doch wie auch immer. Alsbald hatten wir Träger wieder ein wenig Freizeit, denn unsere Expeditionsleiter stritten mal wieder. Morgen schreibe ich mehr. In Gedanken und Sehnsucht und bei einer Tasse heißem Tee verabschiede ich mich für heute.

Dein Gefährte, am Südhang des Ararat auf 3000 Meter,
am Ostermontag, den 18.04.1960

Auf dem Papier ist noch so viel Platz, und Du bekommst ja sowieso wahrscheinlich, wenn überhaupt, alle Briefe, die ich in den Bergen schrieb, auf einmal, da werde ich einfach hier auf diesem Brief von gestern weiterschreiben.

Ach meine Liebe!

Hier oben ist es so kalt, daß selbst der Atem vor der Nase gefriert. Der Armenier hat einen schweren Bart, der seit unserem Aufstieg immer weißer wird. Kleine Eispartikel schmücken seinen Schnauzer, und auch meine Haare wurden sofort brüchig vom Frost, als ich heute Morgen den gröbsten Dreck aus meinem Gesicht wusch.
Heute und gestern waren Aklimatisationstage. Kurt nannte es so in Deiner Sprache, und ich brauchte bis heute Abend, dieses Wort so auszusprechen, wie er es verstehen wollte. Wir haben uns den ganzen Tag darüber belustigt, wer den schwereren Wortschatz hatte. So

nannte ich ihm auch ein paar schöne Worte in meiner Sprache, und er hatte viel Mühe, sich nicht die Zunge zu brechen.
Auch heute standen wir im Morgengrauen auf, sobald das erste Licht durch unsere Zeltwände schien.
Den ganzen Tag mühten wir uns mit den Maultieren ab, unsere Vorräte und unsere Meßausrüstung auf eine weitere Plattform am Südhang in 4000 Metern Höhe zu erreichen. Kurz nach Mittag stand ich also schon knapp hundert Meter vor der Gletscherzunge. Bis dahin war unser Weg von Geröll bepflastert und einzelnem, kargem Gestrüpp, doch auch das wurde, je höher wir kamen, immer weniger. An einzelnen Stellen zeigte sich schon frisches Moos unter den Schneewehen. Mir wird der Atem hier oben langsam schwer. Das erklärte mir aber Kurt mit ein paar knappen Worten. Je höher man steigt, desto mehr Wind bläst einem entgegen, und dieser Wind kommt nicht etwa in Böen, sondern zerrt gleichmäßig an Deinen Kleidern und Haaren, dem großen Rucksack und an den Maultieren, die dem zu Trotz unbeirrt Schritt für Schritt ihren Weg nach oben gehen. Und dieser gestrenge Wind enthält weniger Sauerstoff, deswegen brauchen wir mehr Atemzüge. Und die Gefahr des Zuvielatmens steigt beträchtlich. Wir kamen sehr langsam voran. Ich denke, unsere Tiere hatten mit der Luftknappheit auch zu tun, doch jedes Tier und jeder Mann taten, was man von ihnen verlangte. Am schwierigsten wurde es ab der Hälfte, denn da stießen wir durch die Wolken. So vorsichtig es ging, setzten wir mit den Maultieren einen Fuß vor den anderen, denn teilweise konnte man die Hand vor den Augen nicht sehen. Nach knapp einer Stunde durchbrachen wir die Wolkendecke, und unseren Augen eröffnete sich ein himmlisches Panorama. Die Sonne schien unter einem dunkelblauen Himmel, und der gute Amerikaner teilte Sonnenbrillen aus, die den Wind und die helle Sonne von den Augen abhalten sollten. Auf den 4000 Metern angelangt, freuten wir Türken uns schon auf den frühen Feierabend, doch der böse Amerikaner lachte uns nur aus. Wenn wir heute Nacht hier oben blieben, würden wir

morgen an der Bergsteigerkrankheit leiden, die mit Erbrechen, bösen Kopfschmerzen und Schwindelgefühl einhergeht. So machten wir nur eine Stunde Pause und bauten unsere Materialzelte auf. Immer, wenn die Wolkendecke kurz aufbrach, glaubte ich, im Südwesten den Van-See zu entdecken. Und was glaubst Du, wie magisch es aussieht, wenn durch diese weiße Decke plötzlich ein paar Kilometer entfernt noch eine Spitze eines kleineren Berges bricht? Der kleine Ararat, so nennen wir ihn, ist der einzige Berg, den man noch sehen kann, wenn es so bewölkt ist wie heute. Mit seiner Höhe ist er eben der kleine Bruder des Feuerberges und bestätigte uns, daß wir schon über der 4000-Meter-Marke angekommen waren. Als es am frühen Nachmittag an den Abstieg zu unserem gestrigen Lager ging, murrte mein Freund aus İstanbul, denn er wollte es nicht einsehen, warum wir die Wege doppelt gehen sollten. Der böse Amerikaner sagte, daß es ihm egal sei, wenn mein Freund sich nicht an die Regeln halten wollte. Von ihm aus könne er ruhig hier oben bleiben und schon mal das Mittagessen zubereiten, wenn wir anderen morgen munter den Berg hinauf kämen, während er, von Schwindel und Kopfschmerz geplagt, uns auftischen solle. Ich traue mich nicht das auszusprechen, aber wenn dieser Amerikaner so weitermacht, werden wir gemeinsam – Christen und Muslime – dafür beten, daß er von diesem Berg geradewegs zu den Sheitans in die Hölle fährt. Wie kann ein Mensch so überheblich sein?
Kurt und ich konnten meinen Freund nach vielen ernsten Worten endlich davon abbringen, allein hier oben zu bleiben. Seine glasigen Augen und sein gereiztes Gemüt verhießen mir nichts Gutes. Den ganzen Weg hinunter zu unserem ersten Lager murrte mein Freund und schimpfte leise vor sich hin. Erst als wir gemeinsam mit Kurt einen heißen Becher Tee mit deutschem Schnaps tranken, wurde er etwas ruhiger und schlief alsbald ein. Kurt hat mich noch gebeten, ich möge morgen auf meinen Freund aufpassen. So schlafe ich heute nur mit einem Auge.
Meine Gedanken werden trotzdem zu Dir fliegen und sich in

Deinen Schlaf schleichen. Ich hoffe, meine Liebe zu Dir versetzt diesen Berg vor Dein Haus, so daß ich nur hinabsteigen muß, um Dich endlich wieder in meinen Armen halten zu können.

Dein Çingiz
am Dienstag, den 19. April. 1960

Wie ich ihn vermisste. Ich war mir nicht sicher, ob die lange Zeit einen weichen Mantel über die Ereignisse und meine Gefühle gelegt hatte, doch ich wusste mit jedem Brief mehr, dass ich noch einmal versuchen musste, meinen Gefährten zu finden und noch ein Stück unseres Lebens gemeinsam zu gehen. Wenn ich nicht bald diesem Wunsch nachkam, würde ich mit Sicherheit als altes Weib enden, das nicht ein einziges Mal in seinem Leben all die Dinge genoss, die doch so natürlich jedem Menschen zuteil wurden. Denn ich wusste auch: Mit keinem anderen als mit diesem Mann aus der Stadt an der Meerenge wollte ich es wagen, diese Sinne auszukosten. Mein Körper begann sich immer öfter nach einer einzigen Berührung zu sehnen. Damals schon, als wir zusammen in dem Haus auf der Insel gewohnt hatten, überkam mich ein kleines Kribbeln, wenn er mich umarmte, doch zu mehr kamen wir nicht. Und so schwor ich mir, ihn schon allein deshalb noch wenigstens einmal zu sehen. Und wenn er sich in seinem Charakter möglicherweise so stark verändert hatte, dass ich doch nicht mehr mit ihm leben wollte, so erfuhr ich doch vielleicht, was es hieß, geliebt zu werden. Körperlich zumindest. Die Seele konnte warten. Oder doch nicht? Manchmal lag ich wach im Bett, und die Briefe wurden zu Träumen. Mir schien es, als ob ich alles, was er schrieb, selbst noch einmal erlebte. Das konnte doch nur Gutes bedeuten!

Ach, meine Liebe!

Schreckliches ist passiert! Ein Pole hat sich den Arm ausgekugelt und muß nun im ersten Lager bleiben. Zusammen mit dem anderen Polen und dem Armenier, die auf ihn aufpassen sollen. Aber das ist noch nicht das Schlimmste. Mein Freund aus İstanbul rutschte kurz nach unserem erneuten Wolkendurchbruch heute Morgen aus, als wir auf dem Weg zum zweiten Lager waren. Er war wohl noch zu benommen. Gestern schon linderten wir seinen Unmut mehr schlecht als recht mit Kurts deutschem Schnaps. Mag sein, daß wir ihm zu viel gegeben haben. Ich war zu weit oberhalb von ihm entfernt, als daß ich ihm noch hätte helfen können. Allah möge mich strafen. Gestern Abend noch habe ich Kurt versprochen, auf meinen Freund aufzupassen. Doch konnte ich nur zusehen, wie jener den steinigen Weg hinunterrutschte, lauthals um Hilfe schreiend und noch am Polen vorbei, der ihn halten wollte, doch von seiner Wucht mit fortgerissen wurde. Mehr konnte ich nicht sehen. Das Geröll kullerte nur noch hinterdrein, und irgendwann – unendlich lang – verstummten auch die Rufe meines Freundes. Der Pole schrie noch und bekam glücklicherweise noch etwas zu fassen. Kurt brüllte, die Amerikaner brüllten, und es dauerte lange, ehe wir alle einigermaßen zur Ruhe kamen, um Maßnahmen zu ergreifen. Lediglich die Maultiere schielten nach einem kurzen Schreckmoment wieder dumpf auf den Boden und harrten unbeteiligt der Dinge. Wir retteten den Polen, der sich mit einer Hand schon blutig aufgeschlagen an einem großen, kantigen Stein festhielt. Offenbar hatte ihm die Wucht das Schultergelenk ausgekugelt. Doch der Schreck betäubte sein Schmerzempfinden wohl, denn obwohl er groteskerweise mit der aufgeschlagenen Hand und dem ausgekugelten Arm so fest am Stein hielt, daß wir ihn fast abschlagen mußten, tat er keinen Mucks, als wir ihn wieder auf die Beine stellten. Mein Freund meldete sich nicht mehr. So schafften der Armenier und der andere Pole den Verletzten wieder hinab ins Lager, um ihn zu notdürftig

zu verbinden und auf ihn aufzupassen. Kurt stieg mit einem anderen Türken hinab, um nach meinem Freund zu suchen. Hoffentlich werden sie morgen wieder zu uns stoßen. Insha´Allah. Ich bin sehr aufgewühlt und mußte den ganzen Tag über aufpassen, nicht selbst hinabzurutschen.
Über unserem Lager hängt Grabesstille.

Dein Kämpfer Çingiz,
am Tor zur Hölle, den 20.April 1960

Mir stockte das Herz. Was wäre gewesen, wenn mein Gefährte an seines Freundes statt den Hang hinunter gerutscht wäre? Ich klopfte an die Tür meines Ziehvaters. Es war eigentlich schon Nacht, doch durch den Türschlitz konnte ich erkennen, dass noch Licht in seinem Zimmer brannte. Leise bat er mich, einzutreten und schaute erstaunt über den Rand seiner Lesebrille, als ich seiner Bitte nachkam. Er klappte den Ordner mit den „Z.D.B. priv. Verschlusssachen" zu und drehte seinen Stuhl in meine Richtung. Ich erzählte ihm vom Schicksal der Bergsteiger. Mir standen die Tränen in den Augen, als ich ihn bat, mir doch endlich etwas über den Verbleib meines Gefährten zu erzählen, denn offensichtlich wusste er ja etwas darüber. Wie anders hätte er mir die Briefe übergeben können?
Er bat mich, sich zu ihm auf das Bett zu setzen. Was nun folgte, war für mein Gemüt noch aufreibender als schon die Geschichte vom verunglückten Freund meines Gefährten. Rainer beichtete mir, dass er schon lange hätte eine Verbindung zu dem Schreiber der Briefe herstellen können, doch er wollte mich nicht an ihn verlieren, so zögerte er Monat um Monat mit der Herausgabe der Briefe, bis er sich dann doch endlich dazu entschloss. Aufgebracht fragte ich ihn, wie lange er mir die Briefe vorenthalten hätte. Da

fragte er mich, ob mein Gefährte in seinen Briefen Kurt schon erwähnt hätte.
Aha! Der deutsche Bergsteiger war also der Bote.
Kurt nahm die Briefe an sich und kehrte damit nach Deutschland heim. Natürlich kannte mein Ziehvater Kurt nicht zufällig, vielmehr lernte er ihn kennen, weil er in die Mission am Ararat involviert war. Ich staunte. Was in Gottes Namen hatte mein Ziehvater mit dieser Mission, wie er es nannte, zu tun?
Da ließ mich Rainer schwören.
Das kleine Mädchen in mir machte große Augen und schwor. Ich wusste nicht, ob ich Angst haben sollte. Mein Ziehvater würde doch nicht Böses im Schilde führen?
Er legte meine Hand auf die Bibel, und ich schwor bei Gott, dass alles, was ich jetzt hören würde, dieses Zimmer nicht verlassen würde, solange mein Ziehvater lebte. Nach seinem Ableben sollte ich es jedem erzählen dürfen, den es interessierte.
Mein Ziehvater hatte drei Leben.
Eines als Parteimitglied der Christlich Demokratischen Union, wobei er viel mit Dr. Heinrich Krone, dem Minister für besondere Aufgaben, und Dr. Ludwig Erhardt, dem damaligen Wirtschaftsminister zusammenarbeitete.
Da ging mir ein erstes Licht auf. Er war also kein Geschäftsmann. Jedenfalls nicht im eigentlichen Sinne, sondern eine Art Zuarbeiter für die Regierenden. Sie beschlossen, und er kümmerte sich. Zu Beispiel um die Italiener, die nach Oberhausen und in andere Städte kamen, um ihre Arbeitskraft zu leihen.
Sein zweites Leben bestand in der Loge „Zur Deutschen Burg“, die, obgleich ihr Name etwas martialisch klang, doch der Teil seines Lebens war, dem er sich eigentlich am meisten verschrieben hatte. Er war weder Großmeister, noch

hatte er sonst ein großes Amt inne. Dort galt er lediglich als Bruder unter Brüdern, die über das Leben philosophierten, sich eine Lebensmoral erdachten und versuchten, nach ihr zu leben.

Sein drittes und wohl undankbarstes Leben wollte er mir plötzlich nicht mehr benennen. Er druckste herum und meinte, es sei eigentlich schon viel zu spät in der Nacht, um über solche Themen zu reden. Den dritten Teil wollte er liebend gern auf den morgigen Tag oder bestens auf das übernächste Leben verschieben. Er gähnte und beschied mir so beiläufig wie möglich, dass wir darüber reden würden, wenn der Augenblick gekommen wäre.

Da widersprach ich ihm, denn in meinen Augen gab es noch kein großes Geheimnis zu hören, welches einen Schwur auf die Bibel gerechtfertigt hätte. Von den ersten beiden Leben wusste wahrscheinlich außer mir jeder hier im Hause. Ob mit seinem dritten Leben die Verbindung zu Kurt zusammenhing, fragte ich ihn unvermittelt. Rainer machte große Augen. Die nächste Frage ließ ihn nur still nicken.

„Arbeitest du beim BND?"

Das dürfe er nicht sagen, erklärte er mir. Nur eben, dass sich darüber eine erst dienstliche, dann freundschaftliche Beziehung zu dem Bergsteiger aufgebaut hätte und sie sich ab und zu entweder hier in Oberhausen in der kleinen Bar oder eben in Österreich trafen. Kurt hatte meinem Ziehvater von einer Mission der Amerikaner erzählt, die am Ararat stattfinden sollte. Dort sollte er als „archäologischer Mitarbeiter" zusammen mit amerikanischen „Archäologen" offiziell Vorbereitungen zur Findung, Ortung und Ausgrabung der biblischen Arche treffen.

„Inoffiziell..." und jetzt legte Rainer wieder den Finger auf den Mund und schaute sich theatralisch nach allen Seiten im Zimmer um, „Inoffiziell bauten die Leute da oben riesige

Antennen zum Abhören der Russen und schlossen mit dieser Mission den Spionagering um Russland."
Ich zuckte mit den Schultern. Solche Räuber – und Gendarmgeschichten interessierten mich nicht. Vielmehr wollte ich nun endlich wissen, wie es dazu kommen konnte, das Kurt meinem Ziehvater über Çingiz erzählte. Das konnte doch kein Zufall sein!

„Naja..." Nun zuckte Rainer mit den Schultern. „ich fürchte, das wird dich jetzt nicht besonders erfreuen..." Er schaute mir in die Augen und schien nach Worten zu suchen.
„Setz dich Liebes und werde nicht böse mit mir!"
Ich tat wie mir geheißen und setzte mich, wie ein Langbogen gespannt, was ich nun noch erfahren würde.
„Du hast damals, als du neu in diesem Haus warst, Briefe an Çingiz Mutter geschrieben, und sie schrieb dir zurück..." Er räusperte sich und legte eine Hand auf meine. „Ich habe die Briefe geöffnet, bevor du ihre gelesen und deine verschickt hast!"
„Du hast... was?!"
Nun schaute er auf den Boden, als erwartete er ein Donnerwetter. Kleinlaut fügte er hinzu: „Dafür habe ich dir die Briefmarken erlassen..." Meine Hand ließ er nicht los. Ich war sprachlos. Wut wollte in mir aufwallen, doch gleichzeitig sagte die mittlerweile erwachsene Laura in mir, das es wohl gar nicht sooo schlimm sei. Viel mehr lachte sie mich aus, denn ich war mir damals sicher, das niemand bemerkt hatte, wie ich die Briefe schrieb und von meinem Ziehvater das Porto bezahlen ließ. Wie dumm und naiv ich doch damals noch war. Dieser Mann vor mir war ein Spion – das freilich wusste ich damals noch nicht – und wer weiß, was er noch so alles untersucht hatte, bevor er mich als Tochter adoptierte... So genau wollte ich darüber nun auch

wieder nicht nachdenken.
Meine Hand blieb zunächst widerstrebend unter seiner. Nach minutenlangem Schweigen vergab ich ihm vorerst und dachte ‚Naja, der Zweck heiligt hier wohl die Mittel.' Also fragte ich: „Wie geht die Geschichte weiter?"

Als wenn jetzt schon das größte und schwerste Geheimnis gelüftet worden wäre, fuhr Rainer mit festerer Stimme fort: „Nun, als wir – Kurt und ich – uns über die Araratmission unterhielten, erzählte er, dass er sich als Träger noch einen Einheimischen organisieren müsse, der ein wenig Deutsch sprechen könne. Die Sache war heikel, denn einerseits durfte die Tarnung als Arche-Suchtrupp nicht auffliegen, andererseits wollte Kurt sich auch keinen Floh in den Pelz setzen, der gegen ihn arbeitet. Und da die Expedition schon genug Unbekannte hatte, kam ich ins Spiel und bot ihm die Adresse von Çingiz und seiner Mutter an...
„Und woher wolltest Du wissen, dass er nicht doch eine Gefahr..." setzte ich eine Frage an.
„Laura, es ist mein Beruf, über Dinge und Personen genau bescheid zu wissen!", unterbrach mich Rainer. „Das Çingiz noch so an dir hängt, konnte ich allerdings nicht ahnen... Auf ihrer Mission muss er dann irgendwann von dir erzählt und am Ende die Briefe an Kurt ausgehändigt haben. Ihr beide wusstet ja nicht, das die Fäden schon lang verknüpft waren, wenn auch aus einem anderen Grund."
Unsere Hände hielten sich immer noch.
Deshalb fuhren wir also nach Österreich....

Kurt wusste irgendetwas über den Verbleib meines Gefährten, und wir sollten uns mit ihm treffen, um möglicherweise zu erfahren, wo er steckte, oder: Vielleicht sollte ich ja von Österreich aus nach İstanbul fliegen, um endlich

meinen Gefährten wiedersehen zu können... Nein, nein... Ich solle nicht so vorschnell hoffen, meinte mein Ziehvater, denn in erster Linie sei die Reise nach Wien rein dienstlicher Natur, doch tatsächlich würden wir uns mit Kurt treffen, damit ich mit ihm bei einer Tasse Tee über meinen Gefährten plaudern konnte. Da war ich schon ein wenig enttäuscht. Ich wollte nicht über meinen Gefährten plaudern! Ich wollte ihn sehen! Und das, so schnell es eben ging. Ich bat Rainer kurzerhand um Urlaub. Fast schon unwirsch bat er, ich solle mich entspannen und erklärte, dass er mich unbedingt in Wien bräuchte, ich aber, wenn ich denn nach dem Gespräch mit Kurt gar nicht zu halten sei, die Erlaubnis bekäme, eine Woche später von Oberhausen aus in die Stadt an der Meerenge fliegen zu dürfen. Da war ich es zufrieden und umarmte den guten Mann, der mich erst von meinem Irrweg pickte, um mich dann meinem Schicksal wieder zuzuführen. Wenn es Engel gibt, dann war dieser Mann, mein Ziehvater, dessen Machenschaften ich trotz seiner nächtlichen Offenbarung nie so recht begriff, ein solcher. Ohne Flügel zwar, doch die verlieh er mir in dieser Nacht, da ich in sein Zimmer gekommen war, um endlich etwas über den Verbleib und den Kontakt zu Çingiz zu erfahren.
Müde, doch unheimlich glücklich gab ich ihm einen Kuss auf die zerfurchte Stirn, wünschte ihm eine gute Nacht und legte mich bald wieder in mein Bett, wo ich zufrieden auf weichen Träumen, getragen von weichen Engelsflügeln, durch den Rest der Nacht glitt. Wieder träumte ich von meinem Gefährten. Diesmal stand er an der Balustrade unseres Hauses auf Burgazada[47]. Hinter ihm blühte der Oleander, und ich stand an der Bug-Reling eines alten

47 Burgazada – drittgrößte der Prinzeninseln, im Marmara-Meer gelegen (N 40° 53‘ E 29° 03‘)

Segelschiffes und winkte ihm zu. Doch er schaute nur hinunter auf das Schiff. Er schien mich nicht zu bemerken.
Ich rief seinen Namen, da sah er mich, stieg auf die Balustrade, sprang kühn mit dem Kopf voran in die Fluten und tauchte prustend an Backbord auf. Er lachte und empfahl, doch ebenfalls ins Wasser zu springen. Doch ich traute mich nicht. Da stand er plötzlich neben mir und gab mir einen Kuss auf die Wange und dann auf den Mund.
Mich durchfuhr ein Kribbeln, wie ich es selten erlebt hatte, und schwitzend wachte ich auf. Glücklich.

Laura, Canım!

Du wirst nicht glauben, was wir gemacht haben! Ich kann es selbst kaum glauben. Doch laß mich der Reihe nach berichten:
Kurt hat meinen Freund aus İstanbul arg zugerichtet etwas oberhalb des ersten Lagers gefunden und ihn zusammen mit dem Armenier auf einer Trage ins Lager gebracht. Beide Verletzten werden nun vom Armenier und dem anderen Polen gepflegt. Für die Vier wird wohl unsere Expedition erstmal vorbei sein. Gestern Abend noch, kurz bevor die Sonne endgültig unter der dicken Wolkendecke verschwand, kam Kurt ganz allein zum zweiten Lager und erstattete Bericht. Ich wartete mit dem Rest der Mannschaft den ganzen Tag im Lager. Heute Morgen nun brachen wir zum Gipfel auf. Die ganze Zeit habe ich mich gefragt, warum wir direkt oben auf dem Gipfel nach der Arche suchen sollen, denn wenn sie tatsächlich dort oben gewesen wäre, hätte sie doch schon jemand vor uns entdeckt, oder sie wäre dem Wind und dem Wetter so arg ausgesetzt gewesen, daß sie doch schon aufgrund der Schwerkraft hätte tiefer nach unten rutschen sollen, so wie es meinem Freund gestern passiert ist. Jetzt habe ich wieder einigermaßen Grund zum Lachen, denn es geht ihm den Umständen entsprechend gut. Zumindest ist er besser dran als der Pole. Mein Freund hat nur ein gebrochenes Bein und

kann sich die ganze Zeit tragen lassen, während der Pole eigentlich gar nichts machen kann, weil er seinen rechten Arm nicht gebrauchen kann. Wir Türken gehen so leicht nicht kaputt. Das kommt vom Joghurt und dem Fleisch. Das macht die Knochen robust! Wie Du siehst, bin ich heute recht fröhlich, obwohl wir Ungeheuerliches gemacht haben. Ach was, es war wie in meiner Kindheit, als ich mit meinen Freunden und meinem Opa in den Belgrader Wald gefahren bin, um Räuber und Gendarm zu spielen.
Aber ich schweife schon wieder ab.
Nachdem wir also die Nacht gemeinsam am Lagerfeuer verbracht haben, sind wir heute Morgen, sobald das erste Licht am Horizont die Sterne verblaßte, aufgebrochen, um die Spitze des heiligen Ararat zu erklimmen. Diese letzte Etappe war die steilste. Wir waren kaum die ersten dreihundert Fuß gelaufen, da kamen wir an den Rand des Gletschers. Der gute Amerikaner riet uns, Steigeisen an unsere Schuhe zu binden. Die hatten wir ja schon in Doğubayazit gestellt bekommen, brauchten sie aber bis heute nicht. So kletterten wir die letzte Etappe noch langsamer als alle anderen Tage zuvor mit dem doppelten Gepäck, denn die Maultiere mußten am Rand des Gletschers bleiben. So ging es teilweise durch recht enge Felsvorsprünge und grober Landschaft, bis wir endlich am frühen Nachmittag den Gipfel erreichten.
Ich war auf dem Ararat! Dem Dach meiner Welt!
Im Norden dachte ich mir die weiten Wälder Georgiens und die zerklüfteten Berge Armeniens. Im Westen tauchten meine Gedanken in den Urmia-See oder gar ins Kaspische Meer. Im Süden erträumte ich den Ursprung der Menschheit in Mesopotamien, und im Osten steht unser Haus auf einer kleinen Insel an der Grenze Europas. Ich freue mich auf zu Hause.
Dort oben war der Ausblick einfach herrlich. Doch konnte ich den Ausblick nicht lange genießen. Kaum verschnauft, bekam ich den Befehl, zusammen mit den anderen die soeben hinauf geschleppten Geräte auszupacken und aufzubauen. Und nun kommt es:

Wir bauten Antennen auf! Der böse Amerikaner meinte sarkastisch, daß Amerika damit über die Russen triumphierte, denn jetzt konnten sie alles mit diesen Antennen ausspionieren. Aber warum sollten sie das direkt hier auf dem Ararat tun? Und mit uns Türken im Schlepptau? Warum dann die groß angekündigte und in aller Munde gelegte Expedition? In Eli mußten die Amerikaner mit Journalisten sprechen, in Doğubayazit wurden wir von Kameras gefilmt. Das würden doch die Amerikaner nicht zulassen, daß die Öffentlichkeit davon Wind kriegt! Nicht lange, und ich hatte meine Bestätigung von Kurt. Der böse Amerikaner wollte uns dumme Türken mal wieder übers Ohr hauen. Kurt erklärte mir, daß wir die Antennen bräuchten, um die eventuelle Lage der Arche besser kartographieren zu können. Morgen kann ich die Aussicht noch einmal genießen, denn die Hälfte des Gepäcks blieb im zweiten Lager. Das werden wir morgen hier hinauftragen, und dann werden wir die Arche suchen. Heute trinke ich mit Kurt noch ein kleines Glas vom deutschen Schnaps auf die Genesung und das Wohl meines türkischen Freundes, und dann werden wir uns schlafenlegen, denn morgen geht es noch einmal hinauf mit schwerem Gepäck. In stiller Erinnerung an den Spätsommer vor über viereinhalb Jahren verbleibt

Dein Gefährte Çingiz,
im zweiten Lager am Ararat, den 21. April 1960

Am 04. Januar 1963 fuhren wir nach Wien. Ich konnte vor Aufregung die Nacht zuvor nicht schlafen und bin komischerweise immer davon ausgegangen, dass ich meinen Gefährten treffe. Aber dem sollte ja nicht so sein, hatte Rainer gemeint.
Den Freitag und den Samstag verbrachte ich zum größten Teil allein, schaute mir die Stadt an und spazierte an der Donau entlang. Hier war es noch ein wenig frischer

als in Oberhausen, und so saß ich manchmal auch einfach in meinen Mantel gewickelt auf einer Bank und ließ mich von den kalten Wintersonnenstrahlen bescheinen. Ich trank Kaffee und hoffte auf gute Neuigkeiten vom unbekannten Freund Kurt. Die Antennen gingen mir nicht aus dem Kopf. Ich beschloss, den Bergsteiger, falls ich ihn tatsächlich treffen sollte, zu fragen, wie denn das mit dem Kartographieren funktionieren sollte. Vielleicht lag darin auch der Schlüssel zum wahren Beruf meines Ziehvaters? Einerseits holte er Italiener nach Deutschland, andererseits handelte er mit Franzosen und Italienern, kannte einen deutschen Bergsteiger, der wiederum an einer mysteriösen Bergwanderung beteiligt war und zusammen mit meinem Çingiz deutschen Schnaps getrunken hatte. Der BND musste das Bindeglied sein. Oder gar die Stasi? Nein, das empfand ich als zu krassen Gegensatz. Rainer konnte doch nicht als Stasi-Mitarbeiter in Oberhausen wohnen und allerlei Geschäfte tätigen, sich in die Politik der Bundesrepublik einmischen! Irgendwo musste es doch einen Zusammenhang geben? Oder doch? Wollte er mich vielleicht deswegen nicht loslassen? Wir hatten selten bis gar nicht über meine leiblichen Eltern gesprochen. Vielleicht...? Mir grauste, und ich wollte den Gedanken nicht zu Ende denken. Mein Ziehvater war ein guter Mann, und dabei sollte ich es belassen. Und wenn ich durch ihn und diesen Kurt etwas über Çingiz erfahren würde, sollte ich zufrieden sein. Vielleicht würde sich zumindest dahingehend der Kreis in Wien schließen. Ich war gespannt. Einen Brief trug ich noch mit mir herum. Heute war wieder Sonntag, und ich beschloss, bevor ich den letzten Brief las, in eine Kirche zu gehen, um mit mir und dem ungelesenen Inhalt allein zu sein. Ich ertappte mich dabei, dass ich regelrecht Angst vor diesen letzten geschrieben Worten meines Gefährten hatte.

Ich fragte mich durch bis zum Stephansdom und hockte pünktlich zur Vesper im relativ neu wirkenden Seitenschiff des Wiener Domes. Ich sang nicht mit, doch ich lauschte der Lesung aus der Bibel, so aufmerksam ich es vermochte. Bei der Fürbitte ertappte ich mich allerdings dabei, dass ich nicht nur für Çingiz bat, sondern auch für mich. Es tat mir unglaublich gut, und so ruhig wie schon lange nicht mehr, setzte ich mich noch einen Moment auf eine Bank vor dem Dom. Zwei Raben krächzten abwechselnd durch ihr Revier.

Laura, Canım!

Wieder ist ein Tag vorbei. Der neunte Tag unserer Expedition, und, wie ich heute erfahren habe, auch der vorletzte! Wir suchen die Arche gar nicht! Ein wenig bin ich traurig. Ich habe den guten Amerikaner gefragt, warum wir nicht nach Noahs Boot suchen, doch der beschied mir nur mit knappen Worten, daß diese Arbeit andere machen sollten. Heimlich glaube ich doch, daß unsere beiden Expeditionsleiter uns nur benutzt haben, um ihre kleinen Spionageantennen aufbauen zu können. Manchmal ist ein lautes Geheimnis das sicherste. Sie hängen alles an die große Glocke. Soll es nur jeder mitbekommen, daß wir auf den Ararat steigen und sie Arche Noah suchen... Nebenbei können ja die Vermessungsantennen neu ausgerichtet und als Spionageantennen mißbraucht werden. Seltsamerweise empfahl Kurt in barschen Worten, daß ich nicht so viel darüber grübeln solle. Ich werde also meine Gedanken erstmal für mich behalten. Mal sehen, was noch kommt!
Heute haben wir bei eisiger Kälte und strengem Wind den Rest der Ausrüstung auf den Berg gestellt. Große, sieben Meter hohe Antennen! Aber ich sage nichts mehr. Ich werde einfach Ruhe bewahren und abwarten. Morgen geht es dann wieder zurück ins erste Lager, wo ich auf meinen Freund treffen werde, und dann,

übermorgen, geht es ab nach Hause. Wir sollen viel Geld als Lohn für unsere Mühen bekommen und eine Auszeichnung, weil wir für die türkische Republik an dieser großen Expedition teilgenommen haben. Womöglich muß ich sogar noch einen Anzug kaufen und nach Ankara reisen, damit ich meine Auszeichnung in standesgemäßer Kleidung und nicht in Bergsteigerlumpen in Empfang nehmen kann. Mein Freund und ich, wir haben beschlossen, danach erstmal in eine Kneipe zu gehen, um den Frust über diese Amerikaner hinunterzuspülen. Aber ob mit oder ohne sie – ich glaube, ich kann mich nicht beklagen. Ich werde Kurt zu unserem Andenken eine Flasche feinsten Rakı mitgeben, damit er bei sich zu Hause in Wien zeigen kann, wie ordentlicher türkischer Schnaps schmecken muß.
Ich freue mich auf zu Hause. Ich werde nach den Rosen und den Nelken schauen und das Geld sparen, um damit vielleicht nach Deutschland zu fahren und Dich zu suchen. Die Briefe gebe ich Kurt mit. Vielleicht findet er den Weg schneller zu Dir.

Müde und voll Sehnsucht verabschiedet sich Dein Gefährte von Dir und vom Ararat,
am Freitag, den 22. April 1960

Der Sonntag verging wie im Fluge, doch wagte ich nicht, Rainer nach seinem Freund und meinem Gefährten zu fragen, denn er machte, als wir in unserer kleinen Pension zu Abend aßen, einen mürrischen Eindruck. Vielleicht hatte Kurt ihn wieder auf einen anderen Termin vertröstet. So redeten wir nicht viel miteinander, doch nach dem Abendbrot war ich nicht mehr zu halten, denn Morgen in aller Frühe wollten wir wieder heim nach Oberhausen, und ich hatte noch nichts über meinen Gefährten erfahren, obwohl Rainer mir versprochen hatte, uns mit Kurt zu treffen. Mit finsterem Gesichtsausdruck wies er mich zurecht, indem er darlegte, mir mitnichten etwas versprochen zu haben, doch

solle ich in anderthalb Stunden ausgehbereit sein, denn Kurt würde uns im Laufe des Abends in einem Kaffeehaus an der Donau erwarten. Dann ging er auf sein Zimmer, und ich war wieder allein. Ich weiß nicht, wie oft ich all die Briefe gelesen habe, seitdem sie durch einen glücklichen Zufall in meine Hände gefallen waren, doch heute, um mir die Zeit zu vertreiben und mich von der schlechten Laune meines Ziehvaters abzulenken, las ich sie mir alle der Reihe nach noch einmal durch, bis zu dem letzten Brief, in dem stand, dass er sobald wie möglich kommen wolle, um mich zu suchen. Mittlerweile wusste ich das ja, nur nannte er mir kein Datum. Aber vielleicht stand er ja noch in Kontakt mit diesem Kurt. So versank die Sonne am Horizont und nahm den ersten Sonntag des Jahres mit sich. Die Sterne wiesen uns den Weg zu besagtem Kaffeehaus. Die Luft war kalt.
Ich setzte mich an einen leeren Tisch und warte. Rainer entschuldigte sich und ging auf die Toilette. Kurt kannte ich zwar nicht, doch das war im Moment egal, denn ich war allein in diesem Lokal. Ein Kellner kam, und ich bestellte mir ein Glas Wasser und einen Kaffee. Da erklärte eine Stimme hinter mir, ich solle bei der Wahl meines Kaffee sorgfältig schauen, denn es gäbe viele Arten, und wenn ich wollte, könne man mir einen Kaffee machen, wie ich ihn noch nie getrunken hätte. Ich drehte mich um. Und mich traf fast der Schlag!
Çingiz stand vor mir!
Die Tischkante diente mir als Stütze, denn die Hände fingen an zu kribbeln, das Blut stockte in den Adern. Mir wurde kalt und heiß und ich war tatsächlich einer Ohnmacht nahe. Çingiz lächelte mich aus einem adretten Anzug an und überreichte mir eine Rose. Die Jahre schienen spurlos an ihm vorübergegangen zu sein. Ich fiel ihm in die Arme, und eine Weile schwiegen wir. Mit dem Geruch seiner Kleidung

kamen mir sofort das eine Vierteljahr in İstanbul wieder in den Sinn. Dieses Lavendel, um die Motten abzuwehren. Der leichte Chlorgeruch vom Waschen.
„Canim, ich freue mich dich wieder zu sehen!“ flüsterte mir eine Stimme ins Ohr, die doch unmöglich von Çingiz stammen konnte. War das jetzt Wirklichkeit oder einer dieser real anmutenden Träume? Langsam löste ich mich aus den Armen meines Gefährten, und wir schauten uns still lächelnd – ich weiß nicht, wie lange – einfach nur an. Wirklichkeit.
„Ich habe auch Briefe geschrieben“ setzte ich an. „An deine Mutter, weil ich mich nicht traute, dir zu schreiben“ Entschuldigte ich mich da gerade?
„Ich weiß! Ich habe deine Briefe aber erst gelesen, als ich kürzlich im Nachlass meiner Mutter kramte. Leider viel zu spät. Ich hatte nicht die Möglichkeit, dir zurückzuschreiben, denn sie waren zwar wohlgeordnet, doch leider ohne Briefumschläge, so hatte ich keine Adresse, aber nun wusste ich, dass ich nicht umsonst geschrieben habe! Hätte ich gewusst, was da die ganze Zeit über in den Unterlagen meiner Mutter steckte, hätte ich schon früher reingeschaut.“
Dann räusperte sich Kurt, der mit meinem Ziehvater unbemerkt an den Tisch getreten war, und stellte sich galant mit Handkuss vor: „Ich bin Kurt, ich habe schon sehr viel von dir gehört...“
„Ihm haben wir unser Wiedersehen zu verdanken!“ Çingiz legte die Hand auf die Schulter seines Bergsteigerkollegen. „Er erzählte mir, wo Oberhausen liegt und wie wir am besten zusammenkommen können.“
Mein Ziehvater schaute ein wenig mürrisch drein, doch wir anderen drei lächelten und erfreuten uns an der Situation. Nachdem wir uns etwas beruhigt hatten, setzen wir uns, tranken erst Kaffee und dann Sekt.

Immer am 06. Januar feierten Çingiz und ich seitdem unseren Ehrentag. Wir waren zwei Königskinder, die in Liebe fast ertranken, eben weil sie einander wiedergefunden hatten...
Lange noch saßen wir in diesem Kaffeehaus, denn wir hatten alle einander viel zu erzählen. Als es Zeit war, aufzubrechen, war der letzte Zug war schon lange weg, also verlängerten wir unseren Aufenthalt in der Pension. Rainer war immer noch mürrisch, doch er verstand meine Freude und ließ sich sogar ein wenig anstecken. Fürs Erste verabschiedeten wir uns alle voneinander. Als ich mich endlich traute zu fragen, wann wir uns denn wiedersähen, erwiderte mein Ziehvater, er würde morgen drei Zugtickets lösen, doch heute Nacht sollte mein Gefährte noch einmal bei Kurt schlafen. Da fiel ich Rainer um den Hals und küsste ihn so überschwänglich, dass sogar die vorbeigehenden Passanten kopfschüttelnd herüberschauten.

Ein Freund
ist ein Mensch,
der die Melodie deines Herzen kennt
und sie dir vorspielt,
wenn du sie vergessen hast.

Albert Einstein

Drittes Kapitel

(06.Januar 1963 bis 26.September 1967)

Gib traulich mir die Hände,
Sei Bruder mir und wende
Den Blick vor Deinem Ende
Nicht wieder weg von mir.
Ein Tempel – wo wir knien –
Ein Ort – wohin wir ziehen
Ein Glück – für das wir glühen
Ein Himmel – mir und dir.

Novalis (1772-1801)

Ich fand, Çingiz wirkte bedeutend jünger, als er eigentlich war. Sein Lächeln und sein Gemüt im Ganzen waren ruhiger, als ich es in Erinnerung hatte. Sein sonnengebräuntes Gesicht mit den edlen Zügen glich plötzlich einem Gesicht aus den Illustrierten, die es seit geraumer Zeit gab.
Ach, wie er lächelte. Er schmolz mir den Boden unter meinen Füßen. Seine dunklen Haare waren ganz der Mode der Zeit entsprechend über der Stirn zu einer kleinen Tolle geformt. Und sein adretter grauer Anzug betonte seine schlanke Figur. Die Hände waren gepflegt. Er trug den Ring – meinen Ring – um seinen Hals. Er bemerkte, wie ich den Ring ansah, doch keiner von uns beiden kam darauf zu sprechen.
Wir setzten uns in den Zug nach Frankfurt. Rainer saß uns beiden gegenüber und lächelte während der ganzen Zeit traurigstill in sich hinein. Ich glaube, er wusste, dass er mich

mit seiner guten Tat nun endgültig an den einzigen Rivalen verlor, den er hatte. Wir redeten still und voller Spannung über die Zeit, die kommen würde. Ohne unsere Hände zu verlieren. Komischerweise war mir sein Wesen von der ersten Minute an wieder vollkommen vertraut, und wir unterhielten uns nicht über die Vergangenheit, sondern über unsere Zukunft, und: Er sprach perfektes Deutsch. Ein wenig altbacken zwar, denn offenbar hatte er tatsächlich viel von Goethe und Rilke gelesen, doch das bestärkte mich umso mehr, mein Türkisch aufzupolieren.

„Was wollen wir tun, wenn wir in Oberhausen sind?" fragte ich ihn und spielte mit seiner Hand.

„Ich werde mir eine Wohnung mieten. Dein Ziehvater hat mir eine Stelle bei den Chemiewerken besorgt, allerdings ist diese Stelle nur als Aushilfe gedacht. Er sprach davon, dass wir vielleicht nach Berlin gehen sollten, dort würden in den nächsten Jahren Leute wie ich gebraucht. Er erzählte, dass neben Italienern unter anderem auch Türken nach Deutschland kommen, um hier beim Wiederaufbau der Wirtschaft zu helfen. Ich bin zwar kein Metallfacharbeiter oder Bergmann, aber ich kann gut Deutsch und könnte bei der Vermittlung helfen. Meine Leute sprechen meistens so gut wie kein Deutsch, und ich bekäme dann die Aufgabe, die Einreisenden an die Hand zu nehmen und sie mit den deutschen Gepflogenheiten vertraut zu machen."

„Oh! Das habe ich schon gehört, er erzählte es schon." Ich deutete auf Rainer, der immer noch lächelte, aber höchstwahrscheinlich durch das gleichmäßige Ruckeln des Zuges eingeschlafen war. „Ich habe in meinem Heimatdorf ja Erzieherin gelernt, vielleicht finde ich in Berlin eine Stelle als Tagesmutter."

„Nein, Laura...", tönte es leise von der gegenüberliegenden Bank, also schlief mein Ziehvater doch nicht, sondern hörte heimlich zu! „Es kommen auch viele Näherinnen nach Deutschland, die deiner Hilfe bedürfen. Nicht, dass du ihnen etwas vornähen sollst... Nein, du hättest dann die gleiche Aufgabe wie Çingiz. Erzähle den Frauen von Deutschland, hilf ihnen bei ihren Amtsgängen und so weiter."

„Alle zwei Jahre sollen neue Arbeiter kommen, da gibt es für uns viel zu tun. Lass uns nach Berlin gehen, Canım!"

Ich nickte. Im Moment war mir alles recht, nur nicht wieder verlieren. Doch eines wunderte mich: „Hast du in deinen Briefen nicht geschrieben, dass ich zu dir kommen soll?"

„Das alte Holzhaus meiner Mutter habe ich verkauft, und in unserem Haus auf der Insel wohnen noch Leute. Ich kann also gar nicht anders, als hier bleiben. Hier bei dir! Nach zwei Jahren werden wir weitersehen, dann wird meine Aufenthaltserlaubnis entweder verlängert, oder ich muss eben wieder zurück."

„Dann aber mit mir!" Ich drückte mich an ihn und gab ihm ein Kuss auf die Wange.

In Frankfurt stiegen wir in einen Zug nach Düsseldorf, und nach etwas mehr als einer halben Stunde betraten wir erschöpft, aber glücklich unser Heim in Oberhausen.

Çingiz zog die ersten paar Tage in mein Zimmer.

Wir bemühten uns, leise zu sein, weil wir nicht verheiratet waren.

„Laura, ich will lieber warten, so wie du gewartet hast!" Çingiz sagte das mit einer Bestimmtheit, die mich kurz innehalten ließ. Woher wollte er wissen, dass ich noch Jungfrau war? Hier in Deutschland tickten die Uhren ein wenig anders. Ich hätte mit Sicherheit genug Möglichkeiten zur Befriedigung meiner Sinne gehabt und kannte meinen eigenen Körper mittlerweile sehr gut. Doch ich nahm keine

der Möglichkeiten wahr, sondern wartete bis auf diesen Tag auf meinen Gefährten. Und ich wollte nicht mehr warten! Wir saßen uns im Schneidersitz gegenüber auf meinem Bett. Ich war bereit, mich hinzulegen und hinzugeben.
„Canim, du weißt, ich habe keine andere vor dir gehabt und werde auch keine andere haben. Doch sieben Jahre sind vergangen. Ich habe dir Briefe geschrieben und dein Bild vor meinen Augen getragen. Jetzt möchte ich dich nur im Arm halten und mich vergewissern, das wir uns wieder gefunden haben. Lass uns diesen Moment nicht durch etwas zerstören, was nicht halb so heilig ist, wie ein leichter Kuss."
Ich verschränkte die Arme. Sieben Jahre waren eine ganz schön lange Zeit, wenn man das Wissen über seinen eigenen Körper schon die ganze Zeit mit sich herumtrug.
„Ja, ich habe gewartet, Çingiz! Und jetzt bist du da! Du wirst mich nicht mehr verlassen! Und ich werde keinen anderen haben!" Ich schmiegte mich an seinen ganzen Körper. Er umarmte und hielt mich eine Sternenzeit lang. So saßen wir und warteten eben noch, bis die Müdigkeit uns ins Bett sinken ließ.
Der Morgen graute schon, und wir trauten uns fast nicht, das Bett zu verlassen. Bestimmt dachten alle im Hause, wir hätten das getan, was wir eigentlich gerne hätten tun wollen. Ein Lächeln hier und da bestätigte unsere Befürchtungen. Doch wir standen darüber. Ich war eine Frau und Çingiz mein Mann, auch ohne Sex!

Unsere beiden Geburtstage feierten wir am 13. Januar 1963 am Stadtrand von Westberlin. Im Wedding, einem Stadtteil im französischen Sektor, bezogen wir eine kleine Zweiraumwohnung, die uns Rainer besorgt hatte. Keine 500 Meter vom großen Riss entfernt, der die Stadt in zwei Hälften teilte. Etwa einen halben Kilometer weiter nördlich sahen wir auf zwei alte Turmsockel einer aus dem Großen Krieg stammenden Flakfestung. Einen Häuserblock weiter befand sich eine große Lager- und Werkhalle, an deren Wand in großen roten Buchstaben „AEG“ prangte. Der nächste Personenübergang in den sowjetischen Sektor war an der Bornholmer Brücke zirka anderthalb Kilometer nordöstlich. Überall klafften große Lücken zwischen einzelnen noch erhaltenen Mietskasernen, und hier und da stak verknöchertes Braun der Winterrinde junger Bäume aus alten Fundamenten.

An unserem 32. und 25. Geburtstag nun fuhren wir zu dritt mit meinem Ziehvater durch die winterkalten und nach Kohle riechenden Straßen und besahen uns Berlin; passierten die Sektorengrenzen zwischen den Westalliierten, schauten uns am Ende unserer Straße die graue Mauer an. Erst später kamen die Insulaner auf die Idee, ihre Seite der Grenze bunt zu bemalen.

Wir standen vor dem Brandenburger Tor, an dem seiner Zeit Napoleon den Stadtschlüssel überreicht bekommen hatte.

Heute stand das Tor allein da, umgeben von einer tristen Mauer und keiner Menschenseele, wenn man von den paar Soldaten oder Polizisten auf der anderen Seite absah. Auf unserer Seite hatten die Briten Stacheldraht als Sperrungen ausgelegt, um Protestaktionen seitens der Westberliner zu verhindern.

Mindestens einmal im Monat lasen wir in der Zeitung, was dort – nicht ganz 500 m von uns entfernt – geschah:

„... kommunistische Vopo schmiss Tränengasbombe auf Berliner Schutzpolizei...“ Oder: „... 40jähriger Flüchtling verblutete an der Mauer...“

Im November lasen wir von der Umwälzung eines Friedhofes auf der anderen Seite der Mauer. Mich berührte das, obwohl da niemand von meinen Ahnen lag. Wie konnten die Leute da drüben einfach Tote entehren, indem sie ihr Grab umpflügten, festtrampelten und so einen breites Ödland schufen, auf dem jeder Unbefugte erschossen wurde? Rainer sagte ja einmal, ich solle nicht alles glauben, was über meine Heimat berichtet wurde, aber das hier nicht zu glauben, fiel mir von Tag zu Tag schwerer, denn ich sah es doch mit eigenen Augen!

In unser Haus sollten bald einige Männer aus Nordost-Anatolien ziehen, die dann in der Werkhalle nebenan ihre Arbeit aufnehmen würden. Çingiz hatte seine Stelle schon erhalten und inspizierte zusammen mit deutschen Vorarbeitern die Fließbänder, an denen die zukünftigen Gäste arbeiten sollten. Çingiz hatte die Aufgabe, ihnen zu erklären, welche Schalter, Hebel und Bedienknöpfe für Dieses und Jenes verantwortlich waren. Ich hatte noch keine Dienststelle und wartete. So richtete ich unsere Wohnung von den Zuwendungen ein, die mein Ziehvater mir vorsorglich mitgegeben hatte. Mein Gefährte ließ mich machen und fand alles, was ich im Hause tat, einfach wundervoll. Nur beim Essen wurde es schwierig. Ich bekochte ihn, so wie ich es in meinem Heimatdorf und im Haushalt meines Ziehvaters gelernt hatte. Oft gab es Bouletten, wie die Berliner sagten. Rainer nannte die kleinen Fleischbällchen schlicht Frikadellen, und Çingiz freute sich über heimatlich anmutende Köfteler[48]. Doch so richtig schmeckten sie ihm nie, weil es hier einfach nicht die passenden Gewürze gab. So gesehen fiel ihm der erste deutsche Ramazan im Februar 1963 leicht. Ihm schmeckte nichts wirklich gut,

48 Köfteler – Pl. von Köfte – türk. = pers.: kuffteh, dt.: zerstampftes Fleisch; kräftig gewürzte, gebratene, gebackene oder gegrillte Hackfleischbällchen, -röllchen oder -fladen, vor allem aus Lamm oder Rind.

aber er beklagte sich nicht. Als er sich an den deutschen Geschmack und das Essen mit viel Soße gewöhnt hatte, kamen auch Gewürzmischungen aus dem Land seiner Väter in den deutschdeutschen Inseltopf.

Ein kleiner Teppich lag vor unserem Bett. An seiner Stellung sah ich, wenn Çingiz gebetet hatte. Er richtete den Teppich immer schräg zur Kommode, denn dort war Südosten. Wenn ich betete oder zumindest schlafen ging, diente mir der Teppich, und ich schob ihn immer wieder vor das Bett. Çingiz beschwerte sich irgendwann einmal darüber, dass ich seine Mini-Moschee als Fußwärmer und Bettvorleger nutzte, also ließ ich den Teppich irgendwann so liegen, wie er ihn sich hingelegt hatte, und wenn ich beten wollte, betete ich nun also auch nach Mekka zu meinem Gott.

Seine Arbeitskolonne wurde immer größer, und beim zweiten Ramazan im Winter 1964 fiel kadır ecesi[49], die Nacht der Bestimmung, auf die Nacht vor der christlichen Fastnacht. So fasteten wir beide, obwohl ich mich sonst eigentlich nie diesem Ritual unterzog. Obwohl in der Nacht der Bestimmung eigentlich nur Suren[50] aus dem Koran vorgelesen wurden, wechselten wir uns gegenseitig ab und lasen jeder aus seinem Buch vor:

„... Und wir sagten: Oh Adam! Verweile du und deine Frau im Baumgarten, und esset von ihm in Hülle und Fülle, wo immer ihr wollt! Aber nahet nicht jenem Baum, sonst seid ihr Ungerechte! Aber der Satan ließ sie aus ihm straucheln und vertrieb sie aus

49 kadır ecesi - (türk.) arab.: Lailatu ‘al-Qadr, = dt.: Nacht der Bestimmung; Nacht, in der ein Teil des Q‘ran erstmals von Gabriel an Mohammed gegeben wurde.

50 Suren – Plural von Sure, arab.: sūra bezeichnet einen Abschnitt des Korans. Insg. 114 Suren, die innerhalb von 20 Jahren Mohammed durch Gabriel von Gott offenbart wurden, Jede Sure trägt im Arabischen einen eigenen Namen, z.B. „die Eröffnungssure” (arab.: al-fātiha)

der Stätte, in der sie verweilten. Und wir sagten: Hinfort mit euch! Der Eine sei des Anderen Feind, und auf der Erde sei sie euch eine Wohnung und ein Niesbrauch für eine Zeit. Und es empfing Adam von seinem HERRN Worte der Verheißung entgegen. Und ER wandte sich ihm wieder zu. ER ist ja der Gnädige und Barmherzige. Wir sagten: Geht allesamt von ihm hinunter! Und wenn dann von mir eine Leitung zu euch kommt, brauchen diejenigen, die ihr folgen, keine Angst zu haben, und sie werden nicht traurig sein. Diejenigen aber, die ungläubig sind und unsere Zeichen für Lüge erklären, werden Insassen des Feuers sein und darin weilen..."

Çingiz klappte sein Buch zu und schaute mich an.
„Was hast du bei dir gefunden? Ich weiß es schon!" Er lächelte siegessicher. „Schau in die Genesis, gleich auf den ersten Seiten. Da muss es irgendwo stehen!"
Ich nahm mein Buch zur Hand und blätterte darin herum und fand die passende Stelle schnell:

„Und der HERR nahm den Menschen und setzte ihn in den Garten Eden, dass er ihn bebaute und bewahrte. Und der HERR gebot dem Menschen und sprach: Du darfst essen von allen Bäumen im Garten, aber von dem Baum der Erkenntnis des Guten und Bösen sollst du nicht essen; denn an dem Tage, da du von ihm isst, musst du des Todes sterben. Aber die Schlange war listiger als alle Tiere auf dem Felde, die der HERR gemacht hatte, und sprach zu der Frau: Ja, sollte ER gesagt haben: Ihr sollt nicht essen von allen Bäumen im Garten? Da sprach die Frau zu der Schlange: Wir essen von den Früchten der Bäume im Garten; aber von den Früchten des Baumes mitten im Garten hat ER gesagt: Esset nicht davon, rühret sie auch nicht an, dass ihr nicht sterbet! Da sprach die Schlange zur Frau: Ihr werdet keineswegs des Todes sterben, sondern ER weiß: An dem Tage, da ihr davon esst, werden eure Augen aufgetan, und ihr werdet sein wie ER und wissen, was gut und böse ist.

Und die Frau sah, dass von dem Baum gut zu essen wäre und dass er eine Lust für die Augen wäre und verlockend, weil er klug machte. Und sie nahm von der Frucht und aß und gab ihrem Mann, der bei ihr war, auch davon, und er aß. Da wurden ihnen beiden die Augen aufgetan und sie wurden gewahr, dass sie nackt waren, und flochten Feigenblätter zusammen und machten sich Schurze. Und sie hörten den HERRN, wie er im Garten ging, als der Tag kühl geworden war. Und Adam versteckte sich mit seiner Frau vor dem Angesicht des HERRN unter den Bäumen im Garten. Und der HERR rief Adam und sprach zu ihm: Wo bist du? Und er sprach: Ich hörte dich im Garten und fürchtete mich; denn ich bin nackt, darum versteckte ich mich. Und ER sprach: Wer hat dir gesagt, dass du nackt bist? Hast du nicht gegessen von dem Baum, von dem ich dir gebot, du solltest nicht davon essen? Da sprach Adam: Die Frau, die du mir zugesellt hast, gab mir von dem Baum, und ich aß. Da sprach der HERR zur Frau: Warum hast du das getan? Die Frau sprach: Die Schlange betrog mich, sodass ich aß. Da sprach der HERR zu der Schlange: Weil du das getan hast, seist du verflucht, verstoßen aus allem Vieh und allen Tieren auf dem Felde. Auf deinem Bauche sollst du kriechen und Erde fressen dein Leben lang. Und ich will Feindschaft setzen zwischen dir und der Frau und zwischen deinem Nachkommen und ihrem Nachkommen; der soll dir den Kopf zertreten, und du wirst ihn in die Ferse stechen.

Und zur Frau sprach ER: Ich will dir viel Mühsal schaffen, wenn du schwanger wirst; unter Mühen sollst du Kinder gebären. Und dein Verlangen soll nach deinem Mann sein, aber er soll dein Herr sein.

Und zum Mann sprach er: Weil du gehorcht hast der Stimme deiner Frau und gegessen von dem Baum, von dem ich dir gebot und sprach: Du sollst nicht davon essen – verflucht sei der Acker um deinetwillen! Mit Mühsal sollst du dich von ihm nähren dein Leben lang. Dornen und Disteln soll er dir tragen, und du sollst das Kraut auf dem Felde essen. Im Schweiße deines Angesichts sollst du dein

Brot essen, bis du wieder zu Erde werdest, davon du genommen bist. Denn du bist Erde und sollst zu Erde werden."

Gemeinsamkeiten. Wir schauten uns an, fast wollte ich schon die Bücher weglegen und den HERRN einen guten Mann sein lassen. Doch streng mit einem Lachen schob Çingiz mir das Buch wieder zu und empfahl, doch schon mal die Stelle mit den Geboten zu suchen. In seinem Buch hatte er die Stelle mit Lesezeichen markiert. Çingiz war auf diese Nacht vorbereitet!
Wir wandten uns den Geboten zu:

„Und wir gaben dem Moses die Schrift und bestimmten sie zu einer Leitung, für die Kinder Israel gemacht, und sprachen: ‚Nehmt keinen außer mir zum Beschützer, die ihr die Nachkommenschaft derer seid, die wir mit Noah in der Arche trugen. Siehe, er war ein dankbarer Diener.'...
Setze nicht dem HERRN einen anderen Gott zur Seite, dass du nicht dasitzest, mit Schimpf bedeckt und hilflos. Und bestimmt hat dein HERR, dass ihr ihm allein dienet und dass ihr gegen eure Eltern gütig seid. Sei es, dass der Eine von ihnen oder beide bei dir ins Alter kommen. Drum Sprich nicht zu Ihnen ‚Pfui!' und schilt sie nicht, sondern führe zu Ihnen ehrfürchtige Rede. Lass zu Ihnen den Flügel der Unterwürfigkeit hängen aus Barmherzigkeit und sprich: ‚HERR! Erbarme dich ihrer, wie sie mich aufgezogen haben, da ich klein war!' Euer HERR weiß sehr wohl, was in euren Seelen ist, ob ihr rechtschaffen seid, und siehe, ER ist gegen den Bußfertigen verzeihend. Und gib dem Verwandten, was ihm gebührt, und dem Armen und dem Sohn des Weges, doch verschwende nicht in Verschwendung. Siehe, die Verschwender sind die Brüder der Satane, und der Satan ist seinem HERRN undankbar. Und so du dich abwendest von Ihnen, im Trachten nach deines HERRN Barmherzigkeit, auf die du hoffst, so sprich doch freundliche Worte.

Und lass deine Hand nicht an deinen Hals gefesselt sein und öffne sie nicht, so weit du es vermagst, damit du nicht getadelt und verarmt dasitzest. Siehe, dein HERR gibt reichlich den Unterhalt und bemessen, wem er will. Siehe, er kennt und schaut seine Diener. Tötet nicht eure Kinder, wir wollen sie und euch versorgen. Siehe, ihr Töten ist eine große Sünde. Und bleibt fern der Hurerei. Siehe, es ist eine Schändlichkeit und ein übler Weg. Und tötet keinen Menschen, den euch der HERR verwehrt hat, es sei denn um der Gerechtigkeit willen. Ist aber jemand ungerechter Weise getötet, so geben wir seinem nächsten Anverwandten Gewalt. Doch sei er nicht maßlos im Töten, siehe, er findet Hilfe. Und bleibt fern dem Gut der Waise außer zu ihrem Besten, bis sie das Alter der Reife erlangt hat. Und haltet den Vertrag, siehe, über Verträge werdet ihr zur Rechenschaft gezogen. Und gebet volles Maß, wenn ihr messet, und wäget mit richtiger Waage. So ist's besser und förderlicher zur Erledigung. Und fuße nicht auf dem, wovon du kein Wissen hast, siehe, Gehör, Gesicht und Herz, alles wird dafür zur Rechenschaft gezogen. Und schreite nicht stolz auf der Erde einher! Siehe, du kannst die Erde nicht spalten, noch die Berge an Höhe erreichen. Alles dies ist übel vor deinem HERRN und verhasst. Dies ist von dem, was dir dein HERR an Weisheit offenbarte. Und setze neben IHM keinen anderen Gott zur Seite, sonst wirst du in Dschahanam geworfen, getadelt und verstoßen...“

Wieder schaute Çingiz mich triumphierend an. Ich hatte die Stelle in meinem Buch schon gefunden und las, ohne ihm auch nur einen Atemzug zu gönnen, meinen Absatz:

„Und der HERR redete alle diese Worte: Ich bin der HERR, dein Gott, der ich dich aus Ägyptenland, aus der Knechtschaft, geführt habe. Du sollst keine anderen Götter haben neben mir. Du sollst dir kein Bildnis noch irgendein Gleichnis machen, weder von dem, was oben im Himmel, noch von dem, was unten auf Erden, noch von

dem, was im Wasser unter der Erde ist. Bete sie nicht an und diene ihnen nicht. Denn ich, der HERR, dein Gott, bin ein eifernder Gott, der die Missetat der Väter heimsucht, bis in das dritte und vierte Glied an den Kindern derer, die mich hassen, aber Barmherzigkeit erweist an vielen Tausenden, die mich lieben und meine Gebote halten. Du sollst den Namen des HERRN, deines Gottes, nicht missbrauchen; denn der HERR wird den nicht ungestraft lassen, der seinen Namen missbraucht. Gedenke des Sabbattags, dass Du ihn heiligest. Sechs Tage sollst du arbeiten und alle dein Werke tun. Aber am siebenten Tage ist der Sabbat des HERRN, deines Gottes. Da sollst du keine Arbeit tun, auch nicht dein Sohn, deine Tochter, dein Knecht, deine Magd, dein Vieh auch nicht dein Fremdling, der in deinen Toren ist. Denn in sechs Tagen hat der HERR Himmel und Erde gemacht und das Meer und alles, was darinnen ist, und ruhte am siebenten Tage. Darum segnete der HERR den Sabbattag und heiligte ihn. Du sollst deinen Vater und deine Mutter ehren, auf dass du lange lebest in dem Lande, dass dir der HERR, dein Gott, geben wird. Du sollst nicht töten. Du sollst nicht ehebrechen. Du sollst nicht stehlen. Du sollst kein falsch Zeugnis reden wider deinen Nächsten. Du sollst nicht begehren deines Nächsten Haus. Du sollst nicht begehren deines Nächsten Weib, Knecht, Magd, Ochsen, Esel, noch alles, was dein Nächster hat. Und alles Volk sah den Donner und Blitz und den Ton der Posaune und den Berg rauchen. Da sie aber solches sahen, flohen sie und traten von ferne und sprachen zu Mose: Rede du mit uns, wir wollen gehorchen; und lass den HERRN nicht mit uns reden, wir möchten sonst sterben."

Auch über die Sintflut, die unsere Gedanken doch über achteinhalb Jahre miteinander verband, hatte sich Çingiz in seinem Buch Notizen gemacht und las die unterstrichenen Teile der jeweiligen Suren vor:

„Und wahrlich, wir entsandten den Nuh zu seinem Volk: ‚Siehe, ich komme zu euch als ein offenkundiger Warner, dass ihr keinen anbetet außer den HERRN. Siehe, ich fürchte für euch die Strafe eines schmerzlichen Tages.' Und es sprachen die Häupter seines Volkes, die nicht glaubten: ‚Wir sehen in dir nur einen Menschen gleich uns, und wir sehen dir nur die Niedrigsten unter uns folgen in übereiltem Entschluss, und wir sehen auch keine Vorzug in Euch über uns, sondern erachten euch für Lügner!' Er sprach: ‚Oh mein Volk, was meint ihr? Wenn ich einen deutlichen Beweis von meinem HERRN habe und er mir Barmherzigkeit von sich gegeben hat, gegen die ihr blind seid, sollen wir sie euch da aufzwingen, wo ihr sie nicht wollt?' Und: ‚Oh mein Volk, ich verlange dafür kein Geld von euch. Mein Lohn ist allein beim HERRN, und ich verstoße nicht die Gläubigen. Siehe, begegnen werden sie ihrem HERRN, jedoch sehe ich, dass ihr unwissend Volk seid.' Und: ‚Oh mein Volk, wer hülfe mir wider dem HERRN, wenn ich sie verstöße? Wollt ihr euch denn nicht ermahnen lassen? Und nicht spreche ich zu euch: Bei mir sind SEINE Schätze, auch nicht: Ich weiß das Verborgene, auch spreche ich nicht: Ich bin ein Engel, und ich spreche nicht von denen, die eure Augen verachten ‚Nimmer wird der HERR ihnen Gutes geben' ER weiß sehr wohl, was in ihren Seelen ist. Siehe, sonst gehörte ich wahrlich zu den Sündern!' Und sie sprachen: ‚ Oh Nuh, schon hast du mit uns gestritten und viel des Streitens mit uns gemacht. So bring uns, was du uns androhst, so du zu den Wahrhaften gehörst!' Er sprach: ‚Bringen wird es euch der HERR nur, wann ER will, und ihr könnet ihn nicht schwächen. Und nicht frommte euch mein Rat, wollte ich euch raten, wenn ER euch irreführen will. ER ist euer HERR und zu IHM müsst ihr zurückkehren!' Oder sprechen sie: ‚Er hat ihn ersonnen?' Sprich: ‚Habe ich ihn ersonnen, so komme auf mich meine Schuld! Ich aber habe nichts mit eurer Verschuldung zu schaffen!' Und so geoffenbart ward Nuh: ‚Nimmer wird von deinem Volke glauben, als wer schon gläubig geworden. Und betrübe dich nicht über ihr

Tun. Und baue dir die Arche vor unseren Augen und nach unserer Offenbarung und sprich mir nicht weiter von den Ungerechten. Siehe, sie sollen ertrinken!' Und er machte die Arche, und so oft die Häupter seines Volkes an ihm vorüber gingen, verspotteten sie ihn. Und er sprach: ‚Verspottet ihr uns, siehe, so wir werden über euch spotten, wie ihr spottet! Und wahrlich, dann werdet ihr wissen. Zu wem eine Strafe kommt, die ihn mit Schande bedeckt und auf wen eine immerwährende Strafe niederfährt.' So begab es sich, bis dass unser Befehl kam und der Ofen siedete. Wir sprachen: ‚Bring von allem ein Pärchen hinein und deine Familie, mit Ausnahme dessen, über den der Spruch zuvor erging und die Gläubigen.' Mit ihm aber glaubten nur wenige. Und er sprach: ‚Steiget in sie hinein. Im Namen des HERRN sei ihre Fahrt und ihre Landung. Siehe, mein HERR ist wahrlich nachsichtig und barmherzig.' Und sie zog mit ihnen einher in Wogen gleich Bergen, und Nuh rief zu seinem Sohn, der sich abseits hielt: ‚Mein Söhnchen, steig mit uns ein und sei nicht einer der Ungläubigen!' Er sprach: ‚Ich will mich auf einen Berg begeben, der mich vor dem Wasser schützen wird.' ‚Keiner ist heute vor dem Befehl des HERRN geschützt, außer dem, dessen er sich erbarmt hat.' Und eine Woge trennte beide, und er ertrank. Und es ward gesprochen: ‚Oh Erde, verschlinge dein Wasser, und Oh Himmel, halt ein!' Und es nahm ab das Wasser, und die Ordnung wurde wieder hergestellt, und sie hielt an auf El Çudi, und es ward gesprochen: ‚Fort mit dem Volk der Ungerechten!' Und es rief Nuh zu seinem HERRN und sprach: ‚Mein HERR, siehe, mein Sohn gehörte zu meiner Familie, und siehe, deine Verheißung ist die Wahrheit und du bist der gerechteste Richter.' ER sprach: ‚ Oh Nuh, siehe, er gehörte nicht zu deiner Familie. Siehe, dies ist ein unrechtschaffenes Benehmen. Frag mich nicht nach dem, von dem dir kein Wissen ward. Siehe, ich warne dich, nicht einer der Toren zu werden!' Er sprach: ‚Mein HERR, siehe, ich nehme meine Zuflucht zu dir, dass ich dich nicht nach etwas frage, von dem ich kein Wissen habe. Und wenn du mir nicht verzeihst und dich meiner erbarmst, bin ich einer der Verlorenen!' Gesprochen ward: ‚Oh Nuh, steig hinunter mit unserm Frieden und unsern Segnungen auf dir und auf einem Teile von den Gemeinden, die bei dir sind. Andere Gemeinden aber wollen wir kurz versorgen. Alsdann trifft sie von uns schmerzliche Strafe.' Dies ist eine der geheimen Geschichten. Wir offenbaren sie dir. Nicht wusstest du sie, noch dein Volk zuvor. Und sei standhaft, siehe, der gute Ausgang ist den Gottesfürchtigen. Und wahrlich, Wir sandten Noah zu seinem Volke, und er weilte unter ihnen tausend Jahre weniger fünfzig Jahre. Da ereilte sie die Sintflut, in ihren Sünden."

Ich fand diese Begebenheit ziemlich gut ausgeführt in seinem Buch. Aber auch in meinem stand jede Menge über die Sintflut zu lesen. Çingiz erzählte mir, dass nicht nur in unseren beiden Büchern etwas über dieses Ereignis berichtet, sondern sogar im Gilgamesch Epos[51] und verschiedenen anderen Religionsgeschichten eine große Sintflut erwähnt wurde und offenbar in der gesamten alten Welt ein schwerwiegende Rolle gespielt haben musste. Aber vielleicht gab es ja nur mehrere? Wer wusste das schon...

„Und der HERR sprach zu Noah: Gehe in den Kasten, du und dein ganz Haus; denn dich habe ich gerecht ersehen vor mir zu dieser Zeit. Aus allerlei reinem Vieh nimm zu dir je sieben und sieben, das Männlein und sein Fräulein; von dem unreinen Vieh aber je ein Paar, das Männlein und sein Fräulein. Desselben gleich von den Vögeln unter dem Himmel je sieben und sieben, das Männlein und sein Fräulein, auf dass der Same lebendig bleibe auf dem ganzen Erdboden. Denn nach über sieben Tage will ich regnen lassen auf Erden vierzig Tage und vierzig Nächte und vertilgen von dem

51 Gilgamesch Epos – Urspr. altbabylonische Geschichte über Gilgamesch (König von Uruk). Aufgezeichnet in sumerischer Keilschrift auf Tontafeln. Gilt als ältestes Geschichtswerk der Menschheit.

Erdboden alles, was das Wesen hat, das ich gemacht habe. Und Noah tat alles, was ihm der Herr gebot. Er war aber sechshundert Jahre alt, da das Wasser der Sintflut auf Erden kam. Und er ging in den Kasten mit seinen Söhnen, seinem Weibe und seiner Söhne Weibern vor dem Gewässer der Sintflut. Von dem reinen Vieh und von dem unreinen, von den Vögeln und von allem Gewürm auf Erden gingen zu ihm in den Kasten bei Paaren, je ein Männlein und Fräulein, wie ihm der Herr geboten hatte. Und da die sieben Tage vergangen waren, kam das Gewässer der Sintflut auf Erden. In dem sechshundertsten Jahr des Alters Noah, am siebzehnten Tag des andern Monats, das ist der Tag, da aufbrachen alle Brunnen der großen Tiefe, und taten sich auf die Fenster des Himmels, und kam ein Regen auf Erden, vierzig Tage und vierzig Nächte. Eben am selben Tage ging Noah in den Kasten mit Sem, Ham und Japheth, seinen Söhnen, und mit seinem Weibe und seiner Söhne dreien Weibern; dazu allerlei Tier nach seiner Art, allerlei Vieh nach seiner Art, allerlei Gewürm, das auf Erden kreucht, nach seiner Art, und allerlei Vögel nach ihrer Art alles, was fliegen konnte, und alles, was Fittiche hatte. Das ging alles zu Noah in den Kasten bei Paaren, von allem Fleisch, da ein lebendiger Geist innen war, und das waren Männlein und Fräulein von allerlei Fleisch und gingen hinein, wie denn Gott ihm geboten hatte. Und der Herr schloss hinter ihm zu. Da kam die Sintflut vierzig Tage auf Erden; und die Wasser wuchsen und huben den Kasten auf und trugen ihn empor über der Erde. Also nahm das Gewässer überhand und wuchs sehr auf Erden, dass der Kasten auf dem Gewässer fuhr. Und das Gewässer nahm überhand und wuchs so sehr auf Erden, dass alle hohen Berge unter dem ganzen Himmel bedeckt wurden. Fünfzehn Ellen hoch ging das Gewässer über die Berge, die bedeckt wurden. Da ging alles Fleisch unter, das auf Erden kreucht, an Vögeln, an Vieh, an Tieren und an allem, das sich reget auf Erden, und an allen Menschen. Alles, was einen lebendigen Odem hatte im Trocknen, das starb. Also ward vertilgt alles, was auf dem Erdboden war, vom Menschen an bis auf das Vieh und auf das Gewürm und auf die Vögel unter dem Himmel: das ward alles von der Erde vertilget. Allein Noah blieb über, und was mit ihm in dem Kasten war. Und das Gewässer stand auf Erden hundertundfünfzig Tage. Da gedachte Gott an Noah und an alle Tiere und alles Vieh, das mit ihm in dem Kasten war, und ließ Wind auf Erden kommen, und die Wasser fielen. Und die Brunnen der Tiefe wurden verstopft samt den Fenstern des Himmels, und dem Regen vom Himmel ward gewehrt. Und das Gewässer verlief sich von der Erde immer hin und nahm ab nach hundertundfünfzig Tagen. Am siebzehnten Tage des siebenten Mondes ließ sich der Kasten nieder auf das Gebirge Ararat. Es verlief aber das Gewässer fortan und nahm ab bis auf den zehnten Mond. Am ersten Tage des zehnten Mondes sahen der Berge Spitzen hervor. Nach vierzig Tagen tat Noah das Fenster auf an dem Kasten, das er gemacht hatte, und ließ einen Raben ausfliegen; der flog immer hin und wieder her, bis das Gewässer vertrocknete auf Erden. Danach ließ er eine Taube von sich ausfliegen, auf dass er erführe, ob das Gewässer gefallen wäre auf Erden. Da aber die Taube nicht fand, da ihr Fuß ruhen konnte, kam sie wieder zu ihm in den Kasten; denn das Gewässer war noch auf dem ganzen Erdboden. Da tat er die Hand heraus und nahm sie zu sich in den Kasten. Da harrte er noch andere sieben Tage und ließ abermals eine Taube fliegen aus dem Kasten. Die kam zu ihm um Vesperzeit, und siehe, ein Ölblatt hatte sie abgebrochen und trug es in ihrem Munde. Da vernahm Noah, dass das Gewässer gefallen wäre auf Erden. Aber er harrte noch andere sieben Tage und ließ eine Taube ausfliegen, die kam nicht wieder zu ihm. Im sechshundert und ersten Jahr des Alters Noahs, am ersten Tage des ersten Monden, vertrocknete das Gewässer auf Erden. Da tat Noah das Dach von dem Kasten und sah, dass der Erdboden trocken war. Also ward die Erde ganz trocken am siebenundzwanzigsten Tage des andern Mondes. Da redete Gott mit Noah und sprach: Gehe aus dem Kasten, du und dein Weib, deine Söhne und deiner Söhne Weiber mit dir. Allerlei Tier, das bei dir ist, von allerlei Fleisch, an Vögeln, an Vieh und an allerlei Gewürm, das auf Erden kreucht, das gehe heraus mit dir; und reget euch auf Erden und seid fruchtbar und mehret euch auf Erden. Also ging Noah heraus mit seinen Söhnen und seinem Weibe und seiner Söhne Weibern; dazu allerlei Tier, allerlei Gewürm, allerlei Vögel und alles, was auf Erden kreucht, das ging aus dem Kasten, ein jegliches zu seinesgleichen. Noah aber baute dem Herrn einen Altar und nahm von allerlei reinem Vieh und von allerlei reinem Geflügel und opferte Brandopfer auf dem Altar. Und der Herr roch den lieblichen Geruch und sprach in seinem Herzen: Ich will hinfort nicht mehr die Erde verfluchen um der Menschen willen; denn das Dichten des menschlichen Herzens ist böse von Jugend auf. Und ich will hinfort nicht mehr schlagen alles, was da lebet, wie ich getan habe. Und der HERR segnete Noah und seine Söhne und sprach: Seid fruchtbar und mehret euch und erfüllet die Erde! Eure Furcht und Schrecken sei über alle Tiere auf Erden, über alle Vögel unter dem Himmel und über alles, was auf dem Erdboden kreucht; und alle Fische im Meer seien in eure Hände gegeben. Alles, was sich regt und lebt, das sei eure Speise; wie das grüne Kraut habe ich's euch alles gegeben. Allein esst das Fleisch nicht, das noch lebt in seinem Blut. Denn ich will auch eures Leibes Blut rächen und will's an allen Tieren rächen und will des Menschen Leben rächen an einem jeglichen Menschen, als der sein Bruder ist. Wer Menschenblut vergießt, des Blut soll auch durch Menschen vergossen werden, denn der HERR hat den Menschen zu seinem Bilde gemacht. Seid fruchtbar und mehret euch und regt euch auf Erden, dass euer viel drauf werden. Und der HERR sagte zu Noah und seinen Söhnen mit ihm: ‚Siehe, ich richte mit euch einen Bund auf und mit eurem Samen nach euch und mit allem lebendigen Tier bei euch, an Vögeln, an Vieh und an allen Tieren auf Erden bei euch, von allem, das aus dem Kasten gegangen ist, was für Tiere es sind auf Erden. Und richte meinen Bund also mit euch auf, dass hinfort nicht mehr alles Fleisch verderbt soll werden mit dem Wasser der Sintflut, und soll hinfort keine Sintflut mehr kommen, die die Erde verderbe. Und der HERR sprach: Das ist das Zeichen des Bundes, den ich gemacht habe zwischen mir und euch und allem lebendigen Tier bei euch hinfort ewiglich: Meinen Bogen habe ich gesetzt in die Wolken, der soll das Zeichen sein des Bundes zwischen mir und der Erde. Und wenn es kommt, dass ich Wolken über die Erde führe, so soll man meinen Bogen sehen in den Wolken. Alsdann will ich gedenken an meinen Bund zwischen mir und euch und allem lebendigen Tier in allerlei Fleisch, dass nicht mehr hinfort eine Sintflut komme, die alles Fleisch verderbe. Darum soll mein Bogen in den Wolken sein, dass ich ihn ansehe und gedenke an den ewigen Bund zwischen dem HERRN und allem lebendigen Tier in allem Fleisch, das auf Erden ist. Dasselbe sagte der HERR auch zu Noah: ‚Dies sei das Zeichen des Bundes, den ich aufgerichtet habe zwischen mir und allem Fleisch auf Erden. Die Söhne Noahs, die aus dem Kasten gingen, sind diese: Sem, Ham, Japheth. Ham aber ist der Vater Kanaans. Das sind die drei Söhne Noahs, von denen ist alles Land besetzt. Noah aber fing an und ward ein Ackermann und pflanzte Weinberge. Und da er den Wein trank, ward er trunken und lag in der Hütte aufgedeckt. Da nun Ham, Kanaans Vater, sah seines Vaters Scham, sagte er's seinen beiden Brüdern draußen. Da nahm Sem und Japheth ein Kleid und legten es auf ihre beiden Schultern und gingen rücklings hinzu und deckten ihres Vaters Scham zu; und ihr Angesicht war abgewandt, dass sie ihres Vaters Scham nicht sahen. Als nun Noah erwachte von seinem Wein und erfuhr, was ihm sein kleiner Sohn getan hatte, sprach er: ‚Verflucht sei Kanaan und sei ein Knecht aller Knechte unter seinen Brüdern!‘ Und sprach weiter: ‚Gelobet sei Gott, der Herr des Sem; und Kanaan sei sein Knecht. Der HERR breite Japheth aus und lasse ihn wohnen in den Hütten des Sem: und Kanaan sei sein Knecht.

Noah aber lebte nach der Sintflut dreihundertundfünfzig Jahre, sodass sein ganzes Alter ward neunhundertundfünfzig Jahre und starb.“

„Ein schönes Märchen." Çingiz hatte schon Mühe, die Augen offen zu halten, doch tapfer blätterte er noch weiter in seinem Buch und kam schnell zur nächsten Stelle, die er vorbereitet hatte.
Çingiz las aus der 16. Sure[52] vor:

„Lade ein zum Weg Deines HERRN mit Weisheit und schöner Ermahnung, und debattiere mit ihnen auf die beste Art und Weise! Dein HERR ist es, der am besten weiß, wer sich von Seinem Weg abwendet und wer zur Rechtleitung findet."

Ich wusste nicht, was ich darauf sagen sollte. Da nahm Çingiz mein Buch und zeigte mir eine Stelle im ersten Brief von Petrus:

„Seid aber jederzeit bereit zur Verantwortung gegen jeden, der Rechenschaft von euch fordert über die Hoffnung, die in euch ist, aber mit Sanftmut und Furcht."

Die ersten Vögel erwachten und zwitscherten unsicher gen Horizont, wo schon ein schmaler Streifen den folgenden Tag ankündigte. Mittlerweile gähnte auch ich, Çingiz aber blätterte unbeirrt zurück zur zweiten Sure[53] und las etwas über Spenden:

„Wenn ihr Almosen offenkundig gebt, so ist es angenehm, und wenn ihr sie verbergt und sie den Armen gebt, so ist es besser für euch und sühnt eure Missetaten. Und Gott ist eures Tuns kundig. Ihr Gläubigen! Macht eure Almosen nicht dadurch zunichte, dass ihr auf euer Verdienst pocht und Ungemach zufügt! Das ist wie wenn einer sein Vermögen spendet, um von den Leuten gesehen zu werden,

52 16. Sure – arab.: sūratu an-Nahl = dt.: „die Biene"

53 2. Sure – arab.: sūratu al-Baqara = dt.: „die Kuh"

und nicht an Gott und den jüngsten Tag glaubt. Der ist einem steinigen Grund zu vergleichen, mit Erde darüber: Ein Regenguss fällt darauf, und nachher ist nur noch eine harte, kahle Stelle übrig. Sie haben keine Gewalt über etwas von dem, was sie erworben haben. Der HERR leitet das Volk der Ungläubigen nicht recht."

Meine Beine zuckten schon, und alles fing an zu kribbeln, so müde war ich mittlerweile, doch Çingiz zeigte mir auch dazu eine passende Stelle in meinem Buch. Wie er sich doch auskannte!

„Hütet euch, eure Frömmigkeit vor den Menschen zur Schau zu stellen! Denn dann habt ihr keinen Lohn mehr von eurem Vater im Himmel zu erwarten. Wenn du also einem Bedürftigen etwas spendest, dann häng es nicht an die große Glocke! Benimm dich nicht wie die Scheinheiligen in den Synagogen und auf den Straßen. Sie wollen nur von den Menschen geehrt werden. Ich versichere euch: Sie haben ihren Lohn schon kassiert. Wenn du also etwas spendest, dann tu es so unauffällig, dass deine linke Hand nicht weiß, was die rechte tut. Dein Vater, der auch das Verborgene sieht, wird dich dafür belohnen."

Çingiz schaute mich müde an und lächelte:
„Ich würde jetzt gern beten!"
Ich freute mich, dass er mir so zugehört hatte wie ich ihm.
Ich umarmte ihn: „Ach mein Çingiz, ich liebe dich! Lass uns gemeinsam beten. Jeder für sich und für den anderen."
Ich holte ein Handtuch und legte es neben den kleinen Gebetsteppich, der schon in Richtung Mekka wies. Wir knieten uns beide darauf.
„Gibt es eine Sure, die so ähnlich ist wie das Vater Unser?"
„Natürlich! Die Erste! Willst du sie hören?"
Ich nickte. Da stelle sich Çingiz barfuß auf seinen Teppich,

nahm meine Hand und küsste sie. Dann richtete er sich kerzengerade nach Mekka und schloss die Augen. Erst dachte ich, er würde sein Gebet im Stillen verrichten, doch dann flüsterte er „Allahu Akbar“ und rezitierte die erste Sure[54]:

„Bi smi llāhi r-rahmani-rahīm,
Al-hamdu li-llāhi rabbi l-ʿālamīn
Ar-rahmāni r-rahīm Māliki yaumi d-dīn
Iyyāka naʿbudu wa-iyyāka nastaʿīn
Ihdinā s-sirāta l-mustaqīm
Sirāta l-ladhīna anʿamta ,alayhim
ghayri l-maghdūbi ,alayhim wa-lā d-dāllīn
Āmīn“

Er öffnete die Augen und verbeugte sich vor unserem Schrank. Dann kniete er nieder und beugte seinen Oberkörper, bis die Stirn unseren Teppich berührte. Dann flüsterte er wieder leise vor sich hin und schloss mit einem leisen ‚Selam Aleyküm[55]‘.

„Und jetzt du!“
Er schaute mich an, mit einem Blick, der so leuchtend war, wie ich ihn selten an ihm gesehen hatte. So war es an mir, das wichtigste Gebet der Christenheit still und in Andacht vorzutragen. Ich stellte mich ebenfalls gerade hin, schloss nun die Augen und bekreuzigte mich. Ich atmete tief ein

54 1. Sure – arab.: Sūrata Al-Fātiha = dt.: „die Eröffnung“
55 Selam Aleyküm – arab.: as-salāmu ʻalaikum = dt.: „Friede sei mit dir!“

und langsam wieder aus. Dann begann ich die alten Worte in meinem Mund zu formen und sie so feierlich wie mir möglich vorzutragen.

„Vater unser im Himmel,
geheiligt werde dein Name.
Dein Reich komme.
Dein Wille geschehe,
wie im Himmel so auf Erden.
Unser tägliches Brot gib uns heute.
Und vergib uns unsere Schuld,
wie auch wir vergeben unseren Schuldigern.
Und führe uns nicht in Versuchung,
sondern erlöse uns von dem Bösen.
Denn dein ist das Reich und die Kraft
und die Herrlichkeit
in Ewigkeit.
Amen."

Es war schon gegen halb sieben Uhr morgens. Wir schlugen uns die Bäuche voll, denn ab Sonnenaufgang durften wir nichts mehr essen und trinken, bis die Sonne wieder unterging. Ich hielt das nicht aus. Doch da Çingiz ja im Werk und ich allein zu Hause war, machte ich einfach die Vorhänge zu – damit Allah nichts sah – und machte mir ein kleines Brot. Çingiz bekam das abends natürlich mit. Er machte sich darüber lustig, dass Christen sich nicht wundern müssten, wenn eines Tages der İslam über das Christentum siegen würde. Wenn wir Christen nicht einmal mehr die Kraft hätten, einen Fastentag durchzuhalten, während Çingiz zwar ausgehungert wie ein Wolf über den nächtlichen Abendbrottisch herfiel, jedoch ansonsten keinerlei „Ausfallerscheinungen" hatte. Da beschloss ich zumindest die viertägige Restzeit des Ramazans mit durchzuhalten. Bis Ostern tagsüber nichts mehr zu essen, würde ich wohl nicht schaffen, denn das lag noch fünf Wochen entfernt.

Am Tag des Fastenbrechens kamen zum ersten Mal Kollegen von Çingiz aus dem Werk zu uns nach Hause. Ich bereitete ein deutsch-türkisches Essen in drei Gängen zu.

Dieses Menü sollte gleichzeitig auch als Abschiedsessen für drei seiner türkischen Kollegen dienen, deren Aufenthaltserlaubnis abgelaufen war. Dank der Bemühungen meines Stiefvaters durfte Çingiz noch länger in Westberlin bleiben, bis im Frühjahr 1964 sowieso die befristeten Verträge ausliefen und durch unbefristete Aufenthaltstitel ersetzt wurden. In unserem Kiez wurde das Leben derweil von Monat zu Monat bunter. Vereinzelt zogen immer mehr türkische Landsmänner in unsere Nähe, und seit den unbefristeten Verträgen kamen auch vermehrt türkische Familien zu uns auf den Wedding. Im Sommer 1964 bekam ich, wie von Rainer prophezeit, eine Stelle als Vermittlerin bei einer Textilfirma und hatte türkischstämmige Mitarbeiterinnen einzuarbeiten. Wir waren eine kleine Gruppe von Frauen, die anders waren als die deutschen. Mich zählten die alteingesessenen Näherinnen auch dazu, obwohl ich selber Deutsche war. So wählte ich selbstständig die Gruppe der Minderheiten und unterhielt mich mit „meinen" Frauen eben nur noch türkisch, bis mich der Abteilungsleiter daran erinnerte, dass doch meine Aufgabe

nicht nur die Unterweisung in die Geräte, sondern eben auch in die deutsche Sprache wäre. Also fing ich an, sporadisch mit meinen Frauen in meiner Muttersprache zu sprechen.
Abends nach dem Dienst gingen ein paar Frauen mit mir zusammen in ein deutsches Eck-Café. Da wir auch dort von den deutschen Stammgästen zwar nicht bedrängt, doch zumindest beargwöhnt wurden, trafen wir uns eben in unseren Wohnungen zum Deutschlernen. Es waren nicht viele, denn die meisten wollten eigentlich gar nicht meine Sprache lernen, dachten sie doch, sie würden hier nur für kurze Zeit arbeiten. Doch die, mit denen ich dann abends auch noch lernte, wurden mir zu guten Freundinnen. Sie kamen gar nicht, wie ich anfangs dachte, aus İstanbul oder den anderen größeren Städten, sondern von viel weiter weg. Eine sogar aus Van, der Stadt, die Çingiz während seiner Ararat-Reise durchquert hatte. Einige kamen von der Schwarzmeerküste, einige vom Mittelmeer. Sie brachten Geschichten mit. Geschichten von alten Turkvölkern, die einst bis an den Rand des Nordpoles gelebt haben sollen und nun noch vereinzelt über ganz Asien als Volksgruppen verstreut waren. Sie lachten und neckten Çingiz, denn seines Namens nach war er es, den die Frauen so sehnsüchtig erwarteten, wenn sie davon sprachen, dass irgendwann einmal ein Mann in das Geschehen der Welt eingreifen möge, der alle Turkstämme und Völker wieder vereinte. Ich lachte auch und erzählte von König Arthur, den die Briten erwarten, auf dass er die Sachsen wieder vertreibe. Wahrscheinlich würde dann mein Volk zwischen den Türkischen Völkern und den Briten zermahlen. Da lachten wir alle und tranken verdünnten Rakı dazu. Die Männer trafen sich während der Zeit in einem neu eingerichteten Café, brachten sich Tavla und

Nargile[56] mit, und schon war die Heimat gar nicht mehr so weit entfernt.
Sie mieteten sich einen Straßenladen und bauten darin ein Bad mit mehreren Waschbecken, eine Gebetsnische aus Holz, verzierten sie ringsherum mit dem Thronvers[57] aus der zweiten Sure, beklebten die Wände mit Zeichen Allahs und beteten von nun an gemeinsam in ihrer eigenen kleinen Moschee. Jeden Freitagmittag war in Ermangelung eines Imams[58] ein anderer dran, der aus dem Koran vorlas, die Sunna[59] erläuterte oder einfach nur predigte und das Schlussgebet anstimmte. Einen Muezzin hatten sie nicht, denn keiner getraute sich zu singen.

Die Tage vergingen schnell in Berlin. Der Sommer kam, und mein Ring hing immer noch an einer Kette um den Hals meines Gefährten. Ich wusste, er wartete auf ein Zeichen von mir, da ich ja diejenige war, die ihn damals verstoßen hatte. Sicher sprachen wir mittlerweile sogar davon, wieder gemeinsam nach İstanbul zu gehen, doch über eine Hochzeit sprachen wir nie. Meine Frauen sagten, das sei selten, dass ein Mann auf eine Frau wartete. Umso mehr verehrten sie ihn als einen guten Partner und redeten immer stärker auf mich ein, bis ich selbst anfing darüber nachzudenken, wie es denn wäre, meinen Gefährten zu heiraten. Ich redete mit dem evangelischen Pfarrer des

56 Nargile – (türk.) pers. nargila = dt.: Kokosnuss, anderes Wort für pers.: shisha, dt.: Glas; türk.: şişe = dt.: Flasche

57 Thronvers – arab.: āyat al-kursī; Vers 255 der 2. Sure „Al Baqara“

58 Imam – arab.: Imām = dt.: Vorsteher, Vorbild; Vorbeter beim islam. Gebet

59 Sunna – arab.: Suna = dt.: Brauch, überlieferte Norm; Grundlage für die Sunna bilden die Hadīthe (arab: hadīth = dt.: Mitteilung, Erzählung. Überlieferungen der Taten und Aussagen Mohammeds. Diese Überlieferungen in ihrer Gesamtheit bilden die Sunna des Propheten. Die Anhänger bezeichnen sich als Sunniten.

neuen Gemeindezentrums der Martin-Luther-Gemeinde, in der ich zwar nicht Mitglied war, deren Gottesdienste sonntäglich ich jedoch allenthalben besuchte. Ich hätte auch in einer katholischen Kirche beten können, doch waren mir dort die Zeremonien mittlerweile zu streng. Der Pfarrer erlaubte mir, so Çingiz ebenfalls wollte, eine kirchliche Trauung, allerdings sollte mein Gefährte ein paar Stunden zum ihm kommen, um etwas über Gott und Jesus zu erfahren. Da bedankte ich mich freundlich und ließ den Gottesstreiter in seinem Glauben und seiner Stube stehen, denn Çingiz wusste wahrscheinlich mittlerweile mehr über den heiligen Geist und seinen Sohn als der Pfarrer selbst. So ging ich eben zum Senat und fragte dort nach den Bedingungen, die Çingiz erfüllen musste, um eine Deutsche zu heiraten. Erstaunlicherweise ging das hier reibungsloser, denn eine Aufenthaltserlaubnis hatte Çingiz ja schon. Seine Ehefähigkeit müsse er nur im türkischen Konsulat in Berlin beweisen.

Wenige Tage erlebte ich einen der wenigen Momente, in denen Çingiz seinen Tränen freien Lauf ließ. Vor Freude. Denn ich hatte mir das Kleid angezogen, das seit seiner Ankunft in Berlin in meinem Schrank hing und das ich bei meiner Abreise aus İstanbul hatte auf dem Bett liegenlassen. Ja, es passte noch! Es hatte natürlich seine Reise mitgemacht! Als wir damals seinen Koffer auspackten, trafen sich unsere Blicke, doch weder er noch ich hatten genug Mut, dieses Beweisstück meiner Angst und seines verletzten Stolzes anzusprechen. Heute nun zog ich es zum ersten Mal wieder an und stand im Flur unserer Wohnung, als er von der Arbeit kam und die Tür aufschloss. Wir sahen uns an und verharrten. Er mit seiner Tasche unterm Arm und ich in meinem Kleid. Allein unsere Augen sprachen miteinander. Erst

lächelte er, dann ließ er seine Tasche fallen und umarmte mich stürmisch. Wir mussten nichts sagen.
Ich wusste genau, er hätte mich nicht noch einmal von sich aus gefragt. Zu sehr hatte ich seinen Jägerstolz gekränkt, als ich damals das Kleid einfach hatte liegen lassen. Wir redeten nie darüber, doch wusste ich, dass er mir diese Schmach mit diesem Tage verziehen hatte. Nur den Ring trug er bis zum Tage unserer Hochzeit gut sichtbar und als stille Erinnerung um seinen Hals.

Wir heirateten am 09.April 1965. Wir feierten nicht nur diesen einen Freitag, sondern das ganze Wochenende bis in den Dienstag hinein. Der Frühling zeigte sich von seiner besten Seite, und wir hatten das ganze Fest über sonniges Wetter. An unserem Hochzeitstag waren wir zu viert auf dem Standesamt Wedding. Mein Mann Çingiz, mein Ziehvater Rainer, unser Liebesbote Kurt und ich, die Braut. Eine Bedienstete aus unserem Haus kleidete mich ein und machte mich schick, denn mir zitterten die Hände an diesem Tag so sehr, dass jegliches selbstaufgetragenes Wangenrouge, jedes selbstaufgetragene Makeup an die Maskerade eines beregneten Clowns erinnert hätte. Die Nacht zuvor wäre der reinste Alptraum gewesen, wenn ich denn hätte schlafen können. Çingiz lag ruhig neben mir und schnarchte zufrieden vor sich hin, als wenn der kommende Tag ein normaler Angelausflug gewesen wäre, doch ich konnte schon vor lautem Herzklopfen nicht einschlafen. Ich hätte mich eigentlich wundern müssen, warum Çingiz davon nicht wach wurde. Die Nachstunden wollten nicht vergehen und als mir der Morgen graute, hatte ich so geschwollene Augenlider, dass mir das Hausmädchen erst einmal kühle Umschläge auf das Gesicht drücken musste. Allein ihren Fähigkeiten habe ich es wohl zu verdanken,

dass mich Çingiz überhaupt vor dem Altar ansehen mochte. Kurt und Çingiz standen schon da, als ich von dem Mann geführt wurde, dem ich mein neues Leben, dem ich das Wiedersehen mit Çingiz, dem ich eigentlich alles Glück zu verdanken hatte, was mir gerade widerfuhr. Rainer, mein Ziehvater. Auch ihm standen die Tränen in den Augen. Er hielt meine Hand über seiner und trug mich fast in den Raum. Langsam, als ob er wusste, dass es kein Zurück mehr geben würde, dass er wieder allein, ohne Tochter wäre, wenn ich erstmal da vorn, neben Çingiz stand. Ein bisschen tat er mir leid, der Mann der eigentlich ein Fremder war und doch der Vater, den ich mir immer gewünscht hatte. Doch heute war mein Tag. Die Augenlider waren abgeschwollen. Mein Kleid passte immer noch wie angegossen. Und doch war ich unsicher. Erst als ich in die Augen meines zukünftigen Mannes sah, wusste ich, das er mich bis zu diesem Tag immer geliebt hatte und er sich genauso auf unsere gemeinsame Zukunft freute, wie ich.
Die Trauungszeremonie fand in Deutsch statt. Çingiz wurde vorher gefragt, ob er einen Dolmetscher benötigte. Auch ihm ging es offenbar nicht so gut, denn bei seiner Antwort auf die Frage, verhaspelte er sich so stark, dass die Standesbeamtin trotzdem nach einem Dolmetscher schicken wollte. Kurt hatte der Standesbeamtin kurz und stichpunktartig unseren bisherigen gemeinsamen Lebensweg aufgeschrieben und den rezitierte sie jetzt wie ein Erzähler, der auf einer Bühne vor ausverkauftem Publikum steht, dabei waren doch nur wir vier und die Standesbeamtin im Raum. Dann holte sie ein eigenes Papierchen aus der Schublade, mit Notizen und Vorschlägen zu einem guten Eheleben. Çingiz wurde schon unruhig. Kurt gähnte. Und mir tat der Hintern weh, denn wir saßen die ganze Zeit in einer Reihe auf einfachen Stühlen ohne Polster, während

die Standesbeamtin vor uns auf und ab lief und erzählte. Hin und wieder schauten Çingiz und ich einander an, wie um zu überprüfen, ob der andere noch durchhielt. Doch dann endlich: Wir sollten uns erheben.
Nach unser beider Ja-Wort wurden wir einander übergeben bis das der Tod uns scheide... Dann küssten wir uns. Es war ein Kuss, der alle Zeit der Welt, alles was geschah von Anbeginn bis jetzt, in einem Moment vereinte, in ein Gefühl packte, was mir schier den Boden unter den Füßen wegriss. Hätte Rainer nicht leise gehustet, wir stünden wohl immer noch da...
Nach diesem Kuss nahm Çingiz die Kette mit dem Ring ab, die er seit meiner Abreise aus İstanbul vor neun Jahren bei sich trug, steckte mir den Ring an den Finger und legte mir die Kette um den Hals. Dann kam Kurt und gab mir einen Ring, den ich an Çingiz Finger steckte. Nun waren wir Mann und Frau.
Çingiz und Laura Yedeşahin.
Wir waren die Jadefalken.
Wir fuhren am Freitagnachmittag, nach der Trauungs-Zeremonie im Standesamt, gemeinsam nach Reinickendorf und genossen die Sonne bei einem guten Kaffee. Für uns jedenfalls war es einer, nur Çingiz machte sich über die deutsche Art, Kaffee zu kochen, lustig:
„Wenn wir mal wieder nach İstanbul kommen, dann lade ich euch alle zu einem Kaffee ein, den ihr euer Leben lang nicht mehr vergessen werdet. Wir Türken haben den Kaffee erfunden! Und wenn wir nicht bis nach Wien vorgestoßen wären, tränket ihr heute noch warmes Bier zum Kuchen!"
„Bäh!" Bei dem Gedanken drehte sich mir der Magen um. Ich konnte zwar Bier generell nicht ausstehen, aber bei dem Gedanken an die Temperatur schüttelte es mich regelrecht.
„Auf dem Ararat wäre dir warmes Bier nur zu recht

gewesen, du Frostbeule!" Kurt freute sich, seinem ehemaligen Bergsteiger-Kollegen einen Hieb zu versetzen.
Am Abend bekamen wir Besuch von den Nachbarn, die sich schon am Eingang unseres Hauses postiert hatten und Reis warfen. Irgendjemand musste ihnen den deutschen Brauch erklärt haben, ich war es jedenfalls nicht!
Wir luden alle zu uns in die Wohnung ein, und es wurde eine lange und feuchtfröhliche Nacht. Den ganzen darauf folgenden Samstag fanden unsere Füße den Weg nicht auf die Straße. Endlich war es soweit! Heute – jetzt gleich würde ich erfahren, wie es ist, denjenigen in sich und bei sich zu spüren, der mich solange in meinen Gedanken begleitet hatte, mit dem ich im Geiste schon sämtliche Möglichkeiten durchgeträumt hatte. Gestern, nach der Trauung, konnten wir nicht. Doch als die Gäste gegangen waren, der Mond aufs Pflaster vor unserem Haus schien und unsere Gesichter voreinander in Silber tauchten, geschah endlich, wonach ich mich so gesehnt hatte.
Ich trug ein leichtes Negligé, in dem sich die Spitzen meiner Brüste in berechnender Weise genau abzeichneten. Mein helles, schulterlanges Haar. Meine grünen Augen. Die frechen Sommersprossen. Um Schutz bittende schmale Schultern. Da mussten also über neun Jahre verstreichen, vom ersten Augenblick an bis zur ersten Nacht. Im Zwielicht des schwindenden Tages tasteten seine großen Hände nach meinem Hintern.
Von keinem anderen hätte ich es mir gefallen lassen.
Er kniete sich hinter mich, und ganz langsam schob er den Stoff von hinten hoch, bedeckte und verwirrte mich mit sanften Küssen in den Nacken.
Mein Kopf wand sich nach hinten.
Mein Mund suchte den seinen, während der meinen Hals von hinten nach vorn liebkoste. Statt seines Mundes fand

ich sein Ohr. Meine Zunge spielte mit seinem Ohrläppchen, während seine auf meiner mittlerweile nackten Schulter tanzte.

Seine Hände wanderten nach vorn, die Hüften entlang. Seine Finger bogen sich, und die gepflegten Fingernägel hinterließen rosige Streifen auf der Innenseite meiner Oberschenkel.

Als wollten sie ihren Übermut entschuldigen, strichen sie umso sanfter zurück und trafen sich, berührten wie zufällig den kleinen Hügel.

Im nächsten Augenblick waren sie schon am Bauchnabel, doch dieser eine Wimpernschlag ließ mich erschauern, ließ mich beben und erahnen, was mir heute noch geschenkt würde.

Çingiz hob mein Kleid über die Brüste. Ich konnte sein Drängen an meinem Steiß spüren.

Sanft erforschte er mich. Ein leises Stöhnen, eher ein Hauchen, entkam meinem Mund. Auch Çingiz wurde der Atem schwer. Zittrig fuhren seine Finger ins Tal aller meiner Sinne, wo sie mittlerweile im Grunde der Wonne baden konnten. Bestimmt drehte er mich um und trank von mir, während ich, ihm gänzlich anvertraut und trotzdem unsicher und immer schwächer werdend, versuchte, in seinen Haaren Halt zu finden. Einem Geysir gleich brach meine Kraft plötzlich hervor und offenbarte den Moment meiner größten Schwäche. Welch feuriges, ungeübtes Seelengewitter!

Mir wollten alle meine Sinne übergehen, und ich war stolz auf mich, dass ich diesen Wonnen so lange widerstanden hatte, um mich für Çingiz zu bewahren. Hätte ich gewusst, wie schön diese Liebe war, ich wäre bestimmt schwach geworden.

Am Sonntag konnte ich Çingiz sogar dazu überreden, mit mir zum Palmgottesdienst[60] zu kommen. Still, aber interessiert verfolgte er die Prozedur des Gottesdienstes, unterschied er sich doch sehr von dem, den er schon einmal in İstanbul erlebt hatte. Nach dem Gottesdienst ließen wir unsere Ehe vom Pfarrer segnen und nahmen einen Buchsbaumwedel mit nach Hause. Aus ihm ist heute ein stattlicher Buchsbaum geworden.
Montags ging das Feiern weiter. Das islamische Opferfest, Kurban bayramı[61], läutete die christliche Karwoche[62] ein. Wir redeten lange an diesem Abend über den merkwürdigen Zufall der Feste. Denn am Opferfest wurde das Opfer Abrahams durch Gott angenommen. Jeder, der es sich finanziell leisten kann, soll deshalb an diesem Tag einen Hammel, ein Rind oder ein Kamel schlachten.
Laut der Bibel sollte Abrahams Sohn Isaak das Feueropfer sein, laut Koran dessen Bruder Ismael, in beiden Versionen allerdings zog der HERR einen Widder vor und verschonte den Sohn Abrahams. Unsere Gäste hielten sich für die Abkömmlinge Ismaels, während Christen und Juden als Isaaks Nachkommen galten. Worauf wir uns an diesem Abend einigten und kräftig mit Rakı und Kurts Schnaps betranken, war unsere Verwandtschaft vor Gott und Allah. Wir waren also Geschwister oder zumindest entfernte

60 Palmgottesdienst – Gottesdienst am Palmsonntag, zum Gedenken an den Einzug Jesu in Jerusalem. Palmen oder Buchsbäume werden gesegnet. Dann wird, begleitet von Messdienern und Kindern, in feierlicher Prozession das Kreuz in die Kirche getragen. Die geweihten Palm- oder Buchsbaum-Wedel bilden hierbei ein Spalier in den Händen der Messdiener oder Kinder.

61 Kurban bayramı – (türk.) Arab.: ʻĪdu l ʻAudha; pers.: eyd Qurban, dt.: Opferfest; wichtigstes islam. Fest; bildet den Abschluss der Wallfahrt nach Mekka.

62 Karwoche – sog. Stille Woche/ Trauerwoche vor Ostern. Beginnt am Palmsonntag und endet in der Osternacht zum Ostersonntag als Gedenken an das Leiden Christi.

Verwandte! Einer unserer Nachbarn lud uns auf den Hinterhof unseres Hauses ein und schlachtete aller städtischen Gewohnheiten zu Trotz einen Hammel. Die Frauen bereiteten es deftig zu. Die deutschen Nachbarn beschwerten sich bei der Polizei, doch als diese eintraf, war sämtliches Blut vom Erdboden verschwunden, und das Tier köchelte brav in verschiedenen Haushalten.
Mich ärgerten solche engstirnigen Menschen. So ging man doch nicht mit Verwandten um! Auch nicht mit entfernten! Sie hätten doch gern mitessen können! Aber die Deutschen waren ja von je her ein streitlustiges Völkchen; welcher Erbteil aus Abrahams Stamm war wohl für mein Volk verantwortlich? So mussten unsere armen deutschen Nachbarn unter dem Geruch des saftigen Hammelfleisches darben. Aber Kurban Bayramı war ja in diesem Jahr gleichzeitig auch der Beginn der Karwoche, also der Woche bis zur Passion Christi, da sollten sie ruhig mal leiden! Eigentlich durften wir auch nicht feiern, denn öffentliche Feste waren in der Karwoche verboten. So erklärten wir den eifrigen Polizisten das Opferfest als Teil unserer Hochzeitsfeier, und damit konnten sie gegen den Hammel und das Fest nichts mehr ausrichten. Ich allerdings wurde seit dem Tage von meinen deutschen Arbeitskolleginnen regelrecht gemieden. Und wenn wir doch in die Verlegenheit kamen, gemeinsam etwas tun zu müssen, so nannten sie mich in vorgehaltener Hand „deutsche Aişe[63]“, was ich zuweilen sogar als ziemlich lustiges Wortspiel empfand, denn die Eiche war ja in unseren Breitengraden eher stark und robust. Also bekamen sie für dieses eher ungewollte Kompliment meine überlegene Ruhe zum Dank. Schnepfen...

63 Aişe – (türk.) arab.: 'Ā'iša = dt.: die Lebendige; weibl. Vorname; hier als Wortspiel gedacht.

Zu unserem ersten Hochzeitstag besuchten wir Kurt, unseren Liebesengel, in Wien. Am Karsamstag des Jahres 1966 feierten wir im Wiener Prater, fuhren mit der Geisterbahn und dem Riesenrad zur 200-Jahrfeier des Wurstelpraters.
„Muss das sein, dass ich wie einst Ikarus[64] an der Sonne vorbei muss?" Çingiz versuchte sich theatralisch aus der Affäre zu ziehen, als wir mit dem Riesenrad fahren wollten. Dieser Angsthase sträubte sich und wollte partout nicht in eine der Gondeln steigen.
„Ich bleibe lieber auf dem Boden! Der Mensch ist fürs Fliegen nicht gemacht!"
„Ach komm, sei nicht so ängstlich, es passiert schon nichts, und von dort oben werden wir einen herrlichen Ausblick haben!" Kurt und mein Ziehvater, der an unserem Hochzeitstag natürlich auch teilhaben wollte, standen schon an der Gondel, sodass Çingiz nichts weiter übrig blieb, als mit einzusteigen, um nicht gänzlich als Feigling dastehen zu müssen. Langsam setzte sich das Rad in Bewegung. Mein Mann hielt sich fest. Ohne ein Lächeln auf dem angespannten Gesicht versuchte er, die Landschaft, die sich immer weitläufiger auftat, zu erfassen. Genießen konnte er sie wohl nicht, dazu traten seine Fingerknöchel allzu weiß von der Mittelstange hervor. Kurt machte seine Witze, und Çingiz, gar nicht erfreut, versuchte seine innere Panik mit grunzähnlichen Lauten, die wohl ein Lachen mimen sollten, zu übertönen. Das Riesenrad hielt an, als wir etwa kurz unter dem Zenit des Riesenrades hingen. Die Gondel wackelte beträchtlich. Auch Rainer wurde nun unruhiger, denn auch er hatte noch nie in so einer Gondel

64 Ikarus – im griech. Myth. Sohn des Dädalus. Beide wurden auf Kreta gefangen gehalten. Flucht durch selbstgebaute Flügel aus u.a. Federn und Wachs. Ikarus steigt so hoch hinauf, dass die Sonne das Wachs seiner Flügel schmilzt, die Federn lösen sich, und er stürzt ins Meer. Sinngemäß: Hochmut kommt vor dem Fall.

gesessen. Ich natürlich auch noch nicht, aber irgendwie waren Kurt und ich die einzigen, die diese herrliche Aussicht genießen konnten. Da knackte es im Gestänge, und unsere Gondel sackte ungefähr einen halben Meter ab. Çingiz entfuhr ein dumpfer Schrei. Seine Knöchel wollten fast die Haut sprengen, so sehr hielt er sich nun an der Mittelstange fest. Knirschend kam das Rad wieder in Bewegung, aber nur, um direkt im Zenit erneut zu halten. Der Wind wehte einem hier oben fast den Hut vom Kopf. Kurt nahm seinen ab. Seine Haare flogen ihm nunmehr wirr am Kopfe umher, und alle – außer Çingiz – lachten. Da knirschte es wieder im Gestänge, die Gondel rutschte wieder eine halben Meter nach unten. Çingiz betete. Da fuhr die Gondel weiter, und als die erste Runde geschafft war, traten die Schweißperlen unter der Hutkante hervor und rannen über die Stirn meines Mannes. Er tat mir leid. Er wollte gerade aussteigen, als die Gondel in ihre zweite Runde ging.
„Oh nein! Nochmal! Das hält doch nicht!" Fast bittend schaute er dem kleinen Führerhäuschen nach, das immer kleiner wurde, bis wir wieder oben im Zenit hingen. So fuhren wir noch drei weitere Runden, in denen sich Çingiz nicht entspannen konnte.
„Was macht ihr, wenn ihr mal wieder nach İstanbul wollt? Die Lufthansa hat gerade erst wieder ihren Flugbetrieb über Basel nach İstanbul aufgenommen, man könnte jetzt also in sechs Stunden dort sein." Rainer schmunzelte und verpackte seine Neuigkeit in eine Spitze. „Oder willst du lieber, wie all die anderen, zu Fuß und mit der Bahn drei Tage deines Lebens verschwenden?"
„Nein und ja – ich fliege nie mehr in meinem Leben, und ja, wenn es sein muss, laufe ich zu Fuß nach İstanbul!" Meinem Mann war einfach nicht nach Lachen zumute.
„Eventuell habe ich dann etwas für euch! Çingiz müsste nur

noch mal die Schulbank drücken." Mein Ziehvater bereitete seine Überraschung ganz schön vor!
Kreidebleich verließ Çingiz die Gondel. Nicht einmal einen Kaffee wollte der Arme trinken. Wir begaben uns zum Ausgang des Parks.
„Schaut mal her!" Rainer wies in die Richtung eines schwarzen Volkswagens Typ 1. „Vielleicht erleichtert es dir deine Reise in deine Heimat, Çingiz!" Mein Mann schaute auf und machte große Augen. Meine mögen nicht kleiner gewesen sein.
„Hinten passen zwei kleine Koffer hinein und vorn vier Personen, dann können Kurt und ich auch mal mitkommen!" Kurt lachte. Er hatte den Wagen besorgt und ihn hier abgestellt, bevor wir uns im Prater trafen. Nun waren wir stolze Besitzer eines VW Käfers.
„Nur fahren lernen musst du noch!" Kurt klopfte Çingiz auf die Schulter, „Aber das schaffst du schon."
Ich durfte wohl nicht.
Nach dem Abendessen in Kurts Haus schenkte mir Çingiz dieses weiße Buch, in das ich gerade unser Leben schreibe.
„Canım, das ist kein Auto, aber vielleicht ermöglicht es dir später einmal trotzdem eine Reise in die Vergangenheit! Ich bitte dich, schreib alles auf, was du in deinem Leben erlebst, alles, was dich bedrückt, was dich glücklich macht und was nicht vergessen werden sollte. Ich kann nicht immer bei dir sein, und vielleicht gibt es noch mehrere Momente der Trennung in unserem Leben, aber wisse: In diesem Buch und in dem Ring an deinem Finger bin ich immer bei dir!"
Ich schluckte. Vor Rührung und vor Enttäuschung. Einerseits fand ich das ja ganz süß, aber andererseits war ich noch nie der große Schreiber gewesen, abgesehen von meiner damaligen Stellung als Sekretärin im Hause meines Ziehvaters. Ich glaubte damals, dass ihm das Lesen und

Deutschlernen von den Dichtern in seinen Büchern wohl doch nicht so ganz bekommen war. Sollte ich jetzt auch ein Dichter werden? So ganz verstand ich dieses Geschenk nicht, nahm es aber an. „Mal sehen, wann ich Zeit finde, alles aufzuschreiben!“, druckste ich.
„Laura, das soll keine Aufforderung sein! Wenn die Zeit reif ist, wirst du spüren, dass etwas aus dir raus muss und... Insha‘ Allah, dann möge dieses weiße Buch in deiner Nähe sein. Ich liebe dich, und ich kann mich erinnern, wie sehr ich gelitten habe! Wenn mir die Briefe nicht gewesen wären... wer weiß, was ich gemacht hätte!“ Da begann ich zu verstehen und beschloss, irgendwann einmal, wenn die Zeit reif wäre, dieses weiße, unbeschriebene Buch wieder zur Hand zu nehmen und mit einer Geschichte zu füllen.

Heute sitze ich hier in İstanbul, auf unserer Terrasse, und schreibe... Die Zeit war reif.

Im Jahr, als die deutsche Reichspartei sich endlich auflöste und sich doch leider in einer neuen braunen Gruppierung zusammenfand, schien für Çingiz zum ersten Mal, seit er in Deutschland war, tatsächlich wieder der Zeitpunkt gekommen zu sein, den Wohnort zu wechseln und nach Hause zu fahren. Es war schon spät abends, als wir noch hinunter in die kleine Kneipe gegenüber dem Gebetshaus gingen, um ein, zwei Bier zu trinken. Wie üblich beargwöhnte man uns leicht, doch wir bekamen unser Bier und einen kleinen Imbiss. Wir unterhielten uns über belanglose Dinge, als vom Tresen ein untersetzter Mann zu uns herüber kam und fragte, ob er bei uns Platz nehmen dürfe.
Wir schauten uns kurz an.
„Sicher.“ Çingiz wies ihm einen freien Platz an der Stirnseite des kleinen Vierertisches zu. Der Mann mag vielleicht an

die 45 Jahre gewesen sein. Er machte den Eindruck, als wüsste er, was er wollte, und kam auch sofort auf den Punkt. „Oh... Sie können Deutsch?“, fragte er, als ob er nicht sowieso schon die ganze Zeit unserem Gespräch gelauscht hätte. „Das ist gut! Ich kenne viele Ausländer, die wollen gar nichts mit uns zu tun haben! Wenn das so weitergeht, sehe ich für Deutschland schlimme Zeiten voraus! Die Türken – Sie sind Türke nicht wahr? – und die ganzen anderen Gastarbeiter aus dem Süden und Osten werden uns über kurz oder lang über den Haufen rennen.“ Er lächelte süffisant, und ich fragte mich, was er wohl mit seinem Biererguss bezwecken wollte. Çingiz schaute ihn mit Augen, die immer dunkler werden wollten, ruhig an. Das Gewitter hinter seiner Stirn sah nur ich.

„Verstehen Sie mich nicht falsch. Ich arbeite seit dem Krieg wieder hier im Werk, hatte das Glück, die letzten Kriegstage im Krankenhaus in Polen zu verweilen. Die ersten Jahre war ja alles ganz schön, Hilfe können wir ja gebrauchen, aber jetzt wird's doch langsam zu viel. Wie heißen Sie eigentlich? Mein Name ist Uwe, Sie verzeihen...“

„... Çingiz ...“

„Ach... wie der Hunnenkönig? Na ja... Verstehen Sie mich nicht falsch, ich sehe ja, dass Sie deutsch sprechen können. Sie integrieren sich... Aber Ihre Landsleute... Die kommen hierher, stoßen sich gesund, nehmen das deutsche Geld und führen dann bei sich daheim, wenn sie mal wieder rüber gehen, ein Leben wie Krötenkrösus, wenn Sie verstehen, was ich meine! Genauso war das bei den Juden, genauso kam‘s zum Krieg. Ich meine, ich wollte den Krieg nicht, hab mich gedrückt, wo's nur ging, und nun sitze ich hier unversehrt. Viele meiner Freunde liegen da draußen noch irgendwo rum. Diese armen Seelen. Die Leute damals haben doch den Krieg provoziert, und ich muss nun zusehen, wie ich

unser Kind ernähre."
Mir ging dieses Thema zu weit. Ich wollte von etwas anderem reden, wenn nicht gar diesen Mann von unserem Tisch verweisen. Doch diese Unhöflichkeit getraute ich mir nicht. Stattdessen fragte ich unverfänglich: „Sie haben ein Kind? Wie heißt es denn?"
„Jakob! Ein strammer Bursche von neun Jahren."
Die Antwort verschlug mir die Sprache. So viel Dummheit hatte doch eigentlich kein Mensch verdient.
„Ach, Sie haben Ihren Sohn also nach dem Stammvater aller Juden, nach Ihren Worten Ihrer größten Feinde, benannt?"
Çingiz hatte deutlich weniger Berührungsängste. Seine Augen sprühten Funken, und noch ehe ich ahnen konnte, dass die Situation eskalieren würde, wenn wir nicht entweder gehen oder das Thema wechseln würden, passierte es auch schon. Der feiste Uwe stand auf. Der Stuhl federte aus der Kniekehle in Richtung Tresen und blieb mit gewaltigem Lärm liegen. Alles drehte sich zu uns.
Auch ich stand auf. „Lassen Sie meinen Mann in Ruhe!", schrie ich, doch dieser Typ nahm Çingiz beim Kragen und versuchte ihn zu schütteln.
„Was wagst du dir, hier in unserm Land, mich so zu provozieren?" Nun war dieser Mensch sauer, doch Çingiz stand auf, als ob nichts an seinem Kragen hinge, fasste unter die Hände des Angreifers und schubste ihn zu seinem Stuhl. Den hatte er wohl schon vergessen und lag prompt daneben. Der Wirt kam hinter dem Tresen hervor gesprungen und brüllte nun auch herum: „Wat treibt ihr denn hier! Uwe! Hör uff mit der Scheiße! Du kriegst nüscht mehr! Und Sie jehn jetz besser!"
Ich habe noch nie jemanden so extrem berlinern hören, sogar Çingiz war für einen Moment sprachlos. Doch nur für einen Moment. Er rückte seinen Kragen zurecht, holte sein

Portemonnaie heraus und sagte: „Ja, mein Herr, das wollten wir sowieso tun! Sagen Sie bitte, wie viel Sie von uns bekommen, und dann sehen Sie uns nie wieder. Versprochen!"
Der Wirt rechnete die Summe zusammen, und Çingiz bezahlte. Wir verließen das Lokal und waren tatsächlich seitdem nie wieder dort.

Zu Weihnachten 1966 lud Kurt uns wieder zu sich ein. Diesmal fuhren wir von dem Grenzübergang Berlin Heiligensee aus mit unserm kleinen Schwarzen durch meine alte Heimat zum innerdeutschen Riss nach Marienborn.

Wir passierten die Grenze ohne Zwischenfall. Unsere Passage auf der Transitstrecke nach Westdeutschland verlief, abgesehen von einigen kühlen Blicken der Grenzbeamten auf meinen Ehemann, ruhig und problemlos.

In Oberhausen luden wir Rainer noch mit ein, schnallten ein paar eilends gekaufte Ski auf unseren kleinen Käfer und fuhren zu Kurt nach Wien, dort blieben wir ein paar Tage, um dann quer durch ganz Österreich nach Neustift ins Stubaital zu fahren.

Ich freute mich aufs Skifahren und war gespannt, wie das ging. So etwas hatte ich noch nie gemacht. Für Çingiz hingegen war es wie eine Fata Morgana, als er oben auf einem der Gletscher stand. Er schaute Kurt fröhlich an und war den ersten Tag über wie ein kleiner Junge. Vor etwas mehr als sechseinhalb Jahren hatten sich Kurt und Çingiz auf ihrer Ararat-Exkursion kennengelernt. Kurt war seitdem noch öfter auf irgendwelchen Bergen der Welt umhergestiegen. Auch Çingiz hatte damals Gefallen daran gefunden, doch war er seitdem auch nie mehr auf irgendeinem Gipfel gewesen. Nun standen beide nebeneinander an der Skipiste und schauten ins Tal hinab. Mir war den ganzen Morgen über schlecht, so blieb ich lieber auf dem großen Balkon unserer Pension sitzen und genoss die Sonne, wenn ich nicht über der Schüssel hing. Die Serpentinen in den Alpen waren wohl etwas zu viel für mich und mein Gemüt gewesen. Mein Ziehvater blieb auch erstmal im Hause, denn er war die ganze Nacht über gefahren. Der Tag wurde nicht besser, ich brach unentwegt alles wieder heraus, was ich aß und fühlte mich von Minute zu Minute elender. In dieser Nacht war Silvester. Hoffentlich war es nur eine kleine Magenverstimmung. Ich beschränkte mich auf Tee. Als die beiden Skifahrer total verschwitzt zum Abendbrot erschienen, blieb ich im Bett. So kotz-elend hatte ich mich noch nie gefühlt. Çingiz ließ sein Abendbrot auf dem Teller und beschwor mich, in ein Krankenhaus zu fahren. Die Schwester der Notaufnahme schaute mich an, blickte auf Çingiz und sagte lakonisch: „Na Herzlichen Glückwunsch!" Noch hatte ich keine Ahnung, was sie damit meinte, doch als die ersten Silvesterraketen Lawinen von den Hängen rissen und durch die Täler hallten, wusste ich, dass ich schwanger war. Von Çingiz.

An Skifahren war nun erst recht nicht mehr zu denken. So saß ich den Rest der Woche auf dem Balkon und träumte mich auf unsere Terrasse auf Burgazada.

Nach drei Wochen hörte die Übelkeit auf und ich fing an, meine Schwangerschaft zu genießen. Çingiz umhegte mich. Ließ mich schweben, las mir alles von den Augen ab. Ich glaube, er war mindestens genauso glücklich wie ich. Wir hatten zwar nie über Kinder gesprochen, doch in seinem Verhalten glaubte ich, eine stille Sehnsucht zu erkennen. Çingiz war nun 36 Jahre alt, und in meine Haare hatten sich schon kleine graue Strähnen eingewoben. Dabei war ich noch nicht einmal dreißig! Kleine Fältchen zogen sich schon durch unsere Gesichter, mein Busen wuchs fast bis ins Unermessliche. Çingiz' Bauch zeigte Kameradschaft und wuchs mit. Doch das machte nichts. Der drahtige, schlanke junge Mann aus der Stadt hinterm Wald hatte eine stattliche Figur bekommen und war durchaus respekteinflößend geworden.

Am 26.09.1967, dem Tage der Geburt unseres Sohnes, wurde Çingiz wieder zum kleinen Jungen, der es fast nicht schaffte, mich ins Krankenhaus zu bringen. Unser kleiner schwarzer Käfer ließ ordentlich Späne, weil Çingiz, mein tapferer Mann, vor Aufregung die Gänge nicht traf. Er wollte nicht glauben, dass meine Wehen, die mittags einsetzten, bei Sonnenuntergang immer noch nicht unseren Sohn hervorbrachten. Doch gegen 22:00 Uhr war es dann soweit, die Fruchtblase war geplatzt.
Çingiz stand hinter meinem Kopf und schaute dem Arzt ins Gesicht, der neben der Hebamme stand, die unserem Sohn Jan-Mutlu Yedeşahin[65] ins Leben helfen sollte. Mich interessierte der besorgte Gesichtsausdruck des Arztes nicht, zu sehr war ich mit mir selber beschäftigt. Dieser kleine Junge wollte mich schlichtweg zerreißen. Später erzählte mir Çingiz, dass der Arzt die ganze Zeit über abwechselnd auf mein Gesicht, auf seine Uhr und dann auf die Hebamme geschaut hatte. Als Jan-Mutlu dann endlich seinen ersten kräftigen Pieps-Schrei tat, wurde er nicht etwa zu mir gelegt, sondern dem Arzt in die Hände gegeben. Aufgeregt lief Çingiz dem Herrn hinterher, der mit seinem Sohn in einem anderen Zimmer verschwand. Ich war erschöpft und froh. Ich glaube, ich bin sogar eingeschlafen. Erst als Çingiz mit unserem Sohn kam und ihn in meine Arme legte, um ihm

65 Jan – stammt ab von Johannes; dt.: der Gnade erweisende; männl. Vorname

Mutlu – (türk.) = dt.: froh, glücklich; männl. Vorname

Yedeşahin – zusammensetzung aus „Yede“ (türk.) = dt.: Yade und „şahin“ (türk.) = dt.: Falke

das erste Mal etwas von meinem Leben zu geben, war ich einigermaßen wieder bei klarem Verstand. Çingiz erzählte mir, sie hätten dem armen kleinen Wurm einen Schlauch in den Hals getan und seinen Magen ausgepumpt, denn offenbar hatte er grünes Fruchtwasser geschluckt. Jan-Mutlu gefiel es in meinem Bauch so gut, dass er einfach länger drin blieb als nötig. Mein Jan. Unser Jan. Mutlu heißt in der Sprache meines Mannes ‚glücklich'. Und das waren wir. Glückliche Jadefalken.

„Im Namen des barmherzigen und gnädigen Gottes. Lob sei Gott, dem Herrn der Menschen in aller Welt, dem Barmherzigen und Gnädigen, der am Tag des Gerichts regiert!
Dir dienen wir, und dich bitten wir um Hilfe. Führe uns den geraden Weg, den Weg derer, denen Du Gnade erwiesen hast, nicht (den Weg) derer, die d(ein)em Zorn verfallen sind und irregehen!
Amen.

Das Dach dieser Welt erkundet dein Augenlicht
nur, wenn dein Gefieder dicht genug
und wenn die Flügel nur stark genug sind,
denn je höher du fliegst, je näher dem Blau du kommst
um so mehr wird der Wind zum Sturm,
der in die bunten Federn dir weht

wenn du das Blau erreichst,
die bittere Kälte den Mut vereist
von Horizont zu Horizont siehst du das weite Land
doch wenn du nur weit genug fliegst,
siehst du, dass der Rand sich verschiebt
auch wenn der Sturm dir entgegen weht,
schau weiter und flieg, solange es geht

Sturmvogel flieg, schwing deine Flügel,
schau über den Rand
über den Rand deines Nestes hinaus in die weite Welt
Sturmvogel flieg, schwing deine Flügel weit über das Land
lass dich nicht beirren vom Sturm, der nicht will,
dass du mehr noch sehen kannst

Çingiz Yedeşahin, Berlin 26 Eylül 1967

Viertes Kapitel

(Frühling 1968 bis August 1986)

Als ob er horchte. Stille: eine Ferne...
Wir halten ein und hören sie nicht mehr.
Und er ist Stern. Und andre große Sterne,
die wir nicht sehen, stehen um ihn her.
O er ist Alles. Wirklich, warten wir,
dass er uns sähe? Sollte er bedürfen?
Und wenn wir hier uns vor ihm niederwürfen,
er bliebe tief und träge wie ein Tier.
Denn das, was uns zu seinen Füßen reißt,
das kreist in ihm seit Millionen Jahren.
Er, der vergisst, was wir erfahren
und der erfährt, was uns verwaist.

Rainer Maria Rilke „Buddha" (1907)

Meine türkischen Freundinnen aus der Näherei und die Kollegen meines Mannes hatten zusammen mit den restlichen türkischen Mitbewohnern unseres Mietshauses eine riesengroße Abschiedsfeier für uns drei auf unserem Hof organisiert. Wir schmissen den Grill an, brieten allerlei Fleischarten. Sogar Schwein kam auf den Rost, und keiner scherte sich darum, ob nicht am Hammel, dem Hasen oder dem Rind vielleicht Restbestände vom Borstentier zu schmecken waren. Alles wurde einfach mit Rakı und Şarap[66] hinuntergespült.

66 Şarap – türk.=dt.: Wein; türk.: kırmızışarap = dt.: Rotwein oder Bordeaux; türk.: beyazşarap = dt.: Weißwein; türk.: rozeşarap = dt.: Rosé

Die Tanbur, Nay und Kanun[67] ließen Passanten aufhorchen, die durch das offene Tor von der Straße hereinspähten, nur um gleich wieder weiter, die Voltastrasse entlang zu flüchten. Viele Tränen flossen, als wir am darauf folgenden Tag, mit schwerem Gemüt und noch schwereren Köpfen (zumindest bei Çingiz – ich stillte ja noch und nippte nur mal kurz am Rotwein) und Koffern in unseren kleinen Käfer stiegen, um Deutschland zu verlassen. Das Mobiliar der Wohnung beließen wir dort, denn gleich am nächsten Tag sollte ein Verwandter unseres Obermieters in unsere Wohnung einziehen, der auch nur mit einem Koffer aus Bodrum[68] angereist war.

Vor einer Woche waren wir angekommen. Diesmal fuhren wir ungefähr denselben Weg nach İstanbul zurück, den ich damals zusammen mit meinem Ziehvater genommen hatte, als wir uns auf der Fähre nach Italien trafen. Ich wäre lieber geflogen, Çingiz erinnerte mich jedoch an unsere Riesenradfahrt in Wien und rebellierte. Außerdem wollten wir unserem kleinen Sohn den Überdruck in den Ohren nicht zumuten. Leider war es nicht erlaubt, unseren kleinen Käfer mit auf die Insel zu nehmen, denn dort durften nur städtische Fahrzeuge wie das Auto der kleinen Polizeistation, eine Feuerwehr, ein Notarztwagen vom roten Halbmond und ein kleiner Laster, der der Müllabfuhr diente, fahren. So verkauften wir schweren Herzens das Auto an einen Mitarbeiter des Deutschen Archäologischen Instituts, der sich wie ein kleiner Junge freute, dass er nun im Besitz eines deutschen Automobils war.

67 Tanbur, Nay und Kanun – Musikinstrumente: Tanbur (pers.: Tanbūr) = dreisaitige Langhalslaute. Nay (pers.: / arab.: Nāy, = dt.: Rohr) = Längsflöte, Kanun (arab.: qānūn) = Zither

68 Bodrum – türk. Hafenstadt an der Ägäis im Golf vom Kerme. (N 37°02‘ E 27° 26‘)

Der Frühling ließ die Knospen der Bouganvilles[69] sprießen. Die Kakteen trugen Blüten, und sämtliche Frühjahrsblüher ließen das Osterfest in allen nur erdenklichen Farben erstrahlen. Der überwiegende Teil der Bevölkerung İstanbuls hatte freilich keinen Sinn für unsere christlichen Feiertage, doch fiel auf dieses lange Wochenende das Tulpenfest[70].

Der Taksim-Platz, İstanbuls wichtigster Dreh- und Angelpunkt, ertrank im Tulpenmeer. Mitten auf dem Platz stand eine kleine Bühne, auf der ein paar Musiker aus Mittelanatolien ihr Ständchen vortrugen. Kleine Büdchen luden zum Verweilen ein. Im „Gülhane", dem Rosengarten des Topkapı-Palastes[71], erwuchsen aus ganzen Tulpenfeldern komplexe Bilder und Schriften. Rosen gab es hier nur noch in einzelnen Hecken. Auf uralten Platanen brüteten Kraniche und bekleckerten Passanten, die unter ihnen die Tulpen bestaunten.

Die vorherigen Mieter des Hauses auf Burgazada waren zum Jahreswechsel ausgezogen und hatten einen Saustall hinterlassen. Komischerweise hatte ich das Haus ganz anders in Erinnerung. Bei meiner Abreise aus İstanbul vor zwölf Jahren schien es mir größer gewesen zu sein. Aber auch heute noch war es groß genug, um unsere kleine Familie unterzubringen. Doch erstmal musste das Haus von Grunde auf neu renoviert werden. Zum Glück hatten wir in Deutschland ein paar Mark zusammengespart und ein gutes Sümmchen für das Auto und das Mobiliar erhalten, um

69 Bouganvilles – Pflanze; urspr. aus Brasilien, hat sich in den gemäßigteren Gefilden Europas und Kleinasiens durchgesetzt.

70 Tulpenfest – Fest zum Andenken daran, dass die Popularität der Tulpe nicht aus Holland, sondern aus dem Orient kommt. Nach pers. Schriftzeugnissen aus dem 9. Jhd. wurden die Tulpen über Jahrhunderte hinweg dort kultiviert. Durch Charles de l'Écluse, einem Botaniker aus Flandern, gelangte die Tulpe zuerst nach Wien, dann nach Holland.

71 Topkapı-Palast – türk.: Topkapı Sarayı= dt.: „Kanonentor"-Palast; ehem. Wohn- und Regierungssitz der Sultane in İstanbul, heute Museum.

hier das erste Jahr gut über die Runden zu kommen. Jan-Mutlu war aufgrund seiner hellen Haare der Liebling unserer kleinen Straße. Täglich kamen Leute, meist Frauen, die einen Kaffee mit mir trinken wollten und mich auf türkische Erziehungsweisen zu trimmen versuchten. Ich hörte still und zufrieden alles an, denn meist – wenn sie fertig mit ihren gut gemeinten Monologen waren – fanden sie noch Zeit, mir im Garten zu helfen. Mein Türkisch hatte sich nicht wesentlich verschlechtert, hatte ich doch genug Zeit und Muße, mich mit meinen Deutschtürken vom Wedding[72] zu verständigen. Nur lernte ich hier noch jede Menge Begrifflichkeiten, die ich daheim in Deutschland bislang noch nicht gebraucht hatte. Blumensorten, die es in meiner Heimat einfach nicht gab, hier aber in jeden Garten gehörten, gehörten zu den ersten Worten, die ich mir aneignete. Çingiz strich die Balustrade der Terrasse, deckte zusammen mit Nachbarn das Dach neu, sodass unseres, schon vom Inselufer aus gesehen, aus allen Dächer herausstak. Ein helles, sauberes Rot zwischen dreckigen und alten, braunen oder grauen Ziegeln. Die Hecke wurde beschnitten, Oleander umgetopft, die restlichen abgefallenen und schon angefaulten Oliven aufgesammelt. Nicht mal die hatten unsere Vormieter genutzt. Die Bäume waren wild gewachsen und mussten nun auch erstmal beschnitten werden, doch dazu war es schon fast zu spät, denn die ersten Knospen trieben auch hier schon aus. Ich wollte bis zum Herbst warten und dann die Früchte ernten, um sie einzulegen oder sie abhängen zu lassen. Dann konnte Çingiz auch die Bäume wieder beschneiden. In einer hinteren Ecke

72 Wedding – Stadtteil im Norden von Berlin, erstmals 1251 urkundl. erwähnt, eigenes Lehnsgut. Ende 13. Jhd. verlassene Siedlung, verwildert als Berliner Stadtheide; 18. Jhd. umfangr. Neubesiedlung; 1861 Eingemeindung nach Berlin; Der Wedding gehörte lange zu den wenigen Ortsnamen, die im Deutschen mit Artikel benutzt werden. (N 52° 32‘ E 13° 23‘)

des Gartens richtete ich mir eine Art Kräutergarten ein, in den ich alles hinein tat, was ich an Samen auf den Märkten der Stadt fand. Çingiz machte sich ein wenig lustig darüber und fragte mich, ob wir auch noch Hühner kaufen sollten. Zu seinem Schreck überlegte ich sogar kurz. Doch die vielen Katzen hier auf der Insel hätten dem Vieh wahrscheinlich eher ein kurzes Leben beschieden, also beließ ich es beim Kräutergarten. Die Wände des Hauses tünchte ich in der Mittagsglut des Frühsommers weiß und kaufte kleine Weinsetzlinge, die an der Südwand entlang ranken sollten. Doch da ich keine Ahnung vom Wein hatte, ging die Hälfte nach kurzer Zeit ein, und von der anderen Hälfte habe ich bis heute noch nichts ernten können, weil mir der windige Markthändler einen Zierwein als echten Wein verkauft hatte. Heute ist die Wand grün und raschelt im Wind.

Jan-Mutlu bekam ein kleines Zimmerchen im oberen Stockwerk mit Blick nach Süden. Im klassischen Hellblau natürlich. Çingiz zimmerte aus Buchenholz einen kleinen Schrank. Das Kinderbett bekamen wir von einem Nachbarn hier auf der Insel, dessen Kinder dem Nachtlager entwachsen waren. Alles in allem war ich glücklich mit meinen beiden Jungs und blickte frohen Mutes in die Zukunft, von meiner damaligen Unsicherheit spürte ich nichts mehr. Und etwas anderes unterschied sich von früher: Çingiz lud entgegen der türkischen Gepflogenheiten seine Freunde zu sich auf die Insel und zeigte ihnen unsere gleichberechtigte Wohngemeinschaft. Anfangs waren seine Freunde recht interessiert, doch es verging kaum ein Jahr, da kamen nur noch wenige. Die meisten wohnten auf dem Festland, und die anderen störten sich offenbar an unserem scheinbaren Reichtum. Nachrichten aus Deutschland kamen spärlich, und das Wenige, was wir mitbekamen, erfuhren wir entweder aus Telefonaten mit Rainer oder von einigen wenigen

Freunden vom Festland.
Mit dem Ausbleiben seiner Freunde tauchte die Befürchtung aus einer alten Erinnerung auf, Çingiz könnte wieder öfter, als mir lieb war, unserem Haus auf der Insel fernbleiben, um sich auf dem Festland mit seinen Leuten zu treffen, doch auch Çingiz war gewachsen. Ihm reichte der Kontakt zu seinen Freunden auf der Insel und den paar Freunde vom Festland, die uns noch geblieben waren und uns auch noch regelmäßig besuchten. Wenn keiner zu uns kam, fuhren wir eben gemeinsam hinüber oder unternahmen gemeinsame Aktivitäten, wie zum Beispiel die in seinen Briefen versprochene Fahrt zu den Klippen von Ballikaya[73] auf die asiatische Seite. Oder wir gingen in eines der vielen Kinos in Beyoğlu[74]. Und wenn er doch mal allein unterwegs war, hatte ich ja immer noch Jan-Mutlu, der erstaunlich schnell gedieh. Als er anderthalb Jahre alt war, begannen wir mit der zweisprachigen Erziehung. Ich redete deutsch, und Çingiz unterhielt sich mit unserem Jungen auf Türkisch. Es war eine schöne Zeit mit meinen beiden Männern. Ich war rundum glücklich. Da störte auch das Gerede all derer nicht, die uns Deutschländer nannten, was nicht positiv gemeint war, denn viele Freunde von Çingiz kündigten ihm allein deshalb die Freundschaft, weil sie tatsächlich mit seiner in Deutschland erworbenen, aufgeklärten Denkweise nicht mehr zurechtkamen.

Am 13. Mai 1970 feierte mein Ziehvater seinen sechzigsten Geburtstag. Er besuchte uns das erste Mal, und wir, Çingiz und ich, zeigten ihm unsere neue Heimat. Das Wetter lud zum Spazieren ein, die ersten superwarmen Tage des Jahres

73 Ballikaya – kleine Felsformation unweit von Gebce (N 40° 48‘ E 29° 36‘)

74 Beyoğlu – Stadtteil von İstanbul gegenüber der Altstadt, ehemals eigenständige Stadt Galata (N 41° 02‘ E 28° 58‘)

zogen das Marmara-Meer hinauf. Der Himmel verbannte die kleinste Wolke.
Unsere Schuhsohlen dampften, nachdem wir im alten Stadtteil Beyazit die „Blaue Moschee“, die Yerebatan Sarnıcı[75], den Kapalı Çarcısı[76], besucht hatten, doch wir wollten noch über den Fischmarkt in Galata, stiegen die Treppen zur Aussichtsplattform des Galata kulesı[77] empor und genossen die frische Brise, die hier oben wehte. Für sein Alter war mein Ziehvater noch erstaunlich rüstig. Er beschwerte sich nicht, während Çingiz schon seit mehreren Stunden nichts mehr sagte, um Kraft zu sparen. Zu Abend aßen wir im Kız-Kulesı[78], der mitten im Bosporus stand und nur mit einem kleinen Boot erreicht werden konnte. Glücklicherweise hatte mein Mann einen Tisch vorreserviert, denn als wir ankamen, sagte uns ein Mann an der Anlegestelle des Fährbootes, dass er nur noch Leute mit hinüber zum Turm nähme, die eine Tischnummer hätten. Wir hatten eine.
Bei İskender-Döner, Tavuk şiş[79] und Ayran philosophierten wir über diese alte Stadt. Rainer fragte nach dem Alter der Hagia Sophia und wer sie denn nun erbaut hätte – die Griechen? Die Römer? Die Mongolen?
„Mongolen!“ lachte ich, „Die waren doch wohl schon froh,

75 Yerebatan Sarnıçı, – türk.: = dt.: Yerebatan-Zisterne; „Versunkener Palast“ unterirdische Zisterne erb. um 540 unter Justinian I. als Wasserspeicher.

76 Kapalı Çarcısı – (türk.) = dt.: geschlossener Basar, überdachtes Geschäftsviertel in Eminönü.

77 Galata kulesı – (türk.) = dt.: Galata-Turm (türk.: Kule = dt.: Turm) Teil der ehem. Stadtmauer von Galata, Wachturm Feuerwehrturm, heute Wahrzeichen der Stadt İstanbul.

78 Kız-Kulesı – (türk.) = dt.: Mädchenturm, Leuchtturm, opt. Telegraf, Quarantänestation, Zollhaus aus dem 18. Jhd., ca. 100 m vor der Küste Üsküdars im Bosporus. Heute Restaurant.

79 İskender-Döner – geschabter Hammel, in Tomatensoße, flüssiger Butter auf Weißbrotwürfeln und Joghurt angerichtet. Tavuk şiş – türk.: tavuk = dt.: Huhn; türk.: şiş = dt.: Spieß

wenn das Gestänge ihrer Zelte hielt! Wie sollen die denn auf die Idee mit dem alles tragenden Schlussstein gekommen sein!“

Rainer lächelte spöttisch. Hatte er mich also gefangen. Natürlich wusste er um Justinian den Ersten, der auf dem Grunde der niedergebrannten großen Kirche seines Vorgängers Theodosius des Zweiten ein noch viel größeres und sogar Salomos Tempel[80] überragendes Gebäude erschaffen hatte, doch ich war nun im Redefluss und wollte ihm zeigen, dass auch ich etwas wusste:

„Doch nicht Theodosius war der erste, sondern Konstantin war es, der sich Salomos Tempel zum Vorbild nahm und schon im vierten Jahrhundert eine Kirche baute, die alles bis dahin Gewesene an Größe übertraf.“

„Ja... tausendmal eingestürzt und wieder aufgebaut, weil Erdbeben und Baufehler den überheblichen Christen zu schaffen machten.“ Auch Çingiz fühlte sich bemüßigt, sein Wissen einzuflechten.

„Na und! Nun steht sie jedoch seit über 1400 Jahren unversehrt am goldenen Horn!“ Ich beschützte meine geliebte Hagia Sophia.

„Unversehrt würde ich sie nicht nennen, aber immerhin knapp tausend Jahre unter dem Einfluss der griechisch Orthodoxen, bis Mehmet, der Eroberer[81] kam, übrigens ein Türke und kein Mongole, und sie zur Moschee machte.“ Çingiz grinste.

„Was ja nur etwas mehr als viereinhalb Jahrhunderte gehalten hat, denn heute ist sie ein Museum, wie ihr wisst!“,

80 Salomos Tempel – Ca. 957 v. Chr. unter Salomo erbaut: im 6. Jhd. v. Chr. von den Babyloniern zerstört.

81 Mehmet, der Eroberer – auch Fatih Sultan Mehmet II, geb. 30.03.1432 in Adrianopel (heute Edirne); gest. 03.03.1481 in Gebze; von 1451 bis 1481 Sultan des Osmanischen Reiches. Am 29.05.1453 eroberte er Konstantinopel, besiegelte damit das Ende des byzant. Reiches und erhielt seinen Beinamen.

belustigte sich nun mein Ziehvater.
„Ja, aber wenn ich mir gewahr werde, wie viele Seelen durch dieses Gebäude gewandelt sind, wie viele Menschen dort gebetet haben, wie viele dort gestorben sind und begraben liegen, dann kann ich gar nicht anders, als noch immer niederknien und beten, egal ob Moschee, Kirche oder Museum." Ich war einfach fasziniert von diesem Gebäude. Mittlerweile kannte ich ja jeden Stein, jede Inschrift und jedes noch so kleine Detail dieses wunderschönen alten Hauses. Sogar ein paar kleine Runeninschriften hatte ich gefunden und sie der Museumsleitung angezeigt. Heute liegt eine Glasscheibe darüber, und man kann sie sich als Exponat anschauen.
„Ja. Seid nur froh, dass sie nur noch ein Museum ist, als sie noch eine Moschee war, lag da ein Teppich drinnen, wie ihr es von der Sultanahmet Çamii her kennt. Besonders schön zu riechen war es dann im Sommer, als jeder Muslim und Besucher seine Schuhe auszog und barfuß den Teppich betrat. Da zwang dich schon der Käsegeruch in die Knie!"
Rainer lachte über seinen Witz. Çingiz schaute ein wenig säuerlich drein, doch ich knuffte ihn und entlockte ihm damit auch ein Lächeln. Wer weiß, was noch aus diesem Haus werden würde. Vielleicht kämen irgendwann die Griechen und würden es wieder beanspruchen wollen? Oder es würde zur ersten großen Kirchenmoschee? Einem Haus, in dem alle Menschen gemeinsam unter einem Dach beten konnten, wie ihnen der Sinn stand? Vielleicht würden wir das ja noch erleben. Vielleicht kam ja sogar mal ein neuer Prophet, der alle Söhne Abrahams wieder im Glauben vereinte.

Ein halbes Jahr später feierte Jan-Mutlu seinen dritten Geburtstag. Auch dieser Tag war wolkenlos. Nur waren die Wiesen und Bäume nicht mehr ganz so frisch. Eher

braun. Der Sommer dieses Jahres war mir durchschnittlich 45° C im Schatten einer der heißesten, die ich bis heute in İstanbul erlebt habe. Die Zisternen auf den Dächern der Stadt und in den Kellern führten nur noch knöchelhoch Wasser. Die beiden Seen im Westen der Stadt waren fast ausgetrocknet! Auf Wasserverschwendung standen mittlerweile hohe Geldstrafen, und wenn wir duschen wollten, mussten wir bis spät abends warten, da tagsüber das Wasser abgestellt wurde. Doch uns machte das nichts aus.
Unsere Nachbarn kamen mit ihren Kindern, und wir grillten abends im Garten. Den Tag verbrachten wir auf Büyükada[82], wo wir zwei Kutschen mieteten und über die Insel fuhren. Abends war unser Sohn so aufgekratzt, dass er trotz mehrmaliger Ermahnung und unter den schlimmsten Strafandrohungen nicht ins Bettchen wollte. Çingiz wollte schimpfen, doch ich hatte eine Idee. Ich setzte mich zu Jan-Mutlu und erzählte ihm die Geschichte von Mohammeds Himmelfahrt:
„Eines Nachts – genau heute Nacht vor über tausend Jahren – trug ein Burak[83] *– das ist ein weißes Pferd, das zwei große weiße Flügel hat und fliegen kann – Mohammed von Mekka nach Jerusalem*[84]*. Dort traf er Abraham*[85]*, Moses*[86] *und Jesus und betete mit ih-*

82 Büyükada – (griech.: Prinkipo, türk.: büyük ada = dt.: große Insel) größte der Prinzeninseln, im Marmara-Meer gelegen. (N 40° 51' E 29° 07')

83 Burak – (türk.) arab.: al-burāq; weißes, pferdeähnl. Reittier mit Flügeln und Menschenantlitz.

84 Jerusalem – hebr.: Jeruschalajim, arab.: al-Quds dt.: die Heilige, lat.: Hierosolyma; Hptst. von Israel. Erstmals 1800 v. Chr. erwähnt und damit eine der ältesten bekannten Städte der Welt.

85 Abraham – arab.: Ibrāhīm = dt.: Vater der Menge; Vater von Isaak und Ismael, Großvater von Jakob, dem Urvater der zwölf Stämme Israels.

86 Moses – hebr.: Mōšæ; arab.: Mūsā; führte nach der bibl. Überl. die Israeliten auf seiner Wanderung aus der Sklaverei in Ägypten nach Kaana. Bis ins 18.Jhd. galt Mose als historische Person und Verfasser der Bücher des Pentateuch (1. bis 5. Buch Mose).

nen. Als er wieder auf der Erde war, ließ sich Mohammed eine Himmelsleiter bringen, auf der er bis ans Himmelstor gelangen konnte. Mohammed wollte nämlich nochmal allein die sieben Himmel erklimmen.

Im ersten Himmel traf er Adam, den Vater aller Menschen. Im zweiten Himmel traf er Jesus[87] *wieder und lernte dessen Vetter Johannes kennen. Nachdem er auch Moses noch einmal begegnet war, traf er im siebten Himmel schließlich Abraham, der vor dem Paradiestor saß. Ibrahim erzählte ihm von der gerade noch verhinderten Opferung seines Sohnes auf dem Felsenberg, von wo Mohammed seinen Himmelstieg begann. Und er ermahnte ihn, auf dem Boden zu bleiben. Da ritt Mohammed auf dem Burak wieder zurück nach Mekka und blieb fortan auf der Erde, doch noch heute kann man in Jerusalem sehen, von wo Mohammed in den Himmel fuhr. Dort steht nämlich nun der Felsendom*[88] *und dort in der Nähe Reste des alten Tempels vom weisen König Salomo. Von dem erzähle ich dir ein anders Mal!"*

Mehr musste ich nicht reden. Der Junge hatte seine Decke bis zur Nasenspitze gezogen und schlief. Vielleicht würde er ja später einmal auch die Zusammenhänge begreifen, die sich mir erst in den letzten Jahren einigermaßen offenbarten.

Jan-Mutlu konnte eher sprechen als laufen. Doch als er schließlich nicht mehr umfiel, sobald man ihn losließ, gingen wir an warmen Tagen hinunter an einen kleinen Strand unweit des Fähranlegers. An Baden war dort nicht zu denken, denn zum einen bestand der Strand aus grobem Kies, zum anderen diente er den Fährangestellten als kleine

87 Jesus – (vollst. Jesus von Nazaret) geb. wahrsch. 3 oder 4 v. Chr. in Bethlehem oder Nazaret; Gest. ca. 30 in Jerusalem. Trat in Galiläa und Judaä als Wanderprediger auf. Jesus begrenzte sein Wirken auf das damalige Israel, doch aus dem Glauben seiner ersten Anhänger entstand das Christentum.

88 Felsendom – arab.: qubbat as-sachra) eines der Hauptheiligtümer des İslam; befindet sich auf dem Tempelberg (al-haram aš-šarīf).

Müllkippe für die Abfälle, welche die Passagiere der Fähren auf den Booten ließen. Doch wenn man vorsichtig lief, konnte man auch mal ans Wasser und kurz einen Fuß hineinhalten. Als Jan-Mutlu nun allein laufen konnte, war er nicht mehr zu bremsen. Trotzdem spazierten wir so oft wir konnten den Kai entlang zum kleinen Strand. Eines Tages war ich allein mit ihm unterwegs. Ich schaute der Fähre zu, die gerade anlegte. Normaler weise schaute mein Junge auch interessiert zum Schiff herüber, wenn das Signal zum An- oder Ablegen ertönte. Wenn ein Schiff dreimal hupte, so äffte Jan-Mutlu das Horn nach und wusste sofort, dass das Schiff sich rückwärts bewegte. So hupte es auch an diesem Tage, doch kein Echo von Jan-Mutlu kam, sondern ein erschrecktes, wehhaftes, lautes Kreischen. So hatte ich meinen Jungen noch nie gehört. Immer, wenn er sich etwas gestoßen hatte, schrie er natürlich auch, doch die Tonlage an dem Tage war neu. Ich schaute zu ihm und fiel fast um vor Schreck. Jan-Mutlu lag inmitten eines Scherbenhaufens und blutete stark am Arm. Panisch vor Angst kniete ich mich zu ihm. Wie war das passiert? Ich hatte doch nur kurz auf das Schiff geschaut! Offensichtlich war der Junge ausgerutscht und hatte sich im Fall so unglücklich abgestützt, dass ihm das umliegende Glas den Unterarm aufgeschnitten hatte. Die Menge des Blutes, die aus ihm heraus pulsierte, kam aus der Hauptschlagader an seinem linken Arm.

Mir wurde schlecht.

Çingiz war auf dem Festland, und ich war hier unten an der Fähre. Irgendwie fiel mir ein, dass ich Jan-Mutlus Arm abbinden musste, sonst würde er wohl verbluten. Ich riss mir ein Stück von meiner Bluse ab und schnürte es über dem Ellenbogen. Er wimmerte nur noch ‚Anne', ‚Anne'... [89]

Ich wollte gerade aufstehen und ihn zum Fährbüro bringen,

89 Anne – (türk.) = dt.: „Mutter"

um den Inselnotarztwagen des roten Halbmondes zu ordern, als schon ein Mann vom Büro kam und mir den Jungen abnahm. Danach ging alles ganz schnell. Der Notarzt kam, versorgte Jan-Mutlu und nähte seine Wunde. Als Çingiz abends nach Hause kam, hatte sich unser Junge schon beruhigt und ließ sich brav von mir eine Geschichte vorlesen.
„Was habt ihr denn gemacht?" entfuhr es Çingiz, als er den dicken weißen Verband an dem kleinen Arm sah.
„Ich wollte eine Muschel aufheben. Da bin ich ausgerutscht und habe mir am Glas den Arm aufgeschnitten, aber jetzt ist alles wieder gut!", antwortete Jan-Mutlu schuld- und pflichtbewusst auf Türkisch, denn er hatte sich ja daran gewöhnt, mit Baba[90] in dessen Muttersprache zu reden.
Çingiz' Gesicht verfinsterte sich zusehends. Doch kein Laut des Vorwurfes kam über seine Lippen. Den ganzen Abend jedoch blieb er wortkarg und schien zu überlegen. Als wir im Bett lagen, flüsterte er endlich:
„Ich denke, wir werden den kleinen Strand wohl aufräumen müssen. Jan-Mutlu ist nicht das einzige Kind hier auf der Insel!"
„Wie willst du das machen? Jeden Tag kommt eine neue Ladung Müll an, und außerdem bringen doch die Çöpcisi[91] den Müll fort! Wir gehen einfach nicht mehr runter!" Ich war von seiner Idee nicht überzeugt. „Wo sollen wir denn den Müll hinbringen?"
„Nun, ich werde mir eine Schubkarre leihen und den Müll selber zum Müllplatz bringen. Mein Sohn soll hinunter zum Strand dürfen. Ohne sich in Lebensgefahr zu begeben!"
Die Sonne war noch nicht einmal aufgegangen, da hatte Çingiz schon eine Schubkarre und sammelte den Müll auf. Als die kleine Kirche die Glocke zum Mittag läutete und

90 Baba – (türk.) = dt.: „Vater"

91 Çöpcisi – (türk.) =dt.: „Müllmann"

der Muezzin zum Mittagsgebet rief, war etwa ein Viertel des Strandes vom Müll gesäubert. Als Jan-Mutlu seinen Mittagschlaf hielt, ging ich hinunter zu meinem Mann und brachte ihm ein wenig Lahmacun[92]. Wir aßen gemeinsam, dann half ich ihm noch eine halbe Stunde und ging wieder nach oben in unser Haus. Als die Sonne unterging, war Çingiz schon bestimmt viermal zum Müllplatz gelaufen, der auf der Westseite der Insel lag. Von dort aus wurde der Müll dann auf Müllschiffen zum Festland gebracht oder einfach verbrannt. Ich holte ihn nach oben. Die andere Hälfte des Strandes konnte er ja auch noch morgen säubern, wenn er Lust hatte.

„Weißt du?“, fing er beim Abendbrot an zu sinnieren, „Vielleicht können wir ja sogar einen kleinen Steg bauen und eine Badestelle daraus machen, dann müssen wir im Sommer nicht immer nach Büyükada, wenn wir baden wollen...“

„Das klingt gut, Çingiz, doch ich bezweifle, dass die Fährleute den Strand aufgeben und selber ihren Müll zum Müllplatz schaffen.“

Entschlossen legte er einen Arm um mich.

„Wir werden sehen!“ Er schaute auf seine von der Karre geröteten Hände. „Mein Sohn geht auf unserer Insel baden!“

Am nächsten Morgen, gleich nach dem Frühstück, gingen wir wieder mit Jan-Mutlu hinunter, doch was mussten wir sehen!

Der Strand war wieder voll. Glas, Pappe, Essenreste, Cola- und Bierdosen, Zigarettenabfälle...

Enttäuscht schaute unser Sohn auf den ganzen Dreck. Doch Çingiz ging frisch ans Werk und ließ sich nicht abhalten, als

92 Lahmacun – türk. Pizza; aus dem altaramäischen „lahm am dschun“ = dt.: „Fleisch mit Teig“; dünnes Fladenbrot aus Hefeteig, das vor dem Backen dünn mit einem würz. Ragout aus Hackfleisch, Minze, Zwiebeln und Tomaten bestrichen wird.

hätte er damit gerechnet.
Als er zum Abendbrot hinauf kam, hatte er ein wenig mehr vom Strand gesäubert als am Vortag. So zog sich das über eine Woche hin. Unbeirrt zog Çingiz mit seiner Karre vom Strand zum Müllplatz und wieder zurück.
Nach sechs Tagen war der Strand schon einigermaßen sauber, denn mittlerweile hatten auch die Fährleute mitbekommen, dass der Strand nun nicht mehr von den Çöpcisi geräumt wurde, sondern von einer Privatperson. Es trat ein, was ich mir nicht hatte vorstellen können. Die Leute vom Anleger beauftragten ein paar Arbeiter, ihren Müll direkt zum Müllplatz zu bringen. Doch immer noch war genug Dreck da, der diesem kleinen Insel-Ufer das Prädikat „Strand" verwehrte. Çingiz mühte und plagte sich, während ein paar Jungs ihn beobachteten und sich über ihn lustig machten. Doch Çingiz schien sie gar nicht wahrzunehmen und arbeitete unbeirrt weiter. Bis einer der Jungs eine leere Cola-Dose ins Wasser warf. Ich war zu dem Zeitpunkt oben auf unserer Terrasse und spielte mit unserem Sohn. Da torkelte nun diese Dose über das Wasser, als Çingiz den Werfer ernsthaft aufforderte, seinen Müll aus dem Wasser zu holen. Die Jungs lachten. Doch schneller als sie gedacht hätten, war Çingiz bei ihnen und griff sich den Frechsten, während alle anderen wie Hühner auseinander stoben. Ehe sich der Gefangene versah, schwamm auch er schon im Wasser. Çingiz hatte ihn einfach zum Strand gezogen, ihn hochgehoben und zu seinem Müll geworfen.
„Hol' die Cola-Dose raus!"
Erschrocken rannten die noch trockenen Jungs weg. Der arme Junge, von allen anderen alleingelassen, entstieg nun triefendnass, mit der Dose in der Hand, dem Wasser. Da der Sommer gerade erst begonnen hatte, musste das Wasser noch ziemlich kalt gewesen sein. Wäre mir zu

Ohren gekommen, was Çingiz da an diesem Tag verzapfte, hätte ich wahrscheinlich sogar Mitleid mit dem Jungen gehabt. Doch ich bekam ja von dem ganzen Spektakel nichts mit. Erst am Abend kam der aufgeregte Vater mit seinem Sohn zu uns und wollte sich beschweren. Çingiz konnte ihm ruhig die Sachlage erklären und entschuldigte sich für sein unkonventionelles Verhalten. Da nahm der Mann seinen Sohn bei den Ohren und schleifte ihn von unserem Grundstück. Çingiz hatte den Vorfall einfach unter den Tisch gekehrt, doch mit dem Erscheinen des „Klägers" konnte Çingiz nicht umhin, mir die Geschichte zu erzählen. Heimlich bewunderte ich seinen Mut, doch schalt ich ihn auch, er solle über diese Aufgabe nicht vergessen, dass es nicht sein Privatgrundstück war. Am siebenten Tag hatte Çingiz auf dem Festland zu tun, als um die Mittagstunde die Jungenhorde vor unserem Tor auftauchte und lauthals nach meinem Mann verlangte. Ängstlich-reserviert trat ich vor das Haus und fragte nach dem Begehr der Jugendlichen. Hatten sie noch nicht genug? Ich erklärte ihnen, Çingiz sei momentan nicht zu Hause und biss mir sofort auf die Zunge. So laut und erregt wie diese Halbstarken waren, würden sie sich vielleicht an MIR rächen wollen? Im Koran stand ja irgendwas von Sippenrache. Auf die Schnelle fiel es mir nicht ein. Vielleicht hatte der Vater des ins Wasser geworfenen Jungen ja diese Meute beschwatzt und ihnen Straffreiheit zugesichert, wenn sie diese Angelegenheit auf Jungenart regelten?! Doch noch ehe ich den Gedanken zu Ende führen konnte, beschieden sie mir in aller Form einen schönen Gruß an meinen Gatten und erbaten sich die Schubkarre. Sie wollten dann eben allein zum Strand und bei der Säuberung helfen. Dieser Tag war einer der wenigen, an dem Çingiz weinte. Wir waren beide gerührt, denn die Jungs halfen nicht nur bei der Säuberung, sondern

passten nun auch auf, dass niemand mehr Müll auf den kleinen Uferstreifen warf. Keine zwei Wochen später war der Strand dauerhaft vom Müll befreit, und Çingiz konnte mit seinen Jungs den Bau des kleinen Steges angehen, der weit genug hinaus führen sollte, damit sie unbeschadet einen Kopfsprung ins Marmara-Meer wagen konnten.
Als die Sommersonne im Jahre 1971 unbarmherzig auf die Insel brannte, stand ein kleiner Kiosk vor unserem Strand, Bewohner der Insel brutzelten in der Sonne, doch die Jungs und Çingiz hatten einen Extraplatz, den keiner ihnen streitig machte. Jan-Mutlu sprang vom Steg, obwohl er erst drei Jahre alt war. Er hatte genug Aufpasser.

Zwei Jahre später, die Wiesen waren wieder lange verbrannt und braun, die Straßen bedeckt mit dem Laub der Bäume, steckten wir unseren Jungen in die deutsche Schule auf dem europäischen Festland. Eigentlich war diese Schule nur für Schüler aus den diplomatischen Kreisen oder aber für reiche Türken gedacht, doch wir konnten den Schulpreis bezahlen, und Jan-Mutlu war ja deutscher Staatsangehöriger. So erfüllten wir die Aufnahmekriterien, und für den Kleinen begann nun der sprichwörtliche Ernst des Lebens. Bislang hatte er sich wenig bis gar nicht mit Gleichaltrigen auseinandersetzen müssen. Die Jungenbande vom Strand verhätschelte ihn, und Çingiz ließ ihn sowieso in fast allem gewähren. Wenn er mal ein „Nein!“ hörte, dann von mir. Die Lehrer hatten mit ihm genug zu tun, glaube ich. Trotzallem war Jan-Mutlu ein aufgeweckter Bursche, der zu allem Fragen hatte und sie auch in den unmöglichsten Situationen stellte. Frech, wie er war, kassierte er einen Tadel nach dem anderen, weil er unter anderem einmal mit einem türkischen Mitstreiter sämtliche Klopapierrollen einweichte, weil er vor einem deutschen Mädchen auf ein Waschbecken geklettert war, welches unter seinem Gewicht aus der Wand brach und einen mittleren Wasserschaden verursachte, weil er den Anweisungen seiner Lehrer nur bedingt Folge zu leisten gedachte. Und... und... und... Da half kein Stubenarrest, kein Taschengeldentzug, nichts. Mit seinen Streichen hätte man wohl ein eigenes Kapitel füllen können. Seine schulischen Leistungen bewahrten ihn allerdings immer wieder vor dem kurz bevorstehenden Rauswurf aus der deutschen Schule. Jan-Mutlu war einer der besten Schüler seines Jahrganges. Er lernte in der Schule, diskutierte mit uns zu Hause und hinterfragte alles und jeden.

Er war ein Lausbub! Doch mit einer einzigen guten Tat schuf er sich auf Burgazada und in der sechsten Klasse im Alter von elf Jahren einen eigenen Heiligenschein:

Eigentlich hätte Jan-Mutlu schon schlafen müssen, und eigentlich hätte er sich nicht mehr getraut, so spät nachts noch an unsere Schlafzimmertüre zu klopfen und somit seine Wachheit zu offenbaren. Denn wenn Çingiz streng war, dann nur in den Zeiten. Es gab geregelte Essenszeiten, geregelte Dusch- und Waschzeiten und eben geregelte Schlafzeiten. Doch was an jenem Tage geschah, heiligte ihn, denn dieser eine kleine Fehltritt und sein Mut, dessen Strafe in Kauf zu nehmen, verhinderten eine Katastrophe.

Die Insel brannte.

Jan-Mutlu hatte gesehen, wie am Südhang über uns zuerst ein kleines Feuerchen entfacht wurde, dann an anderer Stelle noch eines, später dann noch ein weiteres. Noch während der Junge sich fragte, warum man so spät in der Nacht an den unterschiedlichen Stellen der Insel grillen mochte, stieg er aus seinem Bett und weckte uns mit seinem Klopfen auf.

Çingiz war etwas ungehalten: „Ne var?“[93]

93 „Ne var?“ – türk. = dt.: „Was gibt's?“

„Baba, baba, gel! Yangın çıktı!“[94]
Sofort stand Çingiz im Bett. Auch ich war sofort hellwach. In meinen ersten Gedanken brannte unser Haus oder Jan-Mutlus Kinderzimmer.
„Nerede?“[95]
Jan führte uns ans Fenster seines Zimmers. Mittlerweile waren alle drei Brände enorm vorangeschritten. Der ganze Wald brannte!
Von Menschen dort oben keine Spur. Noch im Verlassen des Hauses zog Çingiz seine Hose über und rief aus Leibeskräften nach den Nachbarn.
Erst vereinzelt, dann immer öfter ging hier und da ein Licht an. Binnen fünf Minuten war die ganze Gemeinde auf der Straße. Von Heybeliada aus kamen viele kleine Boote. Auch auf Kınalıada[96] und sogar auf Büyükada hatte man die Flammen bemerkt. Ich nahm Jan-Mutlu bei der Hand. Wir waren alle sehr aufgeregt. Çingiz versuchte, die Männer zu formieren und erteilte Befehle, als ob es nie einen anderen Kommandeur gegeben hätte. Das Feuerwehrauto fuhr vor. Unten am Hafen legten die Leute von den anderen Inseln an. Langsam ordneten sich die Männer und stiegen mit gefüllten Wassereimern den Berg hinauf.
Das Feuer wütete nun ungeheuerlich und schlug gegen die Mauern des Klosters. Zum Glück befanden sich gerade kein Mönch und keine Nonne in dem kleinen Hort Gottes. Ich schaute benommen auf die Menschen, die das Feuer zu löschen suchten.
Aber oben auf der Spitze des Berges, umgeben von Wald

94 „Baba, baba, gel! Yangın çıktı!“ – türk. = dt.: „Papa, Papa, komm! Ein Feuer ist ausgebrochen!!“

95 „Nerede?“ – türk. =dt.: „Wo?“

96 Heybeliada, Kınalıada – zwei der Prinzeninseln im Marmara-Meer (N 40° 52‘ E 29° 05‘) (N 40° 54‘ / E 29° 02‘)

und ohne Mauer, war doch der alte griechische Friedhof! Der alte Wächter kämpfte doch bestimmt schon allein gegen die Flammen! Vielleicht war er schon tot?
„Çingiz!“ Meine Stimme gellte durch die Nacht.
Das hatte er gehört! Jan-Mutlu hatte sich vor Schreck auf den Boden gesetzt.
„Çingiz!“, rief ich noch einmal, als er schon fast vor mir stand, „Der Friedhofswärter!“
Ich musste nichts mehr sagen, schon war Çingiz auf und davon. Doch es gab kein Herankommen an die Spitze.
Mittlerweile rannten sämtliche Bewohner der Prinzeninseln[97] heillos durcheinander, während das Feuer sich immer weiter ausbreitete.
Çingiz wies drei oder vier andere Männer an, jeweils mit anderen von mehreren Seiten Ketten zu bilden, die von hier unten bis an die Feuerfront reichten. Alle Eimer der Insel waren unterwegs. Eine Schneise konnte durch das Feuer geschlagen werden. Mit dieser Ordnung zwangen sie das Feuer soweit unter Kontrolle, dass es den alten Friedhof nicht erreichte.
Mittlerweile kreiste ein Löschhubschrauber vom Festland über der Insel und ließ sein Wasser über das Feuer und die umstehenden Löschgehilfen fallen. Die ganze Nacht hindurch arbeiteten die Männer. Wir Frauen befassten uns mit einer anderen Problematik. Das Feuer war durch Fremde gelegt worden, das hatte mein Sohn zumindest gesehen. Warum? Mir fielen die Geçekondus wieder ein. Wo Wald ist, darf nicht gebaut werden. Wo kein Wald ist, da darf

97 Prinzeninseln – Inselgruppe im Marmara-Meer, zum asiat. Teil gehörend. Fünf Inseln sind unbesiedelt, auf den anderen vier lebten (zum Teil bis heute) zahlreiche Mönchsgemeinschaften und Verbannte, z.B. div. Prinzen, die ab dem 16. Jhd. nicht mehr beim Herrschaftsantritt des jeweiligen Regenten getötet, sondern u.a. auch hier lebenslang unter Arrest gestellt wurden. Dieser Tatsache verdankt die Inselgruppe auch ihren Namen.

gebaut werden. Über eine Nacht hindurch vier Pfeiler hingestellt, ein Dach drüber gesetzt, und schon gilt das alte Recht des Sultans[98].

‚Nicht mit mir!', dachte ich. Ich wollte keine neuen Bewohner hier in unserem kleinen Garten Eden. Ich war nicht allein mit meinen Gedanken. Während die Männer die Flammen bekämpften, gruben wir sämtliche junge Bäume aus unseren Gärten aus und legten sie auf den Fährplatz. Es war schon eine stattliche Anzahl, doch leider nicht genug. Mit anderen Frauen von Burgazada fuhren wir nach Büyükada und baten die dort Verbliebenen um Setzlinge. Vermutlich einzigartig in der Geschichte der Prinzeninseln schlossen sich alle Bewohner zusammen, keiner fragte nach Geld, keiner versuchte, den anderen übers Ohr zu hauen. Noch in dieser Nacht bekamen wir von unseren Inselnachbarn genügend neue Setzlinge. Als die Sonne aufging, waren die Brände gelöscht und dort, wo der Boden schon wieder erkaltet war, gruben wir Frauen mit den Jungen, die nicht beim Löschen geholfen hatten, einen Setzling nach dem anderen ein. Egal ob Kiefer, Eiche, Buche, Tanne. Kreuz und quer setzten wir alle zwei bis vier Meter einen neuen Baum. Auch hier halfen uns die Bewohner der anderen Inseln. Als am nächsten Morgen die eine Schlagzeile von allen İstanbuler Zeitungen prangte, erstrahlte Burgazada in zartgrünem Licht und ließ den Plan der mutmaßlichen Bauunternehmer zusammen mit den alten Bäumen hier auf Burgazada in Rauch aufgehen. Und unser Sohn stand in der Zeitung!

In den nächsten Wochen beschäftigte Jan-Mutlu seine Nachbarsfreunde, indem sie zusammen jeden Tag jeden einzelnen Sprössling gossen. Mein Sohn war sozusagen zum „Jugendbürgermeister" aufgestiegen. Oder zumindest zum

98 Sultan – arab.: sultān = dt.: Herrscher

Chef seiner Jungenbande.
Ich war stolz. Auf meine Männer.
Die nächsten Tage besuchte ich mit meinen Beiden den alten Friedhofswärter. Er lag daheim bei sich in dem alten Haus, gleich neben dem alten Friedhof. Noch immer lag der Geruch verbrannten Holzes in der Luft, obwohl das Feuer bis hier hoch nicht gekommen war. Wir schauten uns die alten Kreuze an, bevor wir hinein zum Griechen gingen. Reine, weiße Kreuze, die sich vom intensiven Blau des Himmels abhoben. Von hier oben war es bestimmt nicht mehr weit, schoss es mir durch den Kopf. Erschrocken über den Gedanken schmiegte ich mich an Çingiz.
Heute deute ich es als Vorzeichen.
Wir betraten die alte Kapelle und schwiegen einen Moment. Dann wurden wir von der Haushälterin herein gebeten. Sie bewirtete uns mit Tee. Der alte Grieche sah noch etwas mitgenommen aus, aber sonst schien alles an ihm gesund zu sein. Auf meine Frage, wie er die Nacht erlebt habe, antwortete er in fließendem Türkisch, er habe sie überhaupt nicht erlebt. Er habe nur Rauch gesehen und versucht, in etwa einem Dutzend Meter Entfernung rings um den Friedhof eine Brandschneise zu graben, seine Haushälterin musste ihm immer ein nasses Tuch bringen, das er sich um den Mund band. Irgendwann sei er einfach zu erschöpft gewesen, nicht so sehr vom Umgraben, sondern eher vom Gezeter der Alten. Wir schmunzelten. Wenn ein Grieche schimpft, ist er gesund, sagte Çingiz! Wir fragten ihn, ob wir noch etwas für ihn tun könnten, worauf er um eine neue Haushälterin bat. Çingiz kniff ironisch das linke Auge zusammen und erbot sich. Er wollte sehen, was sich machen ließe. Als wir das Zimmer verließen, entschwoll dem Munde der Alten die gleiche Schimpftirade. Sie wollte einen neuen Dienstherrn. Offiziell war sie seine Haushälterin, aber im

wahren Leben? Sie mussten wohl schon lange zusammen sein...

Wir schauten einander an und grinsten. Hauptsache, uns erwischte es in dem Alter nicht so.

Wir verließen den Berg über die breite Flucht nach Norden. Dort war es nicht so steil, und man konnte ganz gut sehen, wie weit das Feuer hier gekommen war. Viel hatte nicht mehr gefehlt.

„Çingiz? Weißt du, was ich nicht verstehe? Wir haben die letzten Nächte hier so zusammengehalten. Wir alle. Von Heybeliada bis Büyükada. Nur dieser alte griechische Mann musste allein gegen ein Feuer kämpfen, das ihn hätte umzingeln können. Zu uns hinunter wäre es sicherlich nicht gekommen. Warum hat keiner dem Alten geholfen?"

„Das stimmt so nicht. Ich weiß, den meisten von uns ging es um die Rettung des Waldes oder zumindest des Waldbodens. Mir ging es auch um den Friedhof und dessen Wärter. Deshalb habe ich die Brandbekämpfung organisiert. Mir hätte es auch egal sein können, verstehst du. Uns wäre nichts passiert. Und wenn es zu voll auf der Insel wird, wäre ich mit dir und Jan-Mutlu eben wieder woanders hingezogen. Aber wie gesagt, war das nicht der Punkt.

Hätte ich die Organisation der Brandbekämpfung nicht in die Hände genommen, hätte jeder von uns allein seinen Eimer Wasser auf die Flammen gekippt, und sie hätten sich bis zu den Bäumen an der Kapelle durchgefressen. So jedoch waren wir schneller als das Feuer und haben gemeinsam geschafft, es zu stoppen, bevor es die Kreuze frisst!"

Ein Bauch ließ sich nun wirklich nicht länger verheimlichen. Die graumelierten Haare ließen seine Reife gut erahnen. Mit seinen 48 Jahren war aus meinem Mann Çingiz ein gebildeter, humorvoller, weltoffener Muslim geworden, der anderen Dingen, die nicht unbedingt in seine Welt gehörten, zumindest eine, wie soll ich sagen, zeitweilige Daseinsberechtigung bot, um sich selbst und andere Dinge immer wieder neu zu beleuchten. Doch sein Tatendrang und der Schalk waren nahezu das letzte Vierteljahrhundert nicht aus ihm gewichen. Immer, wenn ich glaubte, der Mann würde endlich erwachsen, belehrte er mich eines Besseren. So auch an Allerheiligen[99].

Ich ging an diesem Donnerstag in die Kirche hinunter ins Dorf. Dort wollten wir in einem Gottesdienst die Toten ehren und derer gedenken, die in der Fremde ihr Leben lassen mussten. Danach wollten wir eigentlich den Berg hinauf wandern, um auf dem griechischen Friedhof, wo auch Deutsche, Christen und Österreicher begraben lagen, Öllämpchen aufzustellen. Als die Messe vorüber war und wir aus der Kirche traten, wunderten wir uns sehr. Einige gingen wieder zurück in das Gotteshaus.

Was sollte das denn nun?

Çingiz stand mit zwei Dutzend muslimischen Inselbürgern vor der Kirche und erwartete uns. Wenn mein Mann dabei war, konnte nicht Schlimmes geschehen, und doch war der Pfarrer misstrauisch und bat mich, meinen Mann zu fragen, wie man ihm und seiner Mannschaft wohl dienen könnte.

„Laura! Habt keine Angst! Heute ist doch auch für uns ein Feiertag! Ihr feiert Allerheiligen, und wir feiern das Opferfest – den Tag, an dem Abraham einen Widder statt seines Sohnes opferte. Oben auf dem Friedhof liegen vielleicht nicht gerade viele Muslime, um nicht zu sagen, gar keiner... Doch liegen dort viele Freunde von der Insel... Menschen, um die es lohnt, sich derer zu erinnern.“

Der Pfarrer sagte die ganze Zeit kein Wort und ließ meinen

99 Allerheiligen – (lat.: Omnium Sanctorum), regelm. am 01.11.; kath. Gedenktag an die Heiligen. Am folg. Tag wird aller Toten gedacht.

Mann reden.
„Wenn ihr nichts dagegen habt, möchten wir euch zum Friedhof begleiten und für die Toten beten. Sterben müssen wir alle, so lasst uns auch gemeinsam des Sterbens gedenken. Danach laden wir euch auf dem Hof der Moschee zum gemeinsamen Mahl ein. Es ist ein Wink des HERRN, wenn uns beider Festtage auf einen Tag fallen. So lasst uns diesen Tag gemeinsam feiern."
Der Pfarrer war viel zu perplex, als dass er hätte nein sagen können, so ergriff ich das Wort: „Du hast recht. Wir sind Menschen. Menschen, die glauben. Menschen, die den Glauben brauchen und ihn als wichtige Kraft im Leben betrachten. Als vor einem Vierteljahr die Insel brannte, retteten wir gemeinsam die Insel und auch den Friedhof. Ich finde auch, wenn der HERR uns schon einen gemeinsamen Festtag schenkt, dann sollten wir ihn auch gemeinsam feiern." Es grummelte hier und da, aber nein zu sagen gegen ein Fest des HERRN? Das getraute sich niemand. So machten wir uns auf den Weg. Vorneweg der Pfarrer, hernach liefen wir – Çingiz und ich, Hand in Hand – dann kam eine bunte Prozession aus Muslimen und Christen, die an Menge zunahm, je höher wir den Berg erklommen. Der Friedhofswärter tat mir leid, schon wieder rissen wir an seinem Herzen. Was mochte er diesmal für Angstzustände leiden, als er diese gewaltige Menschenkette den Berg hinauf stapfen sah. Er wusste, dass die Insel bei weitem nicht so viele Christen beherbergte, wie Menschen den Berg hinauf stiegen. So viele Leute hatte der Friedhof noch nie oder schon lange nicht mehr gesehen.
Beruhigend lächelten wir den Wärter an und nahmen ihn in unsere Mitte. Seine Haushälterin schaute neugierig aus dem Fenster des alten Hauses, traute sich jedoch nicht hinunter. Als alle Grablämpchen brannten, begaben wir uns wieder

hinunter ins Tal. Der Friedhof und sein Wärter badeten im Lichtermeer. Nun folgten wir den Muslimen zu ihrem Hof, doch die Menschentraube war viel zu groß, als dass sie alle in das Gotteshaus gepasst hätten, so entschlossen sich einige spontan, das liebe Vieh auf dem Fährplatz zu schlachten und dort auf mehreren Grilltischen zu braten. Eiligst wurden aus allen Häusern einfache Holzbänke und Tische geholt. Die Inhaber der Restaurants und Cafés unten am Hafen verschenkten Wasser und Ayran, und Musiker überboten sich mit ihren Instrumenten. Es war ein Volksfest.

Keine zwei Wochen später geschah der größte Einschnitt in mein Leben. Der 13.April 1980 raubte mir den Sinn meines Lebens, zerstörte einen Traum, zerbrach mein Herz - an diesem Weißen Sonntag starb mein Mann.
Niemand konnte vorhersehen was geschah, und auch Gott kann nicht vollkommen sein! Denn wenn er es wäre, hätte er diesen Mann, der ihn Allah nannte und trotzdem einer der besten Hüter war, die unsere Herde zu bieten hatte, nicht den wahren Ungläubigen überlassen. Jenen, die im Namen ihres Halbmondes für eine Welt nach ihren Maßstäben töteten. Sie kämpften noch nicht einmal! Feige zerstörten sie Leben, Sinn und eine Idee, und sie töteten einen Menschen, der eigentlich einer der Ihren war!

Eigentlich wollten wir nicht aufs Festland. Und eigentlich kam Çingiz, wenn er konnte, immer mit zum Gottesdienst. Nur das Glaubensbekenntnis versagte er sich.
An diesem Weißen Sonntag gingen wir mit einigen Bekannten, deren Söhne an jenem Tag ihre Erstkommunion erhielten, in eine kleine Kirche, im Stadtteil Pera gelegen, der heute Beyoğlu heißt. Das heißt, ich ging allein, denn Çingiz wollte die Gelegenheit nutzen und sich mit

einem anderen Freund treffen. Um Zeit zu sparen, teilten wir uns also auf. Für ihn war die Kirche nur ein Haus der Freundschaft, und ich würde mich bei seinem Freund auch nur langweilen. So strafte der HERR uns beide an diesem Tag. Als die fast hundertjährige Orgel ihr Spiel begann, bemerkte keiner der betenden Zuhörer, was draußen vor dem Tore geschah. Erst als jene Türen sich wieder öffneten und die Gemeinde sich in den Sonntag zu streuen gedachte, erstarrten wir, und in mir zerbrach jeglicher Glaube.
Mitten im Rinnstein lag Çingiz auf dem Bauch, das Gesicht in den Dreck gedrückt.
Einem umgekippten Eimer entfloss ein helleres Rot als dem Ohr meines Mannes.
Jemand nahm mich bei meiner Schulter.
Ich sah Çingiz an.
Der Notarzt kam.
Sie hoben ihn in den Wagen.
Ich rannte dem Wagen hinterher, doch man ließ mich nicht mitfahren. Der Pfarrer nahm mich mit zum Taksim hastanesi[100]. Doch als wir ankamen, war der Tod meines Mannes schon amtlich und festgestellt. Nach uns traf die Polizei ein, redete erst mit dem Pfarrer, dann mit mir. An der Kirchenmauer wurden in roter Farbe umgedrehte Kreuze, Galgensymbole und weitere Hassbilder gefunden. Da sie unvollendet waren, vermuteten die Ordnungshüter (welche Ordnung hüteten sie eigentlich?), Çingiz hätte die Bande überrascht und zur Rede stellen wollen. Das sah meinem Mann nur zu ähnlich. Vermutlich hoffte er auf ein ähnliches Jugendwunder wie einst am Strand von Burgazada. Die Polizei informierte mich, die Täter seien schon gefasst worden und hätten ein umfassendes Geständnis abgelegt.

100 Taksim hastanesi – (türk.) = dt.: Taksim-Krankenhaus, unweit des Taksimplatzes gelegen.

Jugendliche Fanatiker, die einfach nur hatten ein wenig ausbrechen wollen. Da könne man nichts machen. Mein Mann sei einfach zur falschen Zeit am falschen Ort gewesen. Am liebsten hätte ich dieses feiste Polizistengesicht einfach nur angekotzt. Jugendliche Fanatiker...
Die einfachste Waffe gegen Fanatismus ist Bildung. Hätten sie doch nur lesen gelernt oder zumindest zugehört! Gegen Gott zu Felde zu ziehen bedeutet Niederlage. Egal wie Gott aussieht und in welcher Sprache man sich ihm nähert. Gäbe es unter einem Kalifat genauso Abtrünnige? Wenn Kalif und Papst sich die Hand reichten, gäbe es dann noch diese feigen Ungläubigen, die nicht genug Bildung besaßen, um den Koran zu lesen? Würden sie auch ihm den Respekt versagen? Ich wollte nicht mehr. Ich konnte nicht mehr. Einen Kalifen gab es doch gar nicht, warum darüber nachdenken? Irgendjemand zerstörte immer. Es musste Gleichgewicht herrschen in dieser Welt. Gleichgewicht zwischen Gut und Böse. Engel und Satan. Huri[101] und Sheitan[102].
Nur nutzte das meinem Mann herzlich wenig. So wurde er zu einer Prüfung für andere. Nicht zuletzt für mich. Man fragte mich, jetzt, wo ich schon mal da sei, ob ich ihn identifizieren könne und wolle. Ich bejahte.
Da lag er nun.
Mein Çingiz. Mein Mann. Vater eines zwölfeinhalbjährigen Sohnes.
Unser Leben.
Bei der Kommunion meines Bruders hatten wir uns kennengelernt. Bei einer anderen Kommunion war er von mir gegangen. Mir kam der Bach meiner Jugend daheim in den Sinn. Er ergoss sich aus meinen Augen.

101 Huri – arab.: hūrīya, hūr,al-hūr; dt.: „die Blendendweißen"; Jungfrauen im Paradies, die nach islam. Glauben zur Belohnung der Seligen dienen.

102 Sheitan – arab.: al-Şaitān, = dt.: Teufel

Mein Bruder. Meine Eltern. Mein Sohn.
Allein.
Ich weiß nicht mehr, wie ich den Weg nach Hause fand oder wie ich Jan-Mutlu vom Tode seines Vaters berichtete. Ich weiß nicht, ob ich aß oder trank, schlief oder wachte. Als wir einmal über Trauer redeten, kam Çingiz mir so abgeklärt vor, und ich verstand damals seine Worte, dass man zwar trauern konnte, jedoch akzeptieren musste, dass es Wege gab, die aus dem irdischen Leben hinaus führten. Damals verstand ich es! Glaubte ich zumindest! Wie unrecht er doch hatte! Er ging nicht nur diesen Weg allein. Nein, er nahm alles mit!
Mein bewusstes Leben fing erst einige Tage später wieder an, als wir erneut den Berg hinauf prozessierten. Diesmal mit dem Sarg meines Mannes vorneweg. Die christliche Gemeinde, die Umma[103], und alle, die Çingiz mochten und seiner gedachten, folgten ihm. Die Kapelle war zu klein für eine gemeinsame Andacht, so hielt der Pfarrer eine kleine Rede, wobei er Gott und Allah im HERRN vereinte. Der alte griechische Friedhofswärter hatte eine besonders schöne Stelle für das Grab ausgesucht. Wenn man nun vor dem Stein stand, einem scheinbar geflochtenen Kreuz mit Halbmond und Stern als Relief über dem Namen meines Mannes, konnte man darüber hinweg bis zum Horizont schauen, wo Himmel und Marmara-Meer miteinander verschmolzen.
Die Jahre vergingen. Ich machte es mir zur Angewohnheit, den Tag auf der Terrasse zu begrüßen und ihn dort auch wieder zu verabschieden. Aus Jan-Mutlu wurde ein junger,

103 Umma – arab.: Umma = dt.: Gemeinschaft; bez. die rel. Gem. aller Muslime, (arab.: al-Umma al-islāmīya), im mod. Arab. aber auch „die Nation" und andere Gemeinschaften. Das rel. Konzept der Umma steht in Konkurrenz zum europ. Konzept der Nation, beispielsweise der „arabischen Nation" (arab.: al-Umma al-'arabīya).

gutaussehender Mann, der die Welt durch die Augen seines Vaters betrachtete, der nach wie vor Löcher in den Bauch fragte. Er verließ die deutsche Schule als Klassenbester, sprach unsere beiden Sprachen als Muttersprache und bekam ein Stipendium an der Marmara Üniversitesi[104]. Er war ein guter Junge. Doch als er volljährig wurde, konnte ich ihn nicht mehr halten. Er pfiff auf sein Stipendium für eine der besten Universitäten Europas. Jan-Mutlu wollte nach Deutschland. Er wollte wissen, wie es aussah in seiner zweiten Heimat. Als Çingiz noch lebte, versprachen wir ihm, einmal nach Deutschland zu fahren, doch wie es das Schicksal bestimmte, so begab es sich, dass wir die letzten 18 Jahre nicht einen Fuß aus der Türkei gesetzt hatten. Zwar fuhren wir an die Schwarzmeerküste, nach Ephesos[105], nach Troja[106], nach Kappadokien, doch niemals verließen wir das Land seines Vaters.

Jan-Mutlu wusste, dass Rainer nicht sein leiblicher Großvater war. Den Rest behielt ich für mich.

Ich ging mit ihm zum Grab seines Vaters, zum Grab seiner Großmutter. Doch die Gräber seiner deutschen Großeltern konnte ich ihm nicht zeigen. Ich wusste ja selbst nicht einmal, ob meine Eltern noch lebten. Sein Onkel musste jetzt um die 37 Jahre alt sein – Mein Bruder, der gerade mal sieben Jahre alt war, als ich mit Çingiz in die Welt zog. Was konnte ich alternde Witwe ihm noch zeigen? Mein Sohn kümmerte sich rührend um mich, und er war ein Charmeur vor dem HERRN, als er eine junge deutsche Studentin von der Universität mitbrachte. Mit dieser ging er auch auf ein Schiff nach Yenikapı. Von dort war es nicht mehr weit bis zum Flughafen. Ich blieb allein am Kai zurück und winkte.

104 Marmara Üniversitesi – zweitgrößte Universität der Türkei.

105 Ephesos – ant. Griech. Stadt, heute Ausgrabungsort. (N 37° 56‘ E 27°21‘)

106 Troja – ant. Stadt, Ort der Ilias. (wahrsch. N 39° 57‘ E 26°14‘)

Mein Ziehvater besuchte uns ein paar Mal, seit wir in İstanbul wohnten. Das tut er sogar heute noch, wo er schon über 85 Jahre alt ist. Mich zieht es nicht mehr nach Deutschland. Ich bin noch keine 50 Jahre alt, und doch scheint es mir, mein Leben sei vorbei. Ohne Çingiz bin ich wieder zu dem kleinen Mädchen geworden, das ich war, bevor ich ihn kennenlernte.

Jan-Mutlu, unbefangen vom Strudel der deutschen Geschichte, fragte immer öfter nach seinen wahren deutschen Großeltern. Nicht, dass er Rainer, seinen Ziehopa nicht mochte, aber er war eben nicht sein richtiger Großvater. Ich hatte immer Ausreden, wollte mich nie mehr mit meiner 17-jährigen Vergangenheit im Osten Deutschlands beschäftigen. Vergangenheit verklärt und trübt die Gegenwart, dachte ich immer. Jetzt, da ich nur noch Erinnerungen habe, sehe ich das anders.

Ich sehne mich nach dem kleinen Steg. Manchmal laufe ich im Traum einen Waldweg entlang, mit dem Wissen, das er in die Stadt führt. Mein Bruder weint.

Doch darüber reden, sich bewusst machen, dass ich damals schon Herzen gebrochen hatte; dass mein Leben komplett anders verlaufen wäre, hätte ich nicht in jenem Moment die Hand meines Mannes genommen – darüber reden konnte ich nicht. Çingiz fragte nie. Er wusste, das Verdrängung schmerzhaft sein kann. Unser Sohn kannte dieses Gefühl noch nicht. Er wollte entdecken. Und dazu gehörte auch, die graue Decke über meiner Vergangenheit zu lüften. Viel hat er nicht erfahren. Ich konnte ihm nichts mehr sagen. Nur die Adresse habe ich ihm mitgegeben, jetzt, da auch er mich verlassen wird. Vielleicht leben seine Großeltern ja noch? Und wenn sie ihm den Eintritt verwehrten? Nun das gehörte zum tragbaren Risiko des jungen Mannes.

Mir hat er jedenfalls versprochen, zurückzukommen. Und

ich werde meine Tür nicht verschließen. Ich weiß, wie weh das tun kann.

Ein paar Seiten sind noch frei in diesem Buch. Ich bin gespannt, was er zu berichten hat. Vielleicht bringt mein Sohn etwas aus Deutschland mit? Die Semesterferien sind bald vorbei. Dann kommt er wieder, mein Junge.

Wie doch die Blume roch -
so riecht es noch heute in der alten Stadt
Die blaue, kleine Blume, sie roch genauso zart
Der erste enge Tanz zu diesem Lied
vor vielen, vielen Jahren
Ich wollte nicht vergessen,
ich schwor, es zu bewahren

Die Blume, sie verwelkte, die Liebe, sie verdarb
Der eine Tanz erstarrte, der alte Schwur zerbrach
Nun richtet sich ein leerer Blick nach innen, weit hinein
In all die vielen Jahre,
die mich mit dir vereint

Das Wasser spült die Seele,
der Wind treibt das Wasser hinein
Die Seele schenkt es den Augen,
und Augen können weinen

Laura Yedeşahin, İstanbul, 13.August 1986

Epilog

(Dezember 1989)

In ein paar Tagen ist Weihnachten und es will und will nicht schneien. Doch das Fest wird Matthias sowieso nicht in Leipzig erleben. Das Jahr war spannend, doch es ist noch nicht zu Ende. Eine große Aufgabe hat er sich noch aufgehoben. Eine Aufgabe, die er viel zu lange vor sich hergeschoben hatte, vielleicht auch, weil sie nicht eher durchführbar war.

Als sein Vater starb, blieb seine Mutter auch nicht mehr lang und folgte ihrem Mann. Ihre Hoffnung starb zuletzt, doch letztlich erfüllte sich ihr Herzenswunsch nicht. Sein Vater verbot den Namen im Haus und strich ihn aus dem Testament. Sie, die Mutter, flüsterte, wenn der Vater schlief mit Matthias und beide malten sich heimlich aus, wo sie denn wohl wäre und wie es ihr erginge.
Heute würde der Kreis sich wieder schließen. In der Warteschlange am Schalter in Berlin standen nicht viele Leute, draußen regnete es. Heute vor drei Jahren lag Schnee, erinnerte er sich. In der rechten Hand hielt Matthias einen Brief den er damals erhielt, in der linken ein Flugticket.

Er war einer der ersten, die im April die Montagsdemonstrationen von der Nikolaikirche in Leipzig aus leiteten und vorantrieben. Schon als 14-jähriger wechselte Matthias gegen den Willen seines Vaters vom katholischen Glauben zum evangelischen und wurde, als er volljährig war, Pfarrer. Wenigstens das hatte der Vater erreicht.

Matthias war mit Leib und Seele Pfarrer, bäumte sich zusammen mit anderen, soweit es ging gegen die Allmacht des Staates auf und tanzte nicht nur einmal auf einem schmalen Grat. Er half, wo geholfen werden konnte. Nur selber fliehen konnte und wollte er nicht. Sein größter Wunsch war ein Weihnachtsfest mit der gesamten Familie. Und da das nicht mehr erfüllbar war, ein Wiedersehen mit seiner Schwester.
In den dunklen Stunden, wenn die Verzweiflung alles zu zerstören drohte, war dies seine Triebkraft. Nur so konnte er mutig sein und letzten Endes mit Tausenden anderen Sehnsüchtigen die Grenzen öffnen.

Vor drei Jahren erreichte ihn der Brief, dessen Absender, ein gewisser Jan-Mutlu Yedeşahin, sein Neffe zu sein behauptete. Auch berichtete der junge Mann von dessen Mutter. Ein förmlicher Brief, der kurz und knapp über ihr Leben in der Türkei berichtete und die Bitte enthielt, sie doch mit einem Besuch zu erfreuen, denn die Mutter des Absenders erzählte oft von einem kleinen Bach und einem kleinen Bruder.
Post Scriptum war noch eine Entschuldigung angefügt, nicht selbst den Onkel besucht zu haben, da durch die Behörden der DDR kein Visum erteilt wurde.

Von da an reifte in Matthias die wahnwitzige Idee, gegen die Reisebeschränkungen zu protestieren. In seinen Predigten erhob er erst vorsichtig, später dann immer bestimmter die Stimme. In kleinen Runden stellte er fest, dass es nicht seine Idee war, die da in den Kirchen Gestalt annahm, sondern die vieler Menschen. Zusammen mit ihnen organisierte er die Leipziger Montagsdemonstrationen, die über ein halbes Jahr lang die alte Staatsmacht unterhöhlten

und schließlich zum Einsturz brachten.
Als wieder Brücken über den Riss durch das Land führten, war Matthias einer der ersten, die sich auf den Weg machten. Er packte den Brief wieder in die Tasche. Diese enthielt noch neben ein paar Utensilien und einer kleinen Bibel noch einen Brief der evangelischen Gemeinde in Leipzig an den Pfarrer der deutschen Gemeinde in İstanbul.

Sein allererster Flug war ruhig. Nur über den Karpaten holperte die Maschine durch ein paar Luftlöcher und zwang die Passagiere in ihre Sitze. So nah war er Gott noch nie gewesen. Die Wolken. Zuckerwatte. Er wusste, dass es keine Engel im Himmel gab.
Als die Mutter starb, hinterließ sie ihrem Sohn ein paar alte Fotos aus der Zeit nach dem Zweiten Weltkrieg, aus ihrem Dorf. Unter anderem waren auch ein paar Fotos von seiner Kommunion dabei, die ihn und seine Schwester zeigten. Auch die hatte er eingepackt, damit, falls ihr gemeinsamer, heimlich gehegter Wunsch in Erfüllung ging, er nicht mit leeren Händen da stand.
Es ruckelte, als die Maschine wieder auf den Boden setzte. In der Ankunftshalle herrschte ein heilloses Durcheinander. In einer Ecke hockten Leute und beteten in weißen Gewändern. Knieten, standen auf, knieten...
Vor drei Wochen hatte er dem Neffen vorab schon einmal sein Kommen in einem kurzen Brief angekündigt. Erst jetzt fiel ihm ein, das ja auf dem Briefumschlag ein Kreuz gedruckt war. Hoffentlich nahm der junge Mann keinen Anstoß daran!

Matthias schob sich in den Menschenstrom, der ihn zur Passkontrolle trieb. Intuitiv fand er den Weg zum Kofferband. Auch auf seiner kleinen Tasche war ein Kreuz

genäht. Er hatte nichts zu verzollen, und niemand nahm ihm die Briefe ab. Man ließ ihn einfach passieren.
Er hatte es geschafft. In ein paar Tagen war Weihnachten und dieses Fest würde er hoffentlich mit seiner Schwester in İstanbul feiern.
Die Milchglasscheibe am Ausgang öffnete sich. Trotz des geschäftigen Durcheinanders brauchte er nicht lange zu suchen. Ihre Blicke trafen sich und die ihm so fremde Welt verschwamm in stillen Freudentränen.

Vor ihm stand Laura.

Der Garten

Ein kurzer Blick aus dunklen Augen
taucht in meine Seele ein.
Erinnerung an den ersten Tag,
doch trage ich mein Kreuz allein.
Wir schlichen leise aus dem Garten,
das Licht hinunter, in die Nacht.
Engel schrieen und erschraken, denn wir waren nackt.

Wir gingen fort auf vielen Wegen,
unsere Mauern hoch gebaut.
Ein Tuch verdeckt und gibt uns eine zweite Haut.
Nur ein tiefer Augenblick gibt deine Gedanken her.
Hände reichen mir entgegen,
wollen mich zurück zum Garten führen.

Zeige mir die alten Wege, schließ die Augen zu!
Bin in deine Hand gegeben, führe mich!
Vorbei an alten Cherubim, zu dem einen Apfelbaum.
Dort ziehen wir unsre Kleider aus,
und du legst dich in meinen Arm!

Warum sind wir nicht geblieben, wo ist unser Leben hin?
Ich sehe es noch in deinen Augen und finde mich darin.
Wo sind wir solang geblieben?
Wo führt uns der Weg noch hin?
Hoffnung bleibt in den Augen.
Wir werden unseren Garten wiedersehen.

Orda kalsaydık keşke, Hayatlarımız nerde?
Bakınca gözlerine, ben ordayim işte.
Neredeydik bunca zaman? Nereye gider bu yollar?
Umut var gözlerinde. Dönermiyiz o eski bahçeye.

Entschuldigung & Danksagung

Dieser Roman beruht auf mehreren Wahrheiten. Einzelne Geschichten wurden mir zugetragen, und ich habe versucht, sie miteinander zu verweben und sie in den Personen Çingiz Yedeşahin und Laura Yedeşahin lebendig werden zu lassen. Beide Personen hat es so nicht gegeben. Auch sind jegliche Namen in dieser Geschichte frei erfunden. Allerdings muss ich freimütig gestehen, dass ich unter Berücksichtigung der Tatsache, dass dieses vorliegende Buch keine Dokumentation darstellt, sondern ein Roman ist, einige Fakten zeitlich ein wenig verschoben habe: So wurde zum Beispiel die Ararat-Besteigung, die laut Lothar Koch tatsächlich als Expedition von den Amerikanern geleitet wurde und als eine der größten Spionagetätigkeiten in diesem geografischen Raum galt, dem eigentlichen Jahre 1954 entnommen und ins Jahr 1960 verschoben.

Auch brannte der Wald auf Burgazada nicht im Jahre 1979, sondern tatsächlich im Jahre 2003. Man möge mir die Zeitdehnung verzeihen.

Mein Dank gilt insbesondere meiner Frau, dich mich nächtelang hat schreiben lassen, ohne zu murren, dem Verlag Periplaneta, der wieder einmal gewillt ist, einen meiner Ergüsse zu veröffentlichen, ebenso danke ich allen Ideengebern und Recherchegehilfen, insbesondere Skipper „Altblech“, Ronny Schödel, Mother Marry und Jasmin Bär.

Holly Loose
İstanbul, 13.09.09

Holly Loose

Holly Loose wurde am 22.03.1977 in Berlin geboren und besuchte dort die Schule. 1991 gründete er seine erste Schülerband und so nahm eine eher untypische Musikerkarriere ihren Lauf.

Nach seiner Lehre als Vermessungstechniker ging Holly Loose zur Marine und sang ein Jahr im Marinechor. 1998 wurde er Sänger seiner zweiten Band „The Comuvnics". Seit 2000 schreibt er verstärkt Liedtexte und Kurzprosa.

Seit dem Jahr 2005 ist Holly Loose Sänger und Texter der Band „Letzte Instanz". Gemeinsam mit dem Periplaneta-Verlag realisierte er 2008 als Initiator, Autor und Herausgeber die Fan-Anthologie „Weiße Geschichten". (Kurzgeschichten- inspiriert von den Texten der Letzten Instanz. 220 Seiten, ISBN: 978-3-940767-06-6)

Ebenfalls 2008 veröffentlichte Holly Loose mit „Eiszeitreise" sein erstes Kinderbuch. (Erschienen bei Periplaneta in der Edition Drachenfliege, ISBN 978-3940767-14-1.) Zudem bastelt er nebenher zusammen mit Bodo Kommnick an dem literarisch- musikalischen Projekt „Destojewski"

Holly Loose lebt und arbeitet, wenn er mal nicht mit seinen Projekten auf Tour ist, in İstanbul.

Ebenfalls bei Periplaneta erschienen:

ANDREAS KECK: „Schneeblind"

Ein Patientenroman

„Schneeblind" erzählt von einem jungen Menschen, der nicht in das Leben eintreten will. Matthias ist vierundzwanzig und wurde gerade in die Psychiatrie eingeliefert. Mit seinen eigenen Worten erzählt er, wie es dazu kam.
Der Komik und dem Zynismus seiner Ausführungen ist dabei ein deutliches Maß an Tragik abzufühlen. Und so muss er als vollkommen untypischer Patient seine Nische und seine Rolle finden, mit der er die Zeit in der Klinik überbrücken kann. Im Laufe der Zeit jedoch findet er zusehends Gefallen an der Kuriosität seiner Mitpatienten, ihren schauerlichen oder wunderbaren Lebensgeschichten. Und er verliebt sich in Anna, die eigentlich auch nicht verrückt ist.
Anstatt diesem „verrückt sein" zu entgehen, will Matthias der Welt seinen Stempel aufdrücken. Er droht zu scheitern, aber er leugnet dies, und sein Leugnen ist gewaltig.
Er begeistert, polarisiert, irritiert und schafft es immer wieder, der gewohnten Realität ein Schnippchen zu schlagen.

„Diese überraschende Leichtfüßigkeit gehört gemeinsam mit der einen spontanen Sog entwickelnden Eingangsszene zu den absolut besten Momenten des Buches. (...) Andreas Keck weiß, wovon er schreibt" Titel Magazin, Aug 2008

2. durchgesehene Auflage, Periplaneta, Berlin, April 2009, 202 Seiten im hochwertigen, mattierten Klappcover (Englisch Broschur) 19x13,5 cm, 12,99 Euro, ISBN 978-3-940767-04-2

ALEXANDER „LEX" WOHNHAAS

„Kiss Lounge"

Von Alkohol und Langeweile getrieben, überedet von einem ominösen Fremden, kutschiert von einem durchgeknallten Punk, entdecken Robert und sein Freund Tom die Kiss Lounge. Dieser Ort ist so verlockend wie eine freizügige Dirne, so laut wie das härteste Heavy Metal Konzert und so verrucht, wie die wildesten Träume eines unverbesserlichen Frauenaufreißers. Für die beiden Freunde öffnet sich ein wolllüstiges Paradies schmutziger Männerphantasien, doch sie ahnen nicht, welchen Preis sie für dieses Vergnügen bezahlen müssen...

Mit „Kiss Lounge" gibt Sänger Lex Wohnhaas seinen Einstand als Autor phantastischer Erzählungen. „Kiss Lounge" ist eine packende Story, die Elemente klassischer Gruselgeschichten und moderne Szene-Literatur miteinander verbindet.

Das Buch enthält außerdem die Parabel „Die verschwundene Prinzessin", das „Handbuch zum richtigen Umgang mit Untoten" sowie eine vom Autor eingesprochene Hör-CD.

Edition Drachenfliege, Buch mit CD, 19x13,5 cm, Softcover, 154 Seiten,
ISBN: 9783940767363